Peter Wark

BALLON-GLÜHEN

Inhalt

Ein umstrittenes Straßenbauprojekt quer durch die unberührte Alblandschaft erhitzt die Gemüter. Inmitten aller Diskussionen kommt es zu einem tragischen Unglück. Beim Absturz eines Heißluftballons gibt es zwei Opfer: Der Bauunternehmer, der die umstrittene Trasse baut und – ausgerechnet – der Referent im Landratsamt, der die Trasse zu genehmigen hat. Zufall? Als Unfallursache gehen die Ermittler von einem technischen Defekt am Ballon aus.
Jörg Malthaner, in Albstadt lebender Journalist, der für die Landeszeitung in Stuttgart aus seiner schwäbischen Idylle berichtet, kommt dies seltsam vor, und er vertieft sich in den Fall. Die Ereignisse überschlagen sich: eine Geiselnahme in einer Albstädter Realschule, ein mysteriöser Leichenfund und nebenbei eine ganz private Beziehungskrise.

Peter Wark, 1961 auf der Schwäbischen Alb geboren, lebt heute im Raum Stuttgart. Seit über 15 Jahren ist er Redakteur und wurde für seine Arbeit mit zwei Journalistenpreisen ausgezeichnet. Ebenso erfolgreich ist er als Krimiautor: »Ballonglühen« ist nach »Albtraum«, »Machenschaften«, »Versandet« und »Absturz« bereits sein fünfter Kriminalroman.

Peter Wark

BALLON-GLÜHEN

Kriminalroman

KRIMI IM GMEINER-VERLAG

Bibliografische Information
Der Deutschen Bibliothek
Die Deutsche Bibliothek verzeichnet diese
Publikation in der Deutschen Nationalbibliografie;
detaillierte bibliografische Daten sind im Internet über
http://dnb.ddb.de abrufbar.

Besuchen Sie uns im Internet:
www.gmeiner-verlag.de

Im Ehnried 5, 88605 Meßkirch
Telefon 07575/2095-0
info@gmeiner-verlag.de

1. Auflage 2003

Lektorat: Isabell Michelberger, Meßkirch
Umschlaggestaltung: Heine und Eberle, Stuttgart
Gesetzt aus der 10/14 Punkt GV Garamond
Druck: Druckerei C. H. Beck, Nördlingen
Printed in Germany
ISBN 3-89977-605-4

Vorwort

Um allen Spekulationen vorzubeugen: Die vorliegende Geschichte ist ein Roman und damit rein fiktiv. Die Handlung ist frei erfunden. Handelnde Figuren ebenso. Das gilt für Täter, Opfer und die Personen in der Grauzone dazwischen. Insbesondere sämtliche Amts- und Funktionsträger sowie die in diesem Buch geschilderten Ballonsportler sind ausschließlich ein Fantasieprodukt und orientieren sich nicht an lebenden oder bereits verstorbenen Personen. Keine der Albstädter Ballonfahrergruppen diente als Vorbild für diesen Kriminalroman. Das geht schon daraus hervor, dass die real existierenden Ballonsportgruppen nicht als Verein organisiert sind.
Die Form des Romans ermöglicht es, ein Straßenbauprojekt zu schildern, das es so in der Realität nicht gibt, nie gegeben hat und hoffentlich nie geben wird. Allerdings wird sich der eine oder andere mit den Gegebenheiten vertraute Leser daran erinnern, dass entsprechende Pläne vor vielen Jahren mehrfach angedacht wurden. Es sollte in diesem Zusammenhang nicht unerwähnt bleiben, dass es in der Stadt tatsächlich ein Tunnelbauprojekt gibt, das gegen erbitterten Widerstand von Teilen der Bevölkerung realisiert wird.
Mein Dank gilt allen Personen, die mich bei den Recherchen zu diesem Roman unterstützt haben. Besonderer Dank geht an Iris und Reiner G. sowie Dr. Reiner M. und Werner S. (war ein netter Abend!), die mir viele Fragen zum Ballonsport beantwortet haben. Dank auch an den Freund mit viel kommunalem Insiderwissen, der ungenannt bleiben möchte (»Wenn mein Name auftaucht, rede ich nie mehr mit dir!«).

Der Autor

Erstes Kapitel

1

Es war eine echt schlimme Geschichte.

Eine verdammte Tragödie.

Theo Reiher, der Pressesprecher der Polizei, hatte nicht übertrieben, als er ihn vor zwanzig Minuten angerufen hatte. Das wurde dem Journalisten Jörg Malthaner klar, als er schon im Näherkommen das Aufgebot an Polizisten, Sanitätern, Helfern und Gaffern sah. Malthaner hatte sich in seinem betagten Saab an einen blau lackierten, uralten Mannschaftstransportwagen des Technischen Hilfswerks gehängt. Das Mercedes-Ungetüm aus einer anderen automobilen Epoche steuerte Ruß speiend und enervierend langsam das gleiche Ziel an wie Jörg Malthaner.

Ein Geschehnis von außergewöhnlicher Dimension hatte sich abgespielt.

Ein Heißluftballon war abgestürzt. Brennend. Beide Insassen tot. Das war es, was ihm Theo Reiher am Telefon sagen konnte. Mehr war noch nicht bekannt. Der Polizeisprecher hatte das Wort von der Katastrophe benutzt.

Beißender Gestank, der nicht alleine vom Diesel des Lastwagens herrührte, drang trotz geschlossener Autoscheiben in Malthaners Nase. Der THW-Laster wurde von zwei Uniformierten, die sich erstaunlich ähnlich sahen, an der Polizeiabsperrung energisch durchgewunken. Ganz im Gegensatz zu Malthaners Saab. Die Aufgabe der beiden Polizisten bestand wohl darin, darauf zu achten, dass nicht noch mehr Unbefugte auf dieses Wiesengelände neben der Kreisstraße im Albstädter Stadtteil Tailfingen gelangten, als sich ohnehin schon dort versammelt hatten. Woher sie an diesem Werktag morgens um halb elf alle kamen, war Malthaner schleierhaft.

Einer der beiden Vertreter der Staatsgewalt blickte unsicher auf das Presseschild, das Malthaner ihm aus dem Auto heraus unter die Nase hielt. So etwas hatte er in seinem vermutlich schon ewig währenden Polizistenleben noch nicht allzu oft gesehen. Das Stuttgarter Kennzeichen an Malthaners alter Limousine schien die Zweifel des Polizisten zu bestärken. Auch Malthaners Erklärung, dass er für die Landeszeitung in Stuttgart arbeite, konnte daran erst Mal nichts ändern. Was hatte ein Stuttgarter Pressefritze hier auf der Schwäbischen Alb zu suchen? Der Polizeibeamte wusste nicht so recht, wie er sich zu verhalten hatte. Der siamesische Zwillingsbruder des Beamten vermittelte den Eindruck, als ginge ihn alles nichts an. Als Malthaner versicherte, dass Theo Reiher ihn benachrichtigt hatte, durfte er schließlich passieren. Reiher musste sich irgendwo auf dem Gelände herumtreiben. Der Pressesprecher, der seiner baldigen Pensionierung mit großer Freude entgegensah, wie er bei jeder Gelegenheit betonte, genoss im Zuständigkeitsbereich der Polizeidirektion allgemein aufrichtige Wertschätzung.

Malthaner steuerte den Wagen noch zwanzig, dreißig Meter im Schritttempo weiter; vorbei an Altglas- und

Papiercontainern, die man hier – ein ganzes Stück weit weg von der nächsten Wohnbebauung – aufgestellt hatte. Allzu lange würde es nicht mehr dauern, bis sich die Wohnhäuser an die Container herangearbeitet hatten, denn das neue Baugebiet linker Hand füllte sich zusehends mit Rohbauten. Immer wieder wunderte sich Malthaner darüber, wie so viele junge Leute sich das Bauen leisten konnten. Arbeitslosigkeit war spätestens seit Anfang der Neunzigerjahre ein großes Problem für die Region. Die Industrie hier oben auf der Alb schwächelte schon lange. Immer mehr produzierende Betriebe machten dicht und es kam einfach kaum etwas nach. Trotzdem mussten die Städte und Gemeinden ständig neue Wohnbaugebiete ausweisen. Vielleicht lag das Häuslebauen den Schwaben doch in den Genen, wie außerhalb Baden-Württembergs sowieso vermutet wurde.

Es war außergewöhnlich heiß für die frühe Stunde des Tages. Stickige Luft umgab Malthaner, aber wegen des Brandgeruchs wollte er weiterhin weder Scheiben noch Schiebedach öffnen. Der abstoßende Brandgestank drang auch so schon durch alle Ritzen.

In der Ferne sah Malthaner die Großbaustelle, die die Bewohner Albstadts in Befürworter und Gegner trennte. Unversöhnlich, wie es schien.

Ein gewaltiges Straßenbauprojekt sollte hier gegen den erklärten Willen eines großen Teils der Bevölkerung entstehen. Eine Straßenverbindung zwischen zwei Stadtteilen, deren Sinn sich kaum jemandem erschließen konnte. Malthaner gehörte erklärtermaßen zu den Gegnern des Projekts.

In direkter Nachbarschaft zu der Baustelle war das Ballonunglück passiert. Überall standen, gingen und rannten irgendwelche Leute herum. Frauen und Männer mit gequältem Gesichtsausdruck in allen Sorten von Uniformen: Polizei, DRK, Feuerwehr, THW. Ein paar Typen in den uniformähnlichen Overalls eines der Albstädter Ballonsportvereine waren ebenfalls dabei. Wild gestikulierend und Entschlossenheit demonstrierend die einen; stumpf, müde, entsetzt dreinblickend andere.

In dem Durcheinander konnte Malthaner den Kollegen Volker Vogt ausmachen. Der junge Redakteur vom Albblatt, der lokalen Tageszeitung, interviewte einen bleichen Mittfünfziger in DRK-Kluft, unter dessen Achseln sich pizzagroße Schweißflecken gebildet hatten.

Ein halbes Dutzend Polizeiautos, zwei Krankenwagen, der Kombi des Notarztes, eine Hand voll Pkws und mehrere Jeeps standen kreuz und quer auf dem Gelände herum. Jörg Malthaner ließ sein Auto neben einem silberfarbenen Mercedes-Geländewagen ausrollen, auf dessen Tür das Logo einer Ballonfahrergruppe prangte.

Er schwang sich aus dem Saab, nachdem er den kleinen Notizblock aus dem Handschuhfach genommen hatte. Es stank geradezu widerlich nach Verbranntem. Menschenfleisch?, fragte er sich. Wie roch verbranntes Menschenfleisch? Unmerklich schüttelte er sich. Hitze umfing ihn. Was für ein Brutofen schon am Vormittag. Bis zur Mittagsstunde würde das Thermometer auf über 30 Grad klettern. Dass sich die Luft auf solche Temperaturen erhitzte, kam auf der Schwäbischen Alb selbst im schönsten aller Hochsommer nicht gerade häufig vor.

Malthaner seufzte und steckte das Notizheft in die linke Gesäßtasche seiner leichten Baumwollhose. In seinem Inneren tobte der übliche Kampf. Er wollte eigentlich nichts von Toten, von Unfällen, von schrecklichen Schicksalen wissen. Aber er wollte auch ran an die Geschichte, ran an die Sensation, an das schreckliche Geschehen, das sich hier ereignet hatte. Ran an das Thema, das den Leuten in und um Albstadt für die nächsten Tage Gesprächsstoff liefern würde. Ein Ereignis, das das Leben zweier Männer ausgelöscht hatte, wie Theo Reiher vorhin am Telefon berichtete.

Den Pressesprecher konnte Malthaner in dem ganzen wilden Durcheinander nirgends entdecken. Der Journalist versuchte, sich innerlich vor dem zu wappnen, was er gleich zu Gesicht bekommen würde. Versuchte, sich dieser Tragödie mit professioneller Distanz zu nähern.

Nein, ganz egal, was dort drüben passiert war: Jörg Malthaner würde deshalb in der kommenden Nacht nicht schlecht schlafen, davon war er überzeugt. Wenn sich die schlimmen Ereignisse anderswo im Lande ereigneten, war ihm das allerdings lieber, denn Albstadt war seine Heimatstadt, und hier war seit über einem Jahr auch wieder sein Lebensmittelpunkt. Persönliche Betroffenheit ließ sich da kaum vermeiden. Die Wohnung in Stuttgart hielt Malthaner nur noch pro forma. Es kam seit Monaten nur noch selten vor, dass er dort übernachtete. Mit seinem Hauptauftraggeber, der Landeszeitung, bei der er lange fest als Redakteur angestellt gewesen war, hatte der freie Journalist ein überaus angenehmes Arrangement getroffen. Das ermöglichte es ihm, die meisten seiner Tage auf der Alb zu verbringen und hier die eine oder andere interessante Geschichte für die Zeitung zu recherchieren. Ein-, zweimal die Woche fuhr er nach Stuttgart in die Redaktion.

Er straffte seinen Körper. Es war Teil seines Jobs, den Lesern der Landeszeitung über Dramen, Tragödien und Katastrophen zu berichten. Sie lechzten danach, fast alle, ob sie es nun zugaben oder nicht. Viel mehr noch lechzten die leitenden Redakteure nach diesen Geschichten. Lass sie glauben, das verbrannte Fleisch selbst zu riechen, das Blut fließen zu sehen: Das war die Erfolgsformel, um ungekürzt ins Blatt zu kommen. Auch bei einer seriösen Zeitung.

Malthaners Blick schwenkte über die Szenerie. Das hier, so kam es ihm vor, war sein ureigenes Territorium. Heimatboden. Hier hatte er als Kind gespielt, vor 30 und mehr Jahren. Und an dieser Stelle kam er immer wieder auf seinen Mountainbiketouren vorbei. Mit Brigitte, seiner Lebensgefährtin, ging er oft hier auf den Höhen spazieren. Der Platz war beliebt bei den Ballonsportgruppen. Mehrere von ihnen starteten mit ihren Heißluftballons regelmäßig von diesem Wiesengelände aus. Wie oft hatte er hier zugeschaut, wenn sie die Ballons startbereit gemacht hatten und dann abgehoben waren. Immer wieder war das ein beeindruckendes Spektakel.

Im vergangenen Herbst hatte Jörg Malthaner für die Landeszeitung eine ganzseitige Reportage über das Ballonfahren auf der Alb geschrieben. Während der Recherchen durfte er mehrfach in verschiedenen Ballons mitfahren. Ein Erlebnis, jedes Mal. Er hatte einige Leute aus der Ballonfahrerszene ganz gut kennen gelernt. Ein überaus nettes Völkchen im Allgemeinen. Ausnahmen bestätigten die Regel.

Volker Vogt, der Lokalredakteur, winkte mit einer laschen Handbewegung herüber. Er wirkte angespannt. Seinen üblichen lausbübischen Charme hatte er an diesem Tag offensichtlich zu Hause gelassen. Mit einer knappen Geste grüßte Malthaner zurück. Ein Audi-Kombi rollte knapp an Vogt vorbei und hätte ihm fast die Zehen abrasiert. Der junge Reporter schien es gar nicht zu realisieren. Am Steuer des Kombis machte Malthaner Klaus Konz aus, den Leiter der Albstädter Kriminalaußenstelle. Der Audi rollte unter einen der Bäume, die ein geschottertes Viereck abgrenzten, das einen Parkplatz darstellen sollte. Zwischen dem groben Kies kämpfte hier und da ein Büschel Gras einen aussichtslosen Kampf. Der Parkplatz wurde gerne von Spaziergängern genutzt, die hier vor allem an Wochenenden in großer Zahl unterwegs waren. Alle zwei Jahre fand auf diesem Gelände eine Gewerbeausstellung statt, und hin und wieder ließen sich kleine Zirkusunternehmen für ein paar Tage auf diesem Parkplatz nieder, nicht immer nur zur Freude der Stadtverwaltung und der Bewohner dieses Ortsteils.

Malthaner kämpfte sich zum Zentrum des Geschehens vor, dem abgestürzten Ballon, der auf einem angrenzenden Wiesengelände lag; beziehungsweise zu dem, was von diesem Stolz der Lüfte übrig geblieben war.

2

Das Schlimmste waren die beiden Tücher.

Im Abstand von etwa fünf Metern lagen die Leinentücher über die toten Körper der beiden Balloninsassen ausgebreitet. Der Notarzt war nicht zu sehen. Er hatte sich wohl schon mit ihnen beschäftigt. Sie brauchten ihn nicht mehr.

Etwas verkrampfte sich in dem Reporter. Ein halbes Dutzend Polizisten in Zivil verstärkte all die Uniformierten. Die Zivilbullen fummelten an den Einzelteilen des Ballons herum.

Malthaner zog sein Notizbuch aus der Gesäßtasche und zwang sich, emotionslos zu bleiben. Er beobachtete, prägte sich die Szenerie ein, machte ein paar Notizen. Die Ballonhülle lag schlaff auf dem Boden; zusammengefallen, luftleer, aber noch immer von beeindruckender Größe. Sie war nicht gänzlich verbrannt, aber fast überall angesengt. Der einstmals bunte Aufdruck auf der Hülle war mehr zu erahnen als tatsächlich zu sehen. Trotzdem erkannte Malthaner das Emblem eines Albstädter Bauunternehmens, das den Ballon gesponsert hatte.

Diesen Ballon hatte er oft in der Luft über Albstadt gesehen. Der freie Mitarbeiter der Landeszeitung erinnerte sich an das, was er bei seinen Recherchen zu der

Ballon-Reportage gelernt hatte: Ballonhüllen müssen hitzebeständig und reißfest sein. Die Temperatur in der Ballonhülle übersteigt während einer Fahrt oftmals 100 Grad Celsius. Die meisten Hüllen bestehen aus Polyamid und haben eine auf etwa 500 Betriebsstunden begrenzte Haltbarkeit. Spätestens nach 100 Fahrtstunden mussten sie technisch überprüft werden.

All diese Fakten lagen in seinem Gedächtnis gespeichert und er musste sie nur abrufen. Ja, er hatte seine Hausaufgaben gemacht!

Der Passagierkorb des Ballons lag etwa 15 Meter weiter auf dem freien Feld und schien nicht einmal allzu sehr beschädigt zu sein. Das irritierte Malthaner ein wenig. Er heftete den Blick auf den Korb. Sah aus wie Omas Wäschekorb in groß. Aus Weidengeflecht gefertigt und am oberen Rand rundum mit dickem Leder gepolstert. Unten war die Holzbodenplatte herausgebrochen. Mitsamt den Schleifleisten. Drei Männer machten sich am Korb zu schaffen. Die beiden spiralenförmigen Doppelbrenner, deren Aufgabe es noch vor wenigen Stunden gewesen war, nach dem Zug am Hauptgasventil hohe Flammen in die Hülle zu spucken, befanden sich irgendwo dazwischen auf der großen Wiese und dem angrenzenden Acker. *Wie auf dem Schlachtfeld*, kam Malthaner ein abgedroschenes Bild in den Sinn, das er nie in einem Artikel verwenden würde.

Verstreut lag allerhand weiteres Ausrüstungsmaterial herum: Das Sprechfunkgerät, Umlenkzüge, Rollen, Haken, Befestigungen, Lastbänder. Aus der Nähe konnte er es nicht sehen, denn die Polizei hatte mit weiß-rotem Absperrband eine Bannmeile um den abgestürzten Ballon gezogen, vor der sich die Schaulustigen drängten. Rentner meist, von ihnen gab es hier viele, denen diese Gegend wunderbare Spaziermöglichkeiten ohne große körperliche Belastung bot. Aber auch vom Baugebiet nebenan waren Arbeiter gekommen, die sich am allgemeinen Palaver beteiligten und allerlei wilde Theorien über die Absturzursache aufstellten. Ihr Verhalten wirkte nicht gerade besonders pietätvoll angesichts des Ereignisses, das sich zugetragen hatte. Vermutlich waren auch die Arbeiter vom Straßenbau da. Jetzt erst registrierte Malthaner, dass der Werbeaufdruck auf dem abgestürzten Ballon das Logo der Baufirma darstellte, die das gewaltige Bauprojekt federführend betrieb.

Wenn Malthaner den Hals reckte und auf die große Baustelle dort drüben, 200 oder 300 Meter entfernt, starrte, dann konnte er keine Bewegung ausmachen. Das Unglück hatte die Baustelle lahm gelegt. Alle Räder stehen still, wenn das Schicksal es will.

Er wendete den Blick ab. Als er sich umdrehte, sah er Theo Reiher direkt in die Augen. Malthaner hatte nicht mitbekommen, dass sich der Pressesprecher der Polizei ihm genähert hatte.

»Guten Morgen«, begrüßte Malthaner ihn. Sie schüttelten sich die Hände.

»Ich weiß nicht, was an diesem Morgen gut sein soll«, knurrte Reiher zurück, der wie immer in Zivil gekleidet war. Er trug eine Jeans, dazu ein kurzärmeliges blaues

Hemd und eine dunkelblaue Krawatte. Er schwitzte, wie alle der Umstehenden. Reiher war über sechzig, wirkte aber immer noch drahtig. Er war wirklich fit. Der Polizeisprecher war als guter Läufer bekannt und trainierte regelmäßig. Bei allen Breitensportlaufveranstaltungen in der Region nahm er teil und trug sich in seiner Altersklasse meist weit vorne in die Siegerliste ein. Er hatte in etwa die Größe Malthaners. Lebhafte blaue Augen musterten den Journalisten, dem es vorkam, als hätte sich Reihers Haaransatz seit ihrem letzten Zusammentreffen ein gutes Stück zurückgezogen. »Wir machen um elf eine improvisierte Pressekonferenz«, informierte Reiher. »Drüben beim Wagen der Einsatzleitung.« Er wies mit der rechten Hand auf einen Mercedes Vito in Polizeilackierung und mit abgedunkelten Scheiben.

»Was ist genau passiert?«, fragte Malthaner.

»Sie werden es gleich bei der Pressekonferenz erfahren. Üben Sie sich noch eine Viertelstunde in Geduld«, antwortete Reiher und verzog sein ausdrucksstarkes Gesicht leicht. »Auch wenn das nicht Ihre Stärke ist. Ich will die Fakten schließlich nicht zehnmal erzählen.«

»Wenn Sie sie mir einmal erzählen, reicht mir das. Vorerst.«

Reiher schüttelte den Kopf und versuchte sich belustigt an einem belehrenden Blick. »In 15 Minuten.«

Damit machte er auf dem Absatz kehrt und ging auf einen grauhaarigen Polizisten mit zusammengekniffenen Lippen zu, der Autorität ausstrahlte. Die beiden sprachen kurz miteinander. Der Grauhaarige nickte zweimal fast unmerklich, dann trabte er weg.

Ein Pressefotograf mit Drei-Tage-Bart fiel Malthaner auf. Der Mann war ihm als freier Mitarbeiter von dpa bekannt, der für diese Nachrichtenagentur die Region Neckar-Alb betreute. So weit Malthaner wusste, lebte er irgendwo in der Reutlinger Gegend. So gesehen hatte er es verdammt schnell an den Ort des Geschehens geschafft. Vielleicht hatte Reiher ihn aber auch schon längst vor Malthaner informiert. Dann konnte es ja auch nicht mehr lange dauern, bis die Fritzen vom Radio da waren. Gut möglich, dass auch noch das Fernsehen kam. Unglücke verkaufen sich eben besonders gut. Seit dieser seltsame private Fernsehsender die Gegend unsicher machte, mussten auch die Leute vom SWR ihre Beamtenärsche etwas zügiger in Bewegung setzen als früher.

Unbewusst kratzte sich Malthaner an den Bartstoppeln. Kriminalhauptkommissar Klaus Konz, der Kripochef aus Albstadt, unterhielt sich vor der Absperrung mit einem älteren Paar und machte eifrig Notizen. Der Mann, ein kantiger Mensch mit beginnender Glatze, Typ kerngesunder Frührentner, war der Aktivere des befragten Duos. Wild fuchtelte er mit seinem Zeigefinger in der Luft herum. Musste wohl so was wie ein Augenzeuge sein. Bestimmt hatte er eine akkurat nach Süden ausgerichtete Gartenzwergfamilie in seinem Vorgarten stehen. Einen Zwinger mit Schäferhund dazu.

Konz war genervt, wie selbst aus der Entfernung deutlich zu sehen war. Wahrscheinlich schwätzte ihm der ältere Mann, vor dessen Augen sich vor einer Stunde die Sensation seines Lebens ereignet hatte, ein Loch in den Bauch.

Malthaner trottete zum Wagen der Einsatzleitung. Vielleicht ließen sich ja ein paar Informationen aufschnappen, bevor Reiher oder wer auch immer die offizielle Erklärung an das Pressevolk gab. Noch war er nicht ganz bei dem Vito angekommen, als ein gelber Van des SWR vorfuhr. Ein komplettes Kamerateam quälte sich aus dem Fernsehmobil. Sie mussten vermutlich aus Tübingen gekommen sein. Hut ab! Dafür waren sie verdammt schnell hier in Albstadt. Sie machten sich ohne erkennbare Eile ans Werk. Der Reporter erklärte dem Kameramann nach einem kurzen Blick in die Runde, welche Bilder er haben wollte. Dann erkundigte er sich beim erstbesten Uniformierten, wer hier das Sagen hat. Wieder einmal fragte sich Malthaner, warum fast alle Fernsehleute so sehr von ihrer eigenen Wichtigkeit überzeugt waren. Und wieder einmal fiel ihm keine befriedigende Antwort ein. Lässig lehnte er sich gegen den Van der Einsatzleitung.

»Der Herr Malthaner von der Landeszeitung!« Die Stimme, die leutselig aus dem Mercedes-Kleinbus dröhnte, kannte Malthaner. Und damit war es vorbei mit seiner Lässigkeit.

Ein massiger Schädel schob sich aus der offenen Seitentür, der nicht weniger massige Körper hinterher. Der Leitende Polizeidirektor. Ein Mensch, der ganz bestimmt keine Journalisten in seinem Freundeskreis hatte. Falls er überhaupt Freunde hatte. Betont freundlich strahlte er Malthaner an, der es selbst nur zu einem schiefen Grinsen brachte.

»Na, wie geht's?«, fragte der Polizeichef jovialer als

zu ihm passte. Die Pranke des Leitenden Polizeidirektors kam wie ein Geschoss auf Jörg Malthaner zu, der sich leicht überrumpelt fühlte. Das war wohl die Aufforderung, die Hand des Oberbullen zu schütteln. Malthaner tat ihm den Gefallen. »Ganz gut«, antwortete er knapp auf die Frage, die gewiss allem, nur nicht ehrlicher Anteilnahme entsprungen war.

Während Pressesprecher Theo Reiher – ein Mann, der von Berufs wegen zwischen allen Stühlen saß – stets sein Möglichstes tat, um die Journalisten in ihrer Arbeit zu unterstützen, so war der Leitende Polizeidirektor die Fleisch gewordene Presseverhinderungsinstitution. Sein aufgesetzt freundlicher Ton war so echt wie die Zähne der meisten Hollywoodstars. Ein Berufsleben ohne die Schmarotzer von den Medien musste seiner Vorstellung vom Paradies vermutlich nahe kommen. Er trug einen grauen Anzug und eine Krawatte. Bei diesen Temperaturen eine mutige Entscheidung. Auf seiner Stirn hatten sich Schweißtropfen gesammelt. Es war genug Fläche für viel Schweiß vorhanden. Wenn der Polizeidirektor sich vor Ort aufhielt, dann bedeutete das, dass der Absturz des Ballons höchste Priorität genoss. Jetzt musste sich Malthaner nicht mehr fragen, wer die improvisierte Pressekonferenz leiten würde. Nicht Theo Reiher, so viel war sicher.

Jeder Versuch, sich aus den Fängen des Polizeidirektors zu stehlen, war zum Scheitern verurteilt.

»Böse Sache, das hier«, dröhnte er und vollführte mit der rechten Hand eine allumfassende Bewegung. »Na ja, Sie werden es ja gleich erfahren. In drei Minuten beginnen wir mit der Pressekonferenz.« Auf militärische Pünktlichkeit bedacht, der Mann. Ein guter deutscher Beamter. Männlich klopfte er Malthaner auf die Schulter und stapfte auf Kriminalhauptkommissar Klaus Konz zu, der inzwischen sein Gespräch mit dem aufgeblasenen Augenzeugen beendet hatte. Der Leiter der Kriminalaußenstelle Albstadt war Untergebener des Polizeidirektors. So wie Malthaner den Leitenden Polizeidirektor einschätzte, erwartete er von seinen Mitarbeitern, dass sie sich seiner Stellung stets bewusst waren. Die beiden sprachen miteinander. Das heißt, der Chef sprach und Konz nickte. Konz winkte Theo Reiher heran, der ein paar Meter abseits stand und etwas in ein Diktiergerät sprach. Reiher eilte sofort zu Konz und dem Leitenden Polizeidirektor. Jetzt besprachen sie sich zu dritt.

Volker Vogt, der junge Kollege vom Albblatt, kam herangeschlurft. Er sah angegriffen aus. »Mann, was für 'ne große Scheiße«, sagte er. Ohne von Malthaner unterbrochen zu werden, erklärte er, dass sein Bruder Mitglied der Ballonfahrergruppe sei und dass er schon mit dem Schlimmsten gerechnet habe. Gott sei Dank sei sein Bruder aber an diesem Tag beruflich auswärts, wie dessen Frau ihm am Telefon versichert habe.

»Weißt du schon Näheres?«, fragte Malthaner. Vogt hatte ihm vor kurzem das Du auf eine Art und Weise angeboten, bei der Malthaner nicht ablehnen konnte. Aber das war schon in Ordnung.

»Nicht viel. Die beiden Leichen da drüben gehören zu den Alb-Ballonern, ebenso wie der Ballon selbst. War ein Unfall, wie er eigentlich nicht vorkommen dürfte. Es hat anscheinend eine Art Explosion gegeben.«

Die Alb-Balloner waren eine der Gruppen, über die Jörg Malthaner in seiner Reportage berichtet hatte und bei der er mehrfach zu Gast gewesen war. So konnte es also gut möglich sein, dass er die beiden Opfer persönlich kannte. Malthaner musste trocken schlucken.

Vogt redete weiter. »Zum Glück waren keine Passagiere an Bord, sondern nur die beiden Club-Mitglieder.« Müde schaute Volker Vogt seinen Kollegen von der Landeszeitung an.

»Nur zu zweit an Bord?« Irritation bei Jörg Malthaner. Er wusste, dass normalerweise mindestens drei, wenn nicht gar vier Mann zur Besatzung gehörten. Volker Vogt beantwortete die Frage mit einem Nicken.

»Ursache bekannt?«, schob Malthaner die nächste Frage nach.

»Mir konnte oder wollte noch niemand etwas sagen.«

Der Mann vom örtlichen SWR-Hörfunkstudio tauchte auf und nickte Vogt und Malthaner zu. Man kannte sich, lief sich immer mal wieder beim einen oder anderen Ereignis über den Weg. Der dpa-Fotograf gesellte sich zu ihnen und schüttelte allen die Hand. »Endlich mal was los hier oben in dieser Einöde«, sagte er gut gelaunt.

Wie Malthaner angenommen hatte, war auch das Privatradio vor Ort. Eine sehr junge und sehr blonde Reporterin mit Aufnahmegerät stiefelte zum Van, gefolgt von dem Leitenden Polizeidirektor, Kriminalhauptkommissar Konz und Pressesprecher Reiher. Die Vertreter der Staatsgewalt postierten sich vor dem Wagen der Einsatzleitung und bildeten gemeinsam mit den Journalisten einen Halbkreis.

»So, Leute, dann wollen wir mal.« Reiher schien den jovialen Ton seines Chefs übernommen zu haben. Der Reporter des Fernsehteams stieß zu ihnen hinzu. »Wie Sie alle inzwischen wissen, ist heute früh dieses schreckliche Unglück passiert ...«

Dem Leitenden ging es zu langsam. Er schnitt seinem Pressesprecher einfach das Wort ab und übernahm selbst das Kommando. Hielt das wohl für einen Ausdruck von Führungsstärke. Reiher schaute pikiert zu Boden. »Die Alarmierung über 110 erfolgte um 9.45 Uhr per Handy durch einen Spaziergänger«, klärte der Polizeichef laut und deutlich auf. Der Frührentner-Typ wahrscheinlich. »Er gab an, dass ein Heißluftballon aus einer Höhe von etwa fünf oder sechs Metern Höhe abgestürzt sei, nachdem er in Brand geraten war. Die erste Streife war zwölf Minuten später am Unfallort. Zeitgleich mit dem Notarztwagen. Als das erste Einsatzfahrzeug der Feuerwehr eintraf, war der Brand bereits erloschen.«

»Weiß man schon etwas über die Identität der Opfer?«, warf Vogt ein. Er hatte sich die Information ja schon aus einer anderen Quelle besorgt und wollte wahrscheinlich nur eine Bestätigung.

Triumphierend schaute der Leitende Polizeidirektor in die Runde. »Ja, natürlich. Es handelt sich um zwei männliche Personen, 49 und 55 Jahre alt, beide wohnhaft in Albstadt. Sie sind beide Mitglied der Ballonsportgruppe Alb-Ballonfahrer. Mehr möchte ich aus Rücksicht auf die Angehörigen noch nicht bekannt geben. Nach dem ersten Augenschein zu urteilen, sind die beiden Männer nicht durch das Feuer, sondern durch den Aufprall des Ballons auf den Boden umgekommen.«

»Alb-Balloner«, verbesserte Theo Reiher seinen Chef, »nicht Alb-Ballonfahrer.« Malthaner blinzelte Reiher zu, der so tat, als würde er es nicht bemerken.

»Gut, gut. Ja. Also sie gehören dieser Ballonsportgruppe an.«

»Können Sie etwas Genaueres über die Absturzursache sagen?«, fragte Jörg Malthaner.

»Wir müssen zunächst einmal von einem technischen Defekt ausgehen«, dröhnte der Polizeidirektor, der inzwischen noch heftiger schwitzte als vorhin. »Näheres wissen wir noch nicht. Aber das festzustellen, wird kein Problem sein. Wenn wir die Absturzursache geklärt haben, wird der Kollege Reiher Sie natürlich umgehend informieren.« Gönnerhaft blickte er seinen Pressesprecher an. »Nach dem Augenzeugenbericht war der Ballon noch in der Startphase. Das heißt, er hatte kurz zuvor vom Boden abgehoben. Etwa eine oder zwei Minuten, bevor er abgestürzt ist, schätzen die Augenzeugen.«

Malthaner nickte in Richtung des Quadratschädels, mit dem Konz vorhin gesprochen hatte und der noch immer fasziniert auf die Absturzstelle starrte und ein paar andere Schaulustige gestenreich über den Unfallhergang aufklärte. »Ist das der Augenzeuge?«

Alle folgten Malthaners Blick. »Ja. Er und seine Frau«, sagte der Leitende Polizeidirektor und schien zerknirscht. Befürchtete sicher, dass sich die Pressemeute gleich auf das Paar stürzen würde. Was durchaus im Bereich des Möglichen lag.

»Ist der Absturz zweifelsfrei ein Unfall?« Es war die Frau vom Radio, die diese Frage stellte. Sie schaute wohl zu viele Krimis im Fernsehen an.

»Was denn sonst?« Der Polizeidirektor schien ehrlich verblüfft zu sein.

»Ich meine ja nur, weil sich Ihre Kollegen von der Kriminalpolizei auch für den Absturz interessieren«, sagte die Reporterin kein bisschen eingeschüchtert und zeigte mit dem Finger auf Klaus Konz, den Kripo-Mann.

»Routine. Bei einem solchen Unfall sind wir immer bei den ersten Ermittlungen vor Ort dabei«, antwortete Konz so schnell, dass der Polizeidirektor keine Chance hatte, vor ihm den Mund aufzumachen.

Der ignorierte den Einwurf. »So, das ist alles, was wir Ihnen zum jetzigen Zeitpunkt an Fakten nennen können. Ich bedanke mich für Ihre Aufmerksamkeit«, dröhnte der Polizeichef, schaute einmal zufrieden in jedes Gesicht und verzog sich in das Innere des Vans. Konz folgte ihm. Ende der Pressekonferenz.

Reiher hatte noch eine kleine Information, die sein Boss anscheinend nicht für sonderlich erwähnenswert gehalten hatte. »Die Bundesstelle für Flugunfalluntersuchung schickt jemanden, der zu den Ermittlungen hinzugezogen wird.«

Den interessierten Blick der Radiotante deutete er richtig. Bevor die Blondine einhaken konnte, schob er nach: »Das ist Routine bei jeder Art von Luftfahrtunfällen. Kein Grund für irgendwelche Spekulationen.«

Die beiden Augenzeugen zu befragen, konnten sich die Journalisten abschminken, wie Malthaner registrierte. Der Kollege von Konz verfrachtete das Ehepaar in den zivilen Audi. Der kantige Frührentner ersoff fast in Selbstgefälligkeit. Gockelhaft stieg er ein und genoss die Aufmerksamkeit der Umstehenden. Das war ein außerordentlich bedeutender Tag in seinem Leben. Davon würde er noch lange zehren.

Malthaner hatte eine weitere Frage an Theo Reiher. »Können Sie sich an einen vergleichbaren Unfall erinnern?«

»Nein«, antwortete der Polizeisprecher knapp. »Ich kann sogar mit Sicherheit sagen, dass wir in diesem Landkreis noch nie ein spektakuläres Unglück mit einem Ballon hatten.«

Kein Wunder. Ballons gehörten zu den sichersten Fortbewegungsmitteln überhaupt, wie Malthaner bei der Arbeit an seiner Reportage gelernt hatte. Unachtsam über die Straße zu laufen barg ein deutlich höheres Sicherheitsrisiko als eine Ballonfahrt.

»Noch eine Frage.« Erneut bohrte Malthaner nach. »Ist es nicht ungewöhnlich, dass zwei Mitglieder einer Ballonsportgruppe ohne Passagiere in die Luft gehen? Schließlich kostet jeder Start eine schöne Summe Geld.« Auch das hatte er seinerzeit bei den Recherchen erfahren. Unter vorgehaltener Hand sozusagen. Es wird versucht, die Ballons so gut wie möglich auszulasten. Eine Fahrt war für einen Passagier längst nicht mehr unter 150 oder 200 Euro zu haben, aber die saftigen Preise hatten durchaus ihre Berechtigung. Leerfahrten waren bei den Besitzern der Ballons und den Sponsoren aus gutem Grund nicht gerne gesehen.

»Eine gute Frage«, schmierte ihm Reiher Honig ums Maul. »Dieselbe Frage haben sich unsere Leute natürlich auch gestellt. Aber es scheint durchaus regelmäßig vorzukommen, dass die Clubmitglieder ohne Fahrgäste aufsteigen. Schließlich sind das durch die Bank Enthusiasten, die ihren Sport lieben. Dass nur zwei Personen in einem Ballon dieser Größe mitfahren, gilt aus Gewichtsgründen wohl als ungewöhnlich, aber keineswegs als unmöglich. So haben uns das die anderen Ballonfahrer erklärt.« In Reihers Augen stahl sich ein Strahlen. »Wenn ich so einen Ballon hätte, würde ich auch gerne mal ohne plappernde Passagiere durch die Lüfte schweben.«

Da hatte er natürlich Recht, dachte Malthaner. »Das wäre doch was für Ihren Ruhestand.«

Reiher ignorierte die Bemerkung. »Keine Fragen mehr?« Der Polizeisprecher blinzelte in die Sonne. Nachdem sich niemand rührte, schüttelte er jedem der Umstehenden einmal kräftig die Hand und folgte seinem Chef und dem Leiter der Kriminalaußenstelle in den Wagen der Einsatzleitung.

»Tja, länger als unbedingt notwendig muss man ja nicht bleiben«, meinte Vogt und verabschiedete sich knapp von den Journalistenkollegen.

Auch Malthaner machte sich auf die Socken. Er war fast schon bei seinem Saab, als ihm Thomas Sailer über den Weg lief, ein netter Kerl, der sich selbst als ballonverrückt bezeichnete. Sailer war Mitglied der Alb-Balloner, mit denen er fast jede freie Minute verbrachte. Selbst besaß er keine Ballonfahrer-Lizenz. Zu teuer, hatte er Malthaner seinerzeit mit einem Ausdruck des Bedauerns erklärt. Sailer kannte sich aber hervorragend mit allem aus, was mit der Ballonfahrerei zu tun hatte. Sie hatten sich bei den Vorbereitungen zu Malthaners Reportage kennen und schätzen gelernt und hatten sich seither immer mal wieder auf ein Bier getroffen. Es sah so aus, als sei Thomas mächtig durch den Wind. Seine blonden Haare klebten an der Stirn und er wirkte, als stünde er unter Schock. »Hallo«, begrüßte er Malthaner leise und drückte ihm kraftlos die Hand.

»Grüß' dich, Thomas.«

»Tragische Geschichte. Ich kann es noch gar nicht fassen«, kleidete Thomas seine Gefühle in Worte und strich sich in einer verlegenen Geste über den blonden Schnurrbart. Aus seinem olivfarbenen Ballonfahrer-Overall, der etwas von einer Bundeswehr-Uniform an sich hatte, fischte er eine Schachtel Marlboro und steckte sich mit leicht zitternden Fingern eine Zigarette an.

»Kennst du die beiden Opfer?«

»Natürlich. Ist ja mein Verein. Es sind Dieter Messbeck und Stefan Landarius.«

»Messbeck, der Bauunternehmer?«

»Bauunternehmer und stellvertretender Vorsitzender sowie wichtigster Sponsor der Balloner.«

Malthaner sah das Gesicht Messbecks vor sich. Jeder hier kannte den Bauunternehmer. Ein durchtrainierter Mittfünfziger, der über Geld, Ansehen und Einfluss verfügte. Hatte die typische Karriere gemacht. Firma vom Vater übernommen und ausgebaut. Nach allem, was man so hörte, lebte er abwechselnd auf der Alb und auf Fuerteventura, wo er angeblich ein großes Anwesen besaß. Messbeck war in der CDU und in der Kirchengemeinde aktiv. Und eine ganze Anzahl Albstädter Vereine durften sich über seine Mitgliedschaft und seine regelmäßige Spenden freuen.

Damit war es jetzt wohl vorbei.

In letzter Zeit hatte sich Messbeck jedoch bei vielen Albstädtern unbeliebt gemacht. Sein Bauunternehmen war federführend bei dem heftig umstrittenen Straßenbauprojekt, dessen Fortschritte wenige hundert Meter von der Absturzstelle entfernt beobachtet werden konnten. Allerdings hatte sich nie jemand getraut, Messbeck öffentlich an den Karren zu fahren. Dafür verfügte er über viel zu viel Einfluss. Niemand in der Provinz konnte Interesse daran haben, sich jemanden wie ihn zum Feind zu machen. Denn es war von vornherein klar, wer als Sieger aus einer wie auch immer gearteten Auseinandersetzung hervorgehen würde.

Jetzt war Messbeck also tot. Ums Leben gekommen direkt neben dem größten Bauprojekt, das seine Firma jemals angegangen war. Ironie des Schicksals.

Der Name des zweiten Opfers sagte Malthaner nichts. »Wer ist Stefan Landarius?«

»Stefan ist schon seit ewigen Zeiten bei uns im Verein, länger als ich selbst, und ich bin auch schon über zehn Jahre dabei. Stefan arbeitet beim Landratsamt. Hat mit Bausachen und so zu tun.« Thomas Sailer atmete tief ein. »Das da drüben ...«, er deutete auf die Wiese hinüber, »war Dieter Messbecks Ballon.«

Zwar spürte Malthaner, dass Thomas tief betroffen war,

nutzte aber doch die Gelegenheit, weitere Informationen zu sammeln. »Kannst du dir den Absturz erklären?«

»Eigentlich nicht, denn das Ballonfahren ist unter normalen Umständen sehr sicher. Wir vom Verein haben natürlich vorhin schon über die Ursache spekuliert. Aber niemand hat eine stichhaltige Vermutung. Die Wetterverhältnisse sind nahezu perfekt.« Wieder strich er sich über den blonden Schnurrbart, in dem sich eine erste Spur von Grau zeigte. »Gut, drei Stunden früher wären sie für eine Ballonfahrt noch besser gewesen. Wenn ein heißer Tag zu erwarten ist, fährt man meist schon in den frühen Morgenstunden. Heute Vormittag haben wir sechs Knoten Luftgeschwindigkeit, das ist für einen so heißen Sommertag noch ziemlich gut. Natürlich hat Dieter vor dem Start Auskunft bei den Meteorologen eingeholt. Das ist Pflicht. Man startet nie, ohne sich beim Wetterdienst über die Wetterlage zu informieren, auch wenn jeder Pilot den Himmel lesen kann.«

Den Himmel lesen – diese Formulierung hatte Malthaner in seiner Reportage verwendet, wie ihm sofort in den Sinn kam.

Tief inhalierte Thomas Sailer aus seiner Zigarette. »Der Ballon hat ja wohl Feuer gefangen. Das kann ich mir nicht so richtig erklären. So etwas darf eigentlich nicht vorkommen. Aber die Überreste sprechen eine deutliche Sprache, dass es in der Tat so gewesen sein muss. Die einzige theoretische Absturzursache, die mir einfällt, ist die, dass das Gas aus irgendeinem Grund explodiert sein könnte. Wenn ein Gasschlauch porös ist, dann kann Gas austreten und es kann zur Verpuffung kommen. Theoretisch, wie gesagt. Aber das hätte ich bis heute Morgen für ganz und gar ausgeschlossen gehalten. Mir ist auch nicht bekannt, dass es in Deutschland jemals einen solchen Fall gegeben hat.« Sailer legte die Stirn in Falten, sprach dann mit Bedacht weiter. »In Frankreich ist letztes Jahr ein Unfall passiert, bei dem ein Ballon Feuer gefangen hat. Aber der ist durch plötzliche Scherwinde in eine Hochspannungsleitung getrieben worden. Gab fünf Tote damals.«

»Ich erinnere mich vage.« Mit dem Fuß kickte Malthaner ein paar Kieselsteinchen weg und dachte an die Brandspuren, die er vorhin an der Ballonhülle gesehen hatte.

»Man kann es immer noch nicht glauben, dass dieses Unglück vorhin tatsächlich geschehen ist.« Sailer fehlten die Worte. Erneut zog er an seiner Zigarette, als wolle er sie gleich komplett verschlucken. Dann sprach er weiter, mehr zu sich selbst. »Alles, was wir jetzt über die Absturzursache sagen, ist graue Theorie und Spekulation. Normalerweise sind die Brenner und die Flaschen heutzutage absolut sicher. In dem Ballon da drüben war ein etwas älterer Brenner, aber es hat bei uns noch nie Probleme gegeben.«

Immer deutlicher erinnerte sich Jörg Malthaner an seine Reportage. »Vier Flaschen und zwei Brennersysteme?«, fragte er, obwohl er die Antwort schon kannte.

»Klar. Vier Flaschen mit reinem Propan. Je 18 Kilo pro Flasche. Die beiden Brenner werden unabhängig voneinander gespeist mit jeweils eigenen Schlauchführungen. Alles für die Sicherheit.«

Malthaner konnte sein Wissen problemlos abrufen, wie er mit einem Anflug von Selbstgefälligkeit feststellte: Der Brenner ist das Herzstück eines jeden Ballons. Das flüssige Propan wird über die flexiblen Schlauchleitungen aus den Gaszylindern in die Verdampferspiralen geleitet, dort erhitzt und druckerhöht. So kann eine bis zu sechs Meter hohe Flamme in das Hülleninnere schießen. Damit die Brennerflamme ausreichend schnell entzündet wird, brennt die Zündflamme permanent. Durch das Erhitzen der Luft in der Hülle steigt der Ballon, durch Abkühlen wird er vom Piloten zum Sinken gebracht.

Sailer konnte es wirklich nicht fassen, dass alle Sicherheitsvorkehrungen versagt haben sollten. »Außerdem war der Ballon hervorragend gepflegt und gewartet. Erst vor kurzem war er beim Hundert-Stunden-Check.«

»Was ist das?«

Die Frage Malthaners holte Thomas Sailer wieder in die Gegenwart zurück. Froh darüber, sein Wissen weitergeben zu können, dozierte er: »Es ist vorgeschrieben, dass ein Ballon etwa alle hundert Fahrtstunden gründlich untersucht wird. Anhand einer genauen Checkliste wird nach Mängeln gesucht.«

»Sozusagen ein TÜV für Ballone?«

»Laienhaft kann man das natürlich so ausdrücken. Wir nennen es lieber Check-up.« Leben kehrte in Sailer zurück. Über sein Hobby, seine Berufung, zu sprechen, tat ihm sichtlich gut.

»Wer nimmt diese Prüfung ab?«

»Natürlich wird der Besitzer erst einmal selbst schauen, dass alles stimmt. Ist schließlich in seinem ureigenen

Interesse. Eine Bestätigung darf aber nur ein vereidigter Prüfer oder Ballonmeister geben.«

»Und wenn mit dem Ballon etwas nicht in Ordnung ist?«

»Dann muss es repariert werden. Alle diese Arbeiten müssen akribisch im Bordbuch aufgeführt werden. Das Wartungshandbuch des Herstellers schreibt genau vor, wer welche Arbeiten durchführen darf.«

Mit einer schnellen Bewegung nahm Sailer die Kippe aus dem Mund und warf sie zu Boden, wo er sie unter dem Absatz seines groben Schnürschuhs zermalmte.

»Sag mal, wie kommt es, dass Messbeck und Landarius an einem ganz normalen Werktag vormittags mit dem Ballon gestartet sind? Alleine?«

Thomas Sailer schien irritiert. »Das ist nichts Ungewöhnliches. Ich selbst nehme mir auch ab und zu kurzfristig frei, wenn sich die Gelegenheit ergibt, mit einem unserer Piloten aufzusteigen. Ballonfahren macht süchtig.« Sailer versuchte sich an einem Lächeln, stellte es aber gleich wieder ein. »Außerdem«, fuhr er fort, »ist Dieter Messbeck sein eigener Herr und kann kommen und gehen, wie es ihm passt. Außergewöhnlich ist es schon, dass sie nur zu zweit aufgestiegen sind. Eigentlich gehören mindestens drei, besser noch vier Leute in einen Ballon dieser Größe. Schon allein aus Gewichtsgründen. Aber für zwei so erfahrene Leute wie Dieter und Stefan ist auch eine Fahrt zu zweit möglich.«

»Wie hast du von dem Unfall erfahren?«

»Ein Kumpel hat mich an meinem Arbeitsplatz angerufen und von dem Absturz berichtet. Da habe ich alles stehen und liegen gelassen und bin hierher gefahren.«

Malthaner war irritiert. »Mit deinem Ballonfahrer-Overall?«

»Klar, den habe ich immer im Auto.«

Das Kamerateam des SWR schien mit seiner Arbeit fertig zu sein. Der gelb-lackierte Wagen fuhr mit Schmackes an ihnen vorbei und kollidierte fast mit einem entgegenkommenden hässlichen schwarzen Kombi. Es war der Leichenwagen.

»Scheiße«, flüsterte Sailer und wendete den Blick ab. Starr schaute er in die Ferne, dort wo sich der Straßenbau in die Wiesen und sanften Hügel dieser Alb-Vorzeigelandschaft fraß. Messbecks Straße.

Dann sah er wieder Malthaner an.

Für ihn war es höchste Zeit zu verschwinden. Man tauschte noch ein paar belanglose Floskeln aus, versprach, sich gegenseitig auf dem Laufenden zu halten. Dann schaute Malthaner, dass er Land gewann.

Die Blues-Kassette im Radio des Saab passte zu seiner Stimmung. Eine Südstaatenstimme heulte etwas von einem *Rainy Day in Georgia*. Malthaner schwitzte noch mehr.

3

Zu Hause angekommen, rief er erst einmal in Stuttgart in der Redaktion an und kündigte die Geschichte vom Ballonabsturz an. Er erwischte Hauser, seinen früheren Redaktionsleiter, dem er heute als fester Freier noch immer am liebsten zuarbeitete. Hauser war ein Journalist vom alten Schlag. In Ehren ergraut, von mancher Auseinandersetzung mit gekommenen und wieder gegangenen Chefredakteuren und Verlagsmanagern ernüchtert, aber als Journalist immer noch ein richtiger Beißer. Einer, zu dem man aufsehen konnte. Und musste, falls man kleiner als 1,90 Meter war.

Hauser, der Fels in der Brandung sich ändernder Rahmenbedingungen. Bedingungen, die einem engagierten und seriösen Journalismus immer häufiger nicht zuträglich waren. Seine Sensibilität und Warmherzigkeit versteckte Hauser erfolgreich hinter seinem vierschrötigen Äußeren und seiner polternden Art, mit der er im Privat- und im Berufsleben nicht wenige Weggefährten vor den Kopf gestoßen hatte. Aber das war Hauser, dem alten Redaktionsschlachtross, völlig schnuppe. Er war einfach nur aufrichtig. Verbiegen ließ der sich nicht mehr. Einige Jahre war er Jörg Malthaners direkter Vorgesetzter gewesen und der hatte in dieser Zeit reichlich Gelegenheit gehabt, den echten Hauser schätzen zu lernen, menschlich wie beruflich. Hauser liebte schwarzen Kaffee und hasste Witze über seinen uralten Daimler. Und Hauser überraschte diejenigen, die ihn näher kennen lernen durften, mit seiner Liebe und Sammelleidenschaft für zeitgenössische Kunst. So weit er sie sich leisten konnte.

Natürlich knurrte er Malthaner durchs Telefon an. »Ballonabsturz? Und du natürlich direkt vor Ort! Na ja, wenn in deinem Kaff auf der Alb schon mal was los ist.«

Es konnte ja gar nicht anders sein, als dass Hauser erst mal etwas in der Art loslassen musste. So begannen Gespräche eigentlich immer, wenn Malthaner einen Artikel über ein Ereignis auf der Schwäbischen Alb anbot. Wahrscheinlich war es der pure Neid derer, die sich wieder einmal im Stuttgarter Kessel mit dem Smog herumschlagen durften, während andere die frische Luft in den Höhenlagen des Landes genießen konnten. Nicht, dass Malthaner böse über Hausers Ausbruch gewesen wäre. Vielmehr hätte es ihn beunruhigt, wenn Hauser das Gespräch nicht auf diese Art begonnen hätte.

»Gut, großer Häuptling. Nachdem du Dampf abgelassen hast und sich die Rauchschwaden verziehen«, sagte Malthaner, »schlage ich dir einen dreispaltigen Artikel mit knapp 100 Zeilen vor.« Manchmal musste man um jede Spalte, jede Zeile kämpfen. Die aktuellen Ereignisse nahmen einfach keine Rücksicht auf den begrenzten Seitenumfang einer Zeitung.

Jetzt drehte Hauser erst richtig auf. »Oder am besten gleich eine ganze Seite«, polterte es aus dem Hörer.

»Zu dem Text sollte natürlich auch ein Foto dazu. dpa war vor Ort.« Ein kleines Grinsen wollte sich Malthaner nicht verkneifen. Er konnte sich gut vorstellen, dass Hauser in der einen Pranke das Telefon hielt, während er mit der anderen versuchte, seine riesige Kaffeetasse zu zerquetschen. Der ältere Kollege war in der Tat nicht um seine Aufgabe zu beneiden. Er hatte zwei Seiten zur Verfügung, auf denen er alles unterbringen musste, was in Baden-Württemberg so passiert. Und jedes Redaktionsmitglied, jeder Korrespondent, jeder freie Mitarbeiter hielt seine Story selbstredend für die wichtigste.

»Gut, schick mir so um die 100 Zeilen. Ich werde deine Geschichte schon noch eindampfen«, drohte Hauser und meinte es womöglich auch so. »Bis um halb drei heute Mittag. Spätestens!«

»Aye, aye, Käpt'n«, salutierte Malthaner, legte auf, zog den Laptop näher heran und machte sich an die Arbeit.

Nachdem der Artikel fertig war, versuchte er Brigitte zu erreichen. Seine Lebensgefährtin führte als Internistin eine Hausarztpraxis, die sie vor einigen Jahren von ihrem Vater übernommen hatte. Brigitte und er kannten sich seit ihrer Jugend, hatten sich später für viele Jahre aus den Augen verloren und zufällig vor anderthalb Jahren in Albstadt wieder getroffen. Das war der Beginn ihrer Geschichte. Brigitte besaß die äußerst großzügige Penthouse-Wohnung, die seit einiger Zeit auch Jörg Malthaners Zuhause war.

Sie hatte schon von dem Ballonabsturz gehört. Eine

Patientin hatte ihr die Neuigkeit überbracht. Schlechte Nachrichten sprechen sich schnell herum. Vor allem in einer kleinen Stadt.

Mit ihr sei erst spät am Abend zu rechnen, sie müsse noch Abrechnungen machen, teilte Brigitte mit.

In jüngerer Zeit kam es regelmäßig vor, dass Brigitte erst sehr spät aus ihrer Praxis nach Hause kam. Ein gemeinsames Privatleben fand seit zwei Monaten nur sehr eingeschränkt statt, was Jörg Malthaner je nach Gemütslage auf die Palme brachte oder schmerzte. Meist ging er abends alleine in die Kneipe, um sich mit Freunden zu treffen. Auch die Kinobesuche, eigentlich eine gemeinsame Leidenschaft, fanden seit Monaten regelmäßig ohne Brigitte statt.

Er seufzte, klappte den Laptop zu und lehnte sich in seinem Stuhl zurück. Ein Hubschrauber überflog in diesem Moment das Haus.

Die Bilder von der Absturzstelle drängten sich wieder in sein Bewusstsein. Die weißen Tücher über den Leichen. Dieter Messbeck. Stefan Landarius. Die beiden Absturzopfer. Der eine als Bauunternehmer in der ganzen Region bekannt wie ein bunter Hund. Der andere – zumindest für Malthaner – ein unbeschriebenes Blatt. Beides erfahrene Ballonfahrer. Einer dieser Treppenwitze des Schicksals, dass sie bei einem Freizeitvergnügen ums Leben kamen, das so viel sicherer war als die meisten Hobbys, die sich adrenalinsüchtige Menschen für gewöhnlich aussuchten. Bestimmt waren Messbeck und Landarius in großer Vorfreude auf die Ballonfahrt vom Boden abgehoben, der grenzenlosen Freiheit entgegen. Wenige Minuten später waren sie tot. War so etwas zu begreifen?

Noch nie hatte es weit und breit ein vergleichbares Unglück gegeben, hatte der Polizeisprecher Reiher betont. Und auch Thomas Sailer, der Clubkamerad der beiden Verunglückten, hatte sich in dieser Richtung geäußert.

Ein geradezu plastisches Bild von Messbeck formte sich vor Jörg Malthaners geistigem Auge. Deutlicher noch als direkt an der Unfallstelle. Ein-, zweimal waren sie sich persönlich begegnet, bei irgendwelchen offiziellen Anlässen. Messbeck entsprach durchaus der Vorstellung, die Lieschen Müller sich gemeinhin von einem erfolgreichen Bauunternehmer macht. Er war groß und athletisch gebaut, hatte ein kantiges Gesicht. Seine graumelierten Haare erfuhren mit einiger Wahrscheinlichkeit regelmäßige Pflege im Salon eines Friseurs, der sein Handwerk verstand. Die Dauerbräune in Messbecks Gesicht mochte von den regelmäßigen Aufenthalten auf Fuerteventura stammen. Messbeck verstand sich darauf, Menschen einzunehmen. Mit dem Wirtschaftsminister konnte er sich bestimmt genauso unbefangen unterhalten wie mit dem Vorarbeiter auf einer seiner Baustellen. Er wusste, wie man mit den Leuten umzugehen hatte. So wie Malthaner ihn einschätzte, war Messbeck der Einsatz der Ellbogen ebenso vertraut wie der des Charmes.

Vorurteile, möglicherweise. Sicher, Messbecks Schicksal hatte Anteilnahme verdient, forderte sie geradezu heraus. Von größerer Bedeutung schien Malthaner aber die Frage, was jetzt aus dem Bauunternehmen werden sollte, das bestimmt hundert oder mehr Menschen Arbeit gab. Würde sich der Tod des Chefs auf das große Straßenbauprojekt auswirken, das die Menschen in der Stadt in zwei Lager spaltete? In diejenigen, die das Projekt bedingungslos ablehnten. Die lange, aber letztlich erfolglos versucht hatten es zu bekämpfen. Und in diejenigen, denen wie immer alles egal war. Ein Jahrhundertprojekt – so nannten es die Gemeinderäte und die Verwaltungsspitze, die es vor etwas mehr als einem Jahr gegen erbitterten Widerstand aus Teilen der Bevölkerung durchgepeitscht hatten. Eine Straßenverbindung zwischen den Stadtteilen Lautlingen und Tailfingen. Ein gigantisches Vorhaben, für das gewaltige Flächen Natur geopfert wurden und für das ein Berg einfach durchschnitten wurde. Der Straßenbau war auf sieben oder acht Jahre veranschlagt.

Für Jörg Malthaner bestand von Anfang an Klarheit darüber, auf welcher Seite er stand. Die geplante Straßenverbindung erschien ihm vollkommen unnötig und unsinnig. Ein Anflug von Größenwahn, der den Entscheidungsträgern in Gemeinderat und Rathaus die Sinne vernebelt hatte. Ein Projekt, das trotz großzügiger Zuschüsse aus Bundes- und Landeskassen den städtischen Haushalt auf lange Zeit in einen eisernen Würgegriff nehmen würde.

Umweltschützer waren gegen die Pläne Sturm gelaufen. Geologen hatten davor gewarnt. Albstädter mit gesundem Menschenverstand – und davon gab es noch eine ganze Menge – hatten sich in Unterschriftenaktionen, Demonstrationen, einem Protestmarsch und Leserbriefen im Albblatt, der lokalen Tageszeitung, massiv gewehrt. Vergebens.

Die Argumentation für das 150-Millionen-Euro-Projekt war nach dem gängigen Muster abgelaufen.

Der Fortschritt sei nicht aufzuhalten, wurde den Zweiflern gepredigt. Man möge nur den Zugewinn an Infrastruktur bedenken. Die segensreiche Entlastung der Innenstadt durch die neue Straße wurde der Bevölkerung immer wieder als Begründung eingetrichtert. Als ob die Innenstadt diesen Segen überhaupt nötig gehabt hätte! Die schnellere Verbindung für ein paar Dutzend Berufspendler wurde ernsthaft als Argument ins Feld geführt.

Und das Geld erst. Die Zuschüsse aus Berlin und Stuttgart müsse man einfach mitnehmen. Eine solche Chance gäbe es nie wieder. »Wenn wir die Straße nicht bauen, geht das Geld nach Sachsen« – mit diesen Worten war der Oberbürgermeister seinerzeit im Albblatt zitiert worden.

Als auch damit die Stimmung in der Bevölkerung nicht zu kippen war, kam das Totschlagargument schlechthin. Arbeitsplätze gingen unwiderruflich verloren, wenn der bescheidenen Industrie die neue Straße nicht zur Verfügung gestellt würde. Und so weiter.

Schließlich hatte der Gemeinderat mit überraschend komfortabler Mehrheit zugestimmt. Selbst die Skeptiker und Zweifler in den eigenen Reihen waren von ihren Fraktionschefs in die Pflicht genommen worden. Mit welchen Drohungen und Versprechungen auch immer. Die entscheidende Gemeinderatssitzung musste in die Festhalle verlegt werden, weil der Ansturm der Bürger so groß war wie noch niemals zuvor in der Geschichte des Stadtparlaments.

Mehrfach hatte Jörg Malthaner in der Landeszeitung über das Thema berichtet, das auch außerhalb der Grenzen des Zollernalbkreises ein aufmerksames Publikum fand.

Natürlich brachte der heftig umstrittene Straßenbau eine ganze Reihe von glücklichen Menschen hervor. Die Wiesenbesitzer zum Beispiel, die ihre bis dato wenig wertvollen Stückle ohne jede Mühe versilbern konnten. Die Angebote lagen von vornherein auf einem Niveau, das jedem Grundstücksbesitzer Sentimentalitäten verbot.

Messbeck zählte zu den Gewinnern. Oder zumindest sein Hoch- und Tiefbauunternehmen. In Zeiten, da die Baubranche von einer Krise in die nächste schlitterte, war dieser Auftrag für seine Firma so etwas wie der Sechser im Lotto. Auf Jahre hinaus mussten sich Messbeck und sein Management keine Gedanken über die Zukunft machen. Dachten sie. An ein Dahinscheiden des kerngesunden Chefs hatte gewiss niemand einen Gedanken verschwendet. Aus der europaweiten Ausschreibung war die einheimische Firma überraschend als günstigster Bieter hervorgegangen. Natürlich hatte das zu Gerüchten über Mauscheleien geführt.

Aber das war immer so.

Der Straßenbau hatte bereits ein Todesopfer gefordert, ein Kind, wie Malthaner plötzlich in den Sinn kam. Warum ihm das nicht schon früher eingefallen war, wunderte ihn.

Im Frühsommer musste es wohl gewesen sein. Ein schreckliches Unglück. Wegen des milden Wetters war an der Baustelle mit Hochdruck gearbeitet worden. Ein sechs- oder siebenjähriger Junge war dabei von einem Bagger zerquetscht worden. Das Kind hatte mit Freunden auf einer Wiese unweit der Baustelle gespielt und wollte seinen Vater besuchen, der bei Messbecks Firma in Lohn und Brot stand und als Lastwagenfahrer beim Straßenbau arbeitete. Der Bub lief unglücklich hinter einen Bagger. Dessen Fahrer konnte damit nicht rechnen und überfuhr den Jungen.

So schlimm der Unfall auch war, das Albblatt brachte damals nur einen größeren Einspalter. Die Landeszeitung hatte die Sache ebenso knapp abgehandelt und in Form einer fünfzeiligen Meldung gebracht.

So weit erinnerte sich Malthaner an die Fakten.

Dann katapultierte er sich aus seinem Stuhl. Eine kleine Tour mit dem Mountainbike würde ihm helfen, den Kopf frei zu bekommen. Frei von den Erinnerungen an diesen Unfall, frei von Bildern vom Ballonabsturz. Zuvor wollte er ins Städtchen gehen, einen Spaziergang machen und ein paar Kleinigkeiten einkaufen.

Darin bestand der große Vorteil seiner zwar nicht fürstlich entlohnten, ihn aber ernährenden Selbstständigkeit als freier Journalist: Er konnte sich Freizeit und Arbeit weitgehend nach eigenem Gusto einteilen. Allein die Arbeit für die Landeszeitung hätte ihn weder zeitlich ausgefüllt noch eine ausreichende finanzielle Grundlage für sein durchaus komfortables Leben geboten. So schrieb Jörg Malthaner regelmäßig für mehrere überregionale

Zeitungen und eine Reihe von Magazinen, Zeitschriften und sogar für ein Verbandsorgan. Am liebsten war ihm neben der Tätigkeit für die Landeszeitung, bei der er mehrere Jahre lang festangestellter Redakteur gewesen war, die Arbeit für die beiden Reisemagazine, mit deren Redaktionen er eng zusammenarbeitete. Das brachte jedes Jahr ein paar interessante Reisen und spannende Storys.

Die Vorfreude auf die Biketour entlockte ihm ein wenig melodiöses Pfeifen. Außenstehende hätten das Lied kaum als *Brown Sugar* von den Stones identifiziert. Malthaner war's egal. Er streifte ein rotes Trikot über, setzte sich die Bikebrille auf die Nase und streifte den kleinen Rucksack über, der Luftpumpe, Ersatzschlauch und Regenschutz enthielt. Dann schnappte er sein No Pogo, das Bike, das ihn seit Jahren begleitete. Malthaner machte sich auf den Weg. Eine lockere Runde drehen.

Die Droge wirkte.

Er war sich sicher, dass Fahrradfahren Glückshormone frei setzte. Zumindest bei ihm. In gleichmäßigem Tempo rollte Malthaner durch den Wald. Angenehm frisch und fast schon kühl kam ihm die Luft vor. Kein Vergleich zu der Sauna außerhalb des Forsts. Er befand sich auf einem Waldweg, den er schon hundert, ach was, tausend Mal mit dem Rad befahren hatte. Wunderbare Heimat. Die Äste der Fichten rechts und links reichten teilweise bis zum Boden. Silberdisteln, diese geschützten Symbole der Alb, gab es hier noch in reicher Anzahl. Völlig unspektakulär wuchsen sie aus der Erde, keineswegs nur auf freier Wiese. Man musste nur hinschauen.

Kein Mensch begegnete ihm. Kein Biker. Kein Spaziergänger. Kein Klugscheißer, der Radfahren für Naturfrevel hielt.

Der Radler Jörg Malthaner trat locker in die Pedale und genoss die Natur. Ohne Ziel. Ohne Zeitlimit. Welche Wonne!

Ohne Ziel? Er musste sich entscheiden. Wenn er auf dem Weg blieb, kam er hinüber ins Gebiet Lerchenfeld nach Tailfingen. Genau an der Stelle vorbei, an der am Vormittag der Ballon abgestürzt war.

Die Entscheidung stand eigentlich schon fest, ohne dass Malthaner sich das eingestehen wollte. Er radelte zum Absturzort. Gerade so, als locke ihn eine höhere Macht dorthin. Wie der Mörder, den es angeblich auch immer wieder zum Tatort ziehen soll. Wobei Malthaner diese These für ausgemachten Unsinn hielt. War es die Sensationsgier, die ihn selbst trieb? Dabei verurteilte er doch die Gaffer, die sich bei Unglücken aller Art am Schicksal anderer weideten wie die Geier. Zugegeben, als Journalist bemächtigte er sich selbst gegenüber der Rechtfertigung, nur aus beruflichem Zwang solche Unglücksstellen aufzusuchen. Hätte er nicht über die Unglücke berichten müssen, wäre er dann auch bei den Schaulustigen gewesen? So wie dieser abstoßende Quadratschädel heute Vormittag, der sich der Polizei gegenüber als Augenzeuge aufgespielt hatte?

Malthaner wusste keine endgültige Antwort darauf. Wollte auch keine wissen.

Mit unvermindertem Tempo rollte er weiter und hörte schon das dumpfe Grollen schwerer Baumaschinen. Als er zwei Minuten später aus dem Wald auftauchte, sah er ein Stück weit unter sich die Wunden, die man in den vergangenen Monaten in die Natur geschlagen hatte. Mit einem Zug am Bremshebel hielt er an, stieg ab, schaute auf die Szenerie vor sich. Der Straßenbau forderte seinen Tribut. Messbecks Straße, wenn man es sich einfach machen wollte. Wieder tauchte das Bild des Bauunternehmers vor Malthaner auf, wie schon zweimal an diesem Tag. Wenn eines Tages das Band zur Straßeneinweihung durchschnitten werden würde, wäre von Messbeck nichts mehr übrig außer ein paar vergammelten Knochen. So viel war seit diesem Morgen sicher.

Von beiden Seiten der Trasse bohrte sich der Straßenbau in die Landschaft, und irgendwann in ein paar Jahren wollte man sich in der Mitte treffen. Einige Kilometer entfernt beim Badkap, der Erlebnisbad-Anlage, hatten die Bagger ebenfalls bereits angefangen, sich durch die Wiesen und Felder zu fressen. Die Topografie machte die Sache schwierig.

Vor sich sah Malthaner Bagger und anderes schweres Gerät in Aktion. Die Ungetüme veranstalteten einen ziemlichen Lärm. Ein Gefühl des Verlustes ergriff plötzlich von Jörg Malthaner Besitz. Seit er denken konnte, gab es hier mehr oder weniger unberührte Natur. Und jetzt verschwand sie für alle Zeiten, musste einem hässlichen Asphaltband Platz machen. Fortschritt nannte man das wohl.

Noch kein Jahr war es her, als ihm hier bei einer Radtour zwei Füchse begegneten. Die Tiere mussten sich ein neues Revier suchen. Auf sie nahmen die Bagger keine Rücksicht. Ebenso wenig wie auf die Gefühle eines Journalisten, der hier aufgewachsen und nach vielen Jahren in der Fremde wieder zurückgekehrt war. Der glaubte, seine Heimat endgültig gefunden zu haben.

Ja, es schmerzte ihn zu sehen, was hier geschah.

Langsamer als vorhin fuhr er weiter, auf einem asphaltierten Weg der Absturzstelle entgegen.

Nun bot sich ein vollkommen anderes Bild als am Vormittag. Fast nichts mehr wies auf das schreckliche Unglück hin, das fünf, sechs Stunden zuvor zwei Menschen das Leben gekostet hatte. Die Absperrbänder waren weg. Keine Überreste des abgestürzten Ballons waren mehr zu sehen. All die Menschen, die am Vormittag hier herumgewuselt waren, hatten sich verzogen. Mit ihnen waren die Autos verschwunden. Ein paar vereinzelte Fußgänger schlenderten umher. Sie wollten sich vielleicht am Ort eines schrecklichen Geschehens einen wohligen Schauer holen. Eines war sicher: In ganz Albstadt gab es zu dieser Stunde vermutlich kaum jemanden, der noch nicht von dem Ballonunglück gehört hatte.

Malthaner ließ das Fahrrad ausrollen und stieg ab. Vorsichtig legte er das Mountainbike in das Gras neben dem Weg, nahm seinen Radhelm ab und platzierte ihn neben dem Fahrrad auf dem Boden.

Ein älteres Paar näherte sich ihm, die Frau beim Mann untergehakt.

Wäre die verdammte Baustelle in Sichtweite nicht gewesen, auf der an diesem Spätnachmittag mächtig Betrieb herrschte, alles hätte hier so idyllisch gewirkt wie immer.

Wie immer, seit er als Kind hierher gekommen war.

Er atmete tief ein. Das schwere Gerät von der wenige hundert Meter entfernten Baustelle sorgte für eine Geräuschkulisse, die fehl am Platz wirkte.

Das Gras auf der Wiese klebte in einem Umkreis von ein paar Metern plattgedrückt am Boden, als hätte jemand mit Haargel nachgeholfen. Was ihn hierher getrieben hatte, war Jörg Malthaner selbst nicht klar. Berufsbedingte Paranoia, vielleicht.

Er wollte sich die Unglücksstelle noch einmal ansehen, auch wenn es keinen vernünftigen Grund dafür gab. Seine Story hatte Malthaner längst im Kasten. Für ein weitergehendes Interesse als Journalist gab es keinen Anlass. Für die Landeszeitung betrachtete die Sache mit der einmaligen Berichterstattung ganz bestimmt als erledigt. Natürlich handelte es sich um einen besonders dramatischen Unfall. Einen, wie er selten vorkam. Aber es war eben auch ein Unfall, der das Interesse der Leser mit anderen Unglücken, Tragödien und Katastrophen im ganzen Land teilen musste.

Aufmerksam suchte Malthaner mit dem Blick die Wiese ab. Bis auf das niedergedrückte Gras erinnerte nichts mehr an den Ballonabsturz.

Das ältere Paar kam jetzt auf Sprechweite heran. Malthaner nickte den beiden freundlich zu, was der rotgesichtige Mann wohl als Aufforderung verstand, etwas zu sagen. »Hat ordentlich gerummst heute Morgen«, sagte er grinsend. Saß ja schließlich nicht im Ballonkorb, der

Schwätzer. Seine Aussprache deutete darauf hin, dass er aus dem Ortsteil Tailfingen stammte. Das Paar bewies Malthaner, dass er nicht als Einziger voraussetzte, dass bereits jeder Mensch in der Stadt über das Unglück informiert war. Der Mann war Mitte sechzig, hatte ein volles Gesicht mit Wabbelbacken, zu dem die scharfkantige Nase nicht so recht passen wollte. Sein buntes Hemd, unter dem sich ein praller Bauch wölbte, hatte vermutlich schon so manchen Sommer kommen und wieder gehen sehen. Er trug kurze Jeans, dazu braune Socken und Sandalen. Eine abscheuliche Mischung. Den rechten Mittelfinger zierte ein großer Siegelring. Einer von der Art, wie man ihn sich in einer gewissen Generation zur Hochzeit gerne angesteckt hatte.

Die Frau war klein und stämmig. Sie trug eine goldumrandete Brille. Ihre Frisur musste erst in den letzten Tagen einen ortsansässigen Figaro reich gemacht haben. Nicht, dass Jörg Malthaner sich mit so etwas auskannte, aber das kunstvoll arrangierte Haupthaar zog unweigerlich seinen Blick an. Malthaner schätzte sie einige Jahre jünger als ihren Mann. Sie steckte in einem ziemlich geschmacklosen Blümchenkleid Marke Neckermann, das im Gegensatz zu dem Kunstwerk auf ihrem Kopf einfach wirkte. Sehr bunt. Und zugleich überaus farblos. Die Frau schien sich immerhin etwas mehr Sensibilität als ihr Göttergatte bewahrt zu haben. »Dass so etwas passieren muss! Was hat sich der Herrgott dabei nur gedacht?«

Malthaner beschränkte sich darauf, ein betroffenes Gesicht zu machen, behielt seine Gedanken aber für sich. Er musste auch gar nichts sagen. Der Mann redete unaufgefordert weiter. »Für mich war schon lange klar, dass so etwas irgendwann einmal passieren musste. So wie die hier immer geflogen sind.« Jetzt hätte Malthaner darauf hinweisen können, dass Ballone nicht fliegen sondern fahren, aber er ersparte sich die Mühe.

»Wie meinen Sie das?«, fragte er der Höflichkeit halber, aber ohne jedes echte Interesse zurück. Er kannte diese Typen. Machten sich wichtig, redeten viel, hatten aber nichts zu sagen. So gesehen war dieser Mann hier vom gleichen Schlag wie der Zeuge, den Kriminalhauptkommissar Konz am Vormittag keine fünfzig Meter von diesem Punkt entfernt befragt hatte.

»Die waren immer so unfreundlich. Wir gehen hier oft spazieren, die behandeln uns dann immer als wären wir Luft. Kümmern sich nur um ihre Ballone und ihre Passagiere, die so blöd sind, eine Menge Geld für einen Flug zu zahlen.« *Fahrt, nicht Flug*. Ja, dieser übergewichtige, verbitterte ältere Mann verstand die Welt. Stand bestimmt noch nie in einem Ballonkorb, wusste aber, dass alle anderen blöd sind.

»Vor so einem Start müssen die sich halt auf den Ballon konzentrieren«, warf Malthaner die ersten Worte ein, die ihm in den Sinn kamen.

»Ach was, die machen sich nur wichtig. Ziehen jedes Mal eine Schau ab. Wie sehr sie sich auf ihre Ballone konzentrieren hat man heute gesehen! Ich sage Ihnen, das hat passieren müssen. Wundert mich nur, dass es so lange gedauert hat, bis einmal so ein Ballon abstürzt.«

Aggressionen bauten sich in Malthaner auf.

»Der Herrgott weiß schon, was er tut.« Schien das

Lieblingsthema der Frau zu sein. Die Aggressionen wuchsen. »Bestimmt hat der Herr einen Plan mit den beiden armen Seelen, die er abberufen hat.«

Bestimmt. Malthaner hatte auch einen Plan. Er wollte weg. So schnell wie möglich. Eilig nahm er seinen Fahrradhelm wieder vom Boden auf und setzte ihn auf den Kopf. Dann wuchtete er das Rad hoch und schwang sich in den Sattel. Auf einen unehrlichen Abschiedsgruß verzichtete er. Dass Biker blöde Wichtigtuer sind, wusste der dickbäuchige Mann bestimmt schon.

4

Malthaner überließ den beiden komischen Heiligen den Weg und fuhr über das Gras davon. Ein paar Kurbelumdrehungen später rollte er mit dem Vorderrad über ein kleines Hindernis, das dadurch vom Boden katapultiert und gegen den Rahmen des Bikes geschleudert wurde. Es gab ein metallisch klingendes Geräusch, als der Gegenstand auf den Aluminiumrahmen traf.

Interessiert stoppte Jörg Malthaner. Er war sich bewusst, dass das Ehepaar aus einigen Metern Entfernung interessiert zuschaute. Sicher hefteten sich neugierige Blicke auf ihn. Er bückte sich aus dem Sattel und klaubte den Gegenstand auf. Es war ein kleines Kupferrohr, vielleicht zwanzig oder fünfundzwanzig Zentimeter lang mit einem Durchmesser von schätzungsweise sechs oder sieben Zentimetern. An einem Ende registrierte er eine Abbruchkante. Es schien, als sei der Rest des Rohrs abgerissen. Wieder einmal handelte Jörg Malthaner impulsiv, ohne groß darüber nachzudenken. Er stopfte das seltsame Röhrchen in seinen Rucksack. Warum auch immer. Glaubte er allen Ernstes, dass ausgerechnet er rein zufällig über etwas gestolpert war, das mit dem Absturz in Zusammenhang stand und was Dutzende von Polizisten, Ballonfahrern und Rettungsleuten aller Art nicht gefunden hatten? Bestimmt hatte das Kupferrohr nichts mit dem Ballonunglück zu tun.

Langsam radelte er weiter. Nichts wies mehr auf die Katastrophe hin, die sich am Vormittag auf diesem Gelände ereignet hatte.

Er nahm Fahrt auf. Ließ die Baustelle und das Absturzgelände hinter sich. Malthaner wollte hinüber nach Onstmettingen zum Zellerhorn, von wo sich ein Postkartenblick zur Burg Hohenzollern bot, der einen die bösen Dinge des Lebens vergessen lassen konnte.

Ballonabstürze zum Beispiel. Oder Straßenbauprojekte, die die Wälder seiner Kindheit zerstörten.

Zum zweiten Mal an diesem Tag rief er nach der Rückkehr nach Hause seine Lebensgefährtin in ihrer Praxis an. Eine Sprechstundenhilfe meldete sich. Die Frau Doktor behandle einen Patienten, beschied sie. Malthaner bat um Rückruf. Mit einem Seufzer legte er auf und stellte fest, dass Seufzen zu seiner bevorzugten Ausdrucksweise zu werden schien. Der Kühlschrank gab nicht viel her.

Lustlos blätterte er sich durch die jüngste Ausgabe des Spiegel, las hier und da eine Geschichte an, ohne wirklich bei der Sache zu sein.

Brigitte wollte im September auf einen Ärztekongress nach Mailand. Zwei- oder dreimal, seit sie zusammen waren, hatte sie schon solche Kongresse besucht. Bisher hatte sie ihn immer gefragt, ob er mitkommen wolle. Stets hatte er abgewinkt. Diesmal wartete Malthaner vergebens darauf, eingeladen zu werden. Zumindest bisher hatte Brigitte noch keinerlei Interesse an seiner Teilnahme erkennen lassen.

Natürlich würde er ablehnen, trotzdem, fragen könnte sie ihn immerhin.

Das Telefon. Brigittes Rückruf.

Sie hielt sich nicht lange mit der Vorrede auf. »Du solltest heute dringend einkaufen gehen«, bat sie.

»Ja, das habe ich gemerkt, als ich fast in den leeren Kühlschrank gefallen wäre.«

»Bring bitte einen schönen Lachs mit, den können wir dieser Tage abends mal essen.«

»Falls du ausnahmsweise an einem der kommenden Abende zu Hause sein solltest.« Es klang schärfer, als er beabsichtigt hatte.

»Müssen wir darüber schon wieder diskutieren?«

Malthaner machte einen Rückzieher. »Ist ja gut. Also, was soll ich alles mitbringen?«

»Darüber kannst du dir ausnahmsweise mal selbst deine Gedanken machen. Kauf das ein, was du essen möchtest.«

Sie selbst war ja eh selten genug zum Abendessen da. Vom Lachs war keine Rede mehr.

Malthaner versuchte es mit einem Friedensangebot. »Wie wäre es, wenn wir heute Abend zum Italiener gingen? Ich könnte dich in der Praxis abholen.«

Keine Chance. »Nein, das passt mir nicht. Ich weiß wirklich noch nicht, wie lange ich in der Praxis sitzen muss. Es könnte ziemlich spät werden.«

Jeden Abend alleine in der Wohnung zu hocken, war

nicht gerade das, was sich Jörg Malthaner unter einer harmonischen Beziehung vorstellte. Wenn er Brigitte darauf ansprach, reagierte sie zunehmend gereizt. Sie habe schließlich kein so bequemes Arbeitsleben wie er, hatte sie ihm neulich an den Kopf geworfen.

»Shampoo ist auch keines mehr da«, fiel ihr noch ein. »Jetzt muss ich mich wieder um meine Arbeit kümmern. Bis später dann.«

»Bis dann.« Er war kurz davor, eingeschnappt zu sein. Trotzdem erstellte er eine Einkaufsliste.

Als Brigitte kurz vor acht noch nicht zu Hause war, entschied sich Malthaner für einen Besuch im Biergarten. Mit einem Kugelschreiber kritzelte er einen Hinweis auf seinen Aufenthaltsort auf ein großes Stück Papier, das er auf den Couchtisch legte.

Fast alle Biertische waren besetzt. Die wenigen wirklich warmen Abende galt es auf der Schwäbischen Alb intensiver zu nutzen als in anderen, vom Klima eher begünstigten Regionen.

An einem der Holztische, die unter mächtigen Laubbäumen standen, sah Malthaner den Albblatt-Redakteur Volker Vogt sitzen. Außer Vogt erkannte Jörg Malthaner kein bekanntes Gesicht. Vogt saß mit einer braunhaarigen jungen Frau zusammen und winkte ihn heran. Beide hatten ein Weizenbier vor sich stehen. Volker machte einen abgekämpften Eindruck.

»Das ist Katja, meine Freundin«, stellte er mit Besitzerstolz in der Stimme die hübsche Frau vor, die höchstens Mitte zwanzig war und ein weißes Top über einer blauen

Jeans trug. Malthaner wurde das Gefühl nicht los, als hätte Vogts Freundin früher auf den Namen Tanja gehört und wäre blond gewesen. Katja musste wohl neu im Spiel sein. Sie hatte ein freundliches Lächeln, Malthaner schüttelte ihr die Hand. Volker erklärte seiner Freundin, wer da vor ihr stand: »Jörg Malthaner, Albstädter von Geburt und aus Überzeugung, Journalist von Beruf.«

»Setz dich doch«, forderte Vogt den älteren Berufskollegen auf.

»Warum nicht? Aber erst hole ich mir auch so eine Kaltschale.«

Im Biergarten galt Selbstbedienung. Erhöhte vermutlich die Rendite für den Betreiber, der, nach allem was man so hörte, viel von einer hohen Rendite hielt. Vor dem Pavillon mit Ausschank staute sich eine kleine Menschenschlange. Das Bier wurde aus Flaschen ausgeschenkt. Es dauerte einige Zeit, bis Malthaner sein Hefeweizen bekam.

Er setzte sich neben Katja, Volker Vogt gegenüber auf die rustikale Holzbank und nahm einen tiefen Schluck. »Ah, das Leben ist gut.« Der erste Schluck soll bekanntlich der beste sein, aber Malthaner schmeckte auch der zweite vorzüglich.

Nachdem er das Glas wieder abgesetzt hatte, fragte er den Lokalredakteur: »Hast du dein Tagwerk beendet?«

»Ja. Kein Abendtermin heute, Gott sei Dank. Ging heute etwas länger wegen der vermaledeiten Ballongeschichte. Ich habe noch ziemlich viel recherchiert. Die Redaktionsleitung war der Meinung, dass man noch einen weiteren Artikel bringen sollte, der die positiven Seiten des Ballonfahrens hervorhebt.« Volker war aufgebracht und versuchte nicht, das zu verbergen.

»Ach ja?«

»Nachdem sich der Unfall herumgesprochen hatte, haben anscheinend sofort ein paar einflussreiche Leute bei der Redaktions- und Verlagsspitze angerufen, die sich um den Ruf des Ballonfahrens sorgen. Beispielsweise die Firmen, die Heißluftballons sponsern oder sogar eigene Ballons besitzen.«

»Und dann musstest du noch zusätzlich eine Friede-Freude-Eierkuchen-Geschichte zu der Unfallstory bringen? Das sieht deinem Blatt ähnlich.«

Vogt schaute nicht glücklich aus. »Oh ja, man hat mir sehr eindringlich klar gemacht, wie wichtig das Ballonfahren für den Tourismus hier auf der Alb ist, welchen Imageschaden die Sponsoren davontragen könnten und dass ich überhaupt nicht auf die Idee kommen sollte, in meinem Artikel auch nur ansatzweise kritische Fragen zu stellen.«

»Die Presse ist schlecht und verkommen.«

Darüber konnte Volker nicht lachen. »Du hast gut reden. Bei deinem großen Blatt passiert dir das bestimmt nicht.« Er nahm einen tiefen Schluck, während Katja ihm in einer tröstenden Geste mit der Hand über den linken Unterarm streichelte. Verbitterung ließ sich nicht überhören, als Volker sagte: »Weißt du, wie das in unserem Redaktionsstatut heißt? Wir sind der positiven Kritik verpflichtet. Anders ausgedrückt: Bloß keinen zu ernsthaften Journalismus betreiben. Man will ja nicht, dass einflussreiche Leute verärgert werden.« Er spuckte die Worte verächtlich aus.

Natürlich verstand Malthaner den Unmut des jungen Kollegen.

»Beziehungen schaden nur dem, der sie nicht hat«, sagte er.

Schließlich hatte Jörg Malthaner in seiner Laufbahn selbst genügend ähnlich frustrierende Momente erlebt und erlebte sie bis auf den heutigen Tag immer wieder. Nur ja niemandem auf die Füße treten! Lieber im vorauseilenden Gehorsam jedem möglichen Ärger aus dem Weg gehen und den Befindlichkeiten in der Provinz Rechnung tragen. Denn am Ende ist in einem solchen Fall immer der Redakteur der Verlierer, der eigentlich nichts anderes getan hat, als seinen Job ernsthaft und gut zu erledigen.

»Schluck's runter«, empfahl Malthaner und ging mit gutem Beispiel voran.

Vom Nebentisch drang lautes Gelächter herüber.

Für den Mann vom Albblatt schien das Thema Ballonabsturz noch nicht erledigt zu sein. »Weißt du ...«, nahm Volker den Faden wieder auf, während Katja nach wie vor die Rolle der geduldigen Zuhörerin ausfüllte, »... ich habe heute Nachmittag mit meinem Bruder gesprochen. Der ist Mitglied bei den Alb-Ballonern ...«

»Das hast du heute Morgen an der Unfallstelle schon erwähnt ...«

»Nun, wir reden eigentlich selten über sein Hobby, das hat mich bisher nie besonders interessiert. Aber heute habe ich ihm natürlich Löcher in den Bauch gefragt. Und weißt du was?« Über den Rand seines Weizenbierglases, aus dem der Schaum völlig verschwunden war, blickt er Jörg Malthaner ins Gesicht.

»Nein. Aber du wirst es mir gleich sagen.«

»In dem Verein scheint es drunter und drüber zu gehen, nach dem, was Michael angedeutet hat.«

Michael musste wohl der Name von Volkers Bruder sein.

»Und der Journalist Volker Vogt wittert jetzt die große Verschwörung«, erwiderte Malthaner belustigt.

»Quatsch, Mann.« Jetzt war Vogt beleidigt. »Was ich damit sagen will: Es scheint das gleiche Hauen und Stechen zu herrschen wie in jedem Verein. Dabei dachte ich immer, dass die Ballonfahrer ein verschworener Haufen sind, denen es nur um ihr Hobby geht. Aber da gibt es die selben Wichtigtuer und Profilneurotiker wie überall.«

Malthaner nahm noch einen Schluck. Der Flüssigkeitspegel im Glas sank Besorgnis erregend. »Das Hauen und Stechen liegt in der menschlichen Natur. Ich muss allerdings zugeben, dass ich bei meinen Recherchen zu einer großen Geschichte über das Ballonfahren den Eindruck hatte, dass alles sehr harmonisch abläuft. Gerade bei den Alb-Ballonern.«

»Michael hat gesagt, dass alle im Verein ziemlich unter Schock stehen. Sie machen sich aber auch schon Gedanken darüber, wie es weitergehen soll. Denn dieser Messbeck war zweiter Vorsitzender im Verein.«

»Nicht nur das«, ergänzte Malthaner, »er war auch der wichtigste Geldgeber.«

Volker spielte mit dem inzwischen leeren Glas in der Hand. »Das natürlich auch.«

Katja schien ihrem Gespräch mit ehrlicher Aufmerksamkeit zu folgen und machte überhaupt nicht den Eindruck, sich durch Malthaners Auftauchen auf das Abstellgleis geschoben zu fühlen. Trotzdem war sie ja vielleicht froh, mit ihrem Freund ein paar Worte unter vier Augen wechseln zu können. Deshalb stand Malthaner mit seinem Glas in der Hand auf und sagte: »Ich hole noch eine Runde.«

Katja lehnte ab. »Für mich nicht. Ich muss fahren.« Ihr Glas war noch halb voll. Ein weiterer Beleg dafür, dass Frauen eben doch die vernünftigeren Wesen sind.

»Für mich unbedingt noch eines«, sagte Volker und hielt Malthaner sein leeres Glas hin. Der junge Lokalredakteur rang sich ein Lächeln ab. So langsam schien er zu entspannen und den Ärger aus der Redaktion vorübergehend zu vergessen.

Bewusst ließ sich Jörg Malthaner mit dem Bierholen Zeit. Er schaute kurz bei der Minigolfanlage vorbei, die sich direkt an den Pavillon anschloss, in dem Getränke und Speisen ausgegeben wurden. Die Minigolfanlage lag verwaist da, niemand wollte kleine weiße Bälle um irgendwelche Hindernisse spielen.

Die Schlange der Durstigen war nicht kleiner als vorhin. Ganz im Gegenteil. Malthaner reihte sich hinten ein, direkt hinter einem kleinen Mann in kurzen Hosen und mit weißen Waden, der früher Realschulrektor gewesen war. Manche Leute kannte man einfach, wenn man in einer Kleinstadt aufgewachsen war.

Leichter Schweißgeruch lag in der Luft, die abgesehen von den menschlichen Ausdünstungen wirklich angenehm warm war. Kein Vergleich zu der Affenhitze tagsüber.

Das Anstehen gab Jörg Malthaner Gelegenheit, sich die Gäste anzusehen, die überall an den Holztischen saßen. Schon auf den ersten Blick wurde deutlich, dass hier ein eindeutig anderes Publikum verkehrte als in den Stuttgarter Biergärten, obwohl ihm nicht so recht klar war, woran das festzumachen war. So langsam kam er drauf. Es wirkte alles ein bisschen biederer und provinzieller. Natürlich, der Anzugträger, der es sich seit Beginn seines Feierabends bei kühlem Weizen gut gehen ließ, war ebenso vertreten wie die aufreizend gekleidete und überaus attraktive Endzwanzigerin. Aber sie bildeten eher die Farbtupfer. Dominiert wurde das Bild von sehr durchschnittlich wirkenden Menschen. Einfachen Leuten, denen man ins Gesicht sah und die man schon beim Wegschauen vergessen hatte.

An nicht wenigen der Biertische war das Ballonunglück vermutlich an diesem Abend eines der beherrschenden Gesprächsthemen. Während er seinen Gedanken nachhing, hatte Malthaner die letzten Meter bis zum Ausschank geschafft. Es ging schneller als erwartet. Die beiden jungen Frauen hinter der Theke hatten ihr Geschäft heute im Griff. Das war nicht immer so gewesen, wenn Jörg Malthaner in diesem und im vergangenen Sommer hier hoch gekommen war. Mit zwei kühlen Hefeweizen steuerte er wieder den Tisch an. Katja war verschwunden. Sie stand ein paar Meter abseits und unterhielt sich angeregt mit einer jungen Frau; einer Freundin, wie zu vermuten war.

Volker Vogt fand offensichtlich noch immer keinen Gefallen an einem Themenwechsel. Noch bevor Jörg Malthaner sich wieder auf der harten Holzbank niederlassen konnte, nahm er den Faden wieder auf. »Bin mal gespannt, wie das jetzt mit dem Bauunternehmen von Dieter Messbeck weiter geht.«

Malthaner nahm einen tiefen Schluck vom frischen Bier. Schaum verirrte sich auf seine Oberlippe. »Das Straßenbauprojekt wird deshalb gewiss nicht sterben, da kannst du sicher sein. The show must go on.«

Der Tod des kleinen Jungen kam Malthaner wieder in den Sinn. »Erinnerst du dich daran«, fragte er den jüngeren Kollegen, »dass auf der Baustelle der Verbindungsstraße vor einiger Zeit ein Kind ums Leben gekommen ist?«

»Jetzt, wo du es sagst, ja natürlich. Ich erinnere mich sogar recht genau, denn die Sache hat mich ziemlich aufgewühlt. Der Junge wurde von einem Radlader praktisch zerquetscht. Sozusagen vor den Augen seines Vaters, der als Baggerfahrer auf der Baustelle gearbeitet hat. Ein Kollege von ihm fuhr mit dem Radlader rückwärts. Vermutlich ist er nie im Leben auf die Idee gekommen, dass sich ein Mensch hinter seiner Maschine befinden könnte. Er hat erst gar nicht gemerkt, was passiert ist. Erst als ihm andere Arbeiter, die das Ganze mit ansehen mussten, Zeichen gegeben haben ahnte er, dass etwas nicht stimmte. Als er dann realisierte, dass er ein Kind tot gefahren hatte, wurde er völlig hysterisch. Brauchte dann psychologische Betreuung. Ebenso der Vater.« Volker Vogt schien auch jetzt, mit dem Abstand von vielen Monaten, noch sehr von dem Unfall bewegt. »Das hat mir damals Theo

Reiher erzählt. Die Polizei hatte nur eine dünne Meldung rausgegeben und ich habe dann nachrecherchiert.«

»War aber nur eine kleine Meldung in der Zeitung, wenn ich mich recht erinnere.«

»Ja, das wurde bei uns im Blatt ganz knapp gefahren. Aber nur bei uns. Irgendeines dieser unsäglichen Magazine im Privatfernsehen hat ein paar Wochen später eine große Geschichte daraus gemacht: Den Unfall nachgestellt, Interviews mit der Polizei und mit den Eltern geführt und das andere übliche Zeugs.«

Das war Malthaner neu. »Was, der Vater hat sich nach diesem Schock vor eine Fernsehkamera gestellt?«

Volker nickte. »Nicht direkt nach dem Unfall. Einige Wochen später, wie ich gesagt habe. Die Eltern sind sehr einfach gestrickte Menschen. Sie hatten zwar Probleme, über ihren Verlust zu reden, schienen aber auch ganz heiß darauf gewesen zu sein, ins Fernsehen zu kommen. Es gab die üblichen Betroffenheitsbilder, auf die die Fernsehfritzen so abfahren. Heulende Mutter und so. Daran erinnere ich mich noch zu gut. Wirkte alles recht gespenstisch auf mich.«

»Dann hat das Fernsehen also weit mehr über den Fall berichtet als die lokale Zeitung.«

»Wochen später eben, wie gesagt. Ist ja nicht unser Stil als seriöses Lokalblatt, unter die Leichenfledderer zu gehen, obwohl ...« Volker machte eine Pause, schien nachzudenken. Dann fuhr er fort. »Das ist wieder eine dieser Geschichten. Jeder schwere Verkehrsunfall wird mit ein oder zwei Bildern ins Blatt gehoben, damit die Leute was haben, worüber sie sich das Maul zerreißen können. Aber dass ein kleiner Junge von einem Bagger überfahren wird, soll möglichst kein großes Thema werden. Es war halt ein dummes Unglück und damit Schluss und Aus. Sonst könnte sich ja vielleicht der eine oder andere Leser Gedanken über die Sicherheit auf dieser Großbaustelle machen. Und das, wo es sich doch sowieso schon um ein höchst sensibles Projekt handelt.« Der Lokaljournalist schüttelte den Kopf. »Mein Redaktionsleiter hat damals gesagt, wir könnten es uns nicht leisten, die Verbindungsstraße zu torpedieren. Schließlich seien viele Arbeitsplätze damit verbunden und die Industrie wolle diese Straße. Also müsse die offizielle Linie der Zeitung die pro Straße sein. Plötzlich hat er sich die Argumentation der Befürworter zu eigen gemacht, wo er vorher selbst ein ausgesprochener Gegner dieser Straße war. Da kannst du mir sagen, was du willst, das hat ihm jemand sehr Einflussreiches ins Ohr geflüstert.« Schien sich Vogts Laune vorhin aufzuheitern, so versank er jetzt wieder in seine fast schon depressive Stimmung. »Da darf man sich nicht wundern, wenn die Zeitung von kritischen Leuten als Käseblatt eingestuft wird. Der Job frustriert einen manchmal ganz schön.«

»Wem sagst du das?«

Beide tranken vom kühlen Gerstensaft. Malthaner fragte: »Weißt du etwas über das zweite Absturzopfer, diesen Stefan Landarius?«

Mit einem Kopfschütteln sagte Volker: »Nicht viel. Hat beim Landratsamt in Balingen gearbeitet. War mit Bauplanung befasst. Verheiratet, keine Kinder. Stammt aus Ebingen.«

Katja setzte sich wieder. »Na, immer noch bei den schweren Themen?«, fragte sie und streichelte ihrem Freund erneut über den Unterarm. Man könnte geradezu eifersüchtig werden auf so viel junges Glück, dachte Malthaner.

»Ja, wir beiden Schreibknechte bedauern uns gerade gegenseitig«, antwortete er.

»Macht mal halblang. Ihr beide habt interessante Jobs, um die euch viele Leute hier beneiden, die in der Nadelfabrik einer stupiden Beschäftigung nachgehen müssen.« Katja meinte es so, wie sie es sagte. Mochte sein, dass sie Recht hatte. Oder auch nicht. Nach Malthaners Einschätzung machten sich nicht allzu viele Leute Gedanken über die Berufe anderer. Und Zeitungsschmierer schienen den meisten Zeitgenossen sowieso grundsätzlich suspekt.

»Was machst du beruflich?«, fragte Malthaner sie.

»Ich arbeite bei der Bank, bei der Albkasse. Vorher habe ich ein paar Semester BWL studiert, aber dann wollte ich doch lieber wieder nach Hause.« Dafür hatte Malthaner nun wirklich sehr großes Verständnis. »Weißt du«, fuhr Katja fort, »ich habe vor dem Studium eine Banklehre gemacht und da bot es sich an, wieder bei der Albkasse anzufangen. Ist nichts Spektakuläres, aber ganz o.k.« Malthaner sah Volker Vogt an und sagte: »Schön, dass es noch Menschen gibt, die mit ihrem Beruf zufrieden sind.« Sein Gegenüber quittierte die Aussage mit einer wegwerfenden Handbewegung. Volker griff nach den Gläsern, um noch eine Runde Weizenbier zu ordern.

Seine Freundin sah ihn zweifelnd an. »Langsam würde ich gerne nach Hause gehen, Volker«, sagte Katja. Der

Blick auf die Uhr verriet Malthaner, dass es noch vor zehn war.

»Ein schnelles noch«, bat Vogt seine Freundin.

Sie bewies Güte und genehmigte ihm noch ein Bier. »Gut, aber wirklich ein schnelles.« Gerade so als müsse sie sich entschuldigen, wandte sie sich an Malthaner. »Ich besuche zurzeit einen Lehrgang und muss morgens sehr früh raus. Das ist ziemlich unangenehm, weil ich bei dieser Hitze nachts nur schlecht schlafen kann.«

»Kommt mir bekannt vor.«

Brigitte las in einem Buch, als er nach Hause kam. Mankell. Ausgerechnet. Er küsste sie flüchtig auf die Stirn. »Wie war dein Tag?«, wollte er wissen.

»Hart, wie immer. Ich nehme an, du hattest es angenehmer.« Malthaner versuchte, die Schärfe in ihrer Stimme zu ignorieren. Jeder hat mal einen schlechten Tag. Er erzählte von dem Ballonabsturz, musste Brigittes Aufmerksamkeit aber mit einem schwedischen Krimiautor teilen. Aus dem Kühlschrank holte er sich noch ein Bier, was seine Lebensgefährtin zu der Bemerkung veranlasste, er trinke zu viel. Damit war klar, dass der Abend nicht mehr sehr harmonisch zu Ende gehen würde. Brigitte hatte wirklich einen schlechten Tag hinter sich.

Zweites Kapitel

1

Sie war schon wieder aus dem Haus, als Malthaner am nächsten Morgen aufstand. Das Ritual der Morgentoilette zog sich hin, er kam nicht so recht in die Gänge. Das gestrige Gespräch mit Volker Vogt ging ihm die ganze Zeit durch den Kopf. Der Tod des Jungen auf der Baustelle beschäftigte Jörg Malthaner. Als sich der Unfall seinerzeit zugetragen hatte, berührte ihn das nicht besonders. Es war eben ein Unfall, ein besonders schlimmer, aber einer von der Dimension, wie sie sich tagtäglich irgendwo ereigneten. Natürlich, es war ein schreckliches Unglück. Eines, bei dem man sich einmal mehr fragen musste, wie so etwas zu begreifen war. Wie konnte die Familie des Kindes, wie konnte der Fahrer des Radladers mit diesem Ereignis weiterleben? Warum passierten solche Tragödien, wo es doch angeblich eine höhere Macht gab, die über allem wacht?

Kurz überlegte Malthaner, ob das Schicksal der Familie oder des Radladerfahrers eine Story hergäbe. Anonymisiert natürlich. »Du bist durch und durch von deinem Job versaut«, murmelte er vor sich hin. Tatsächlich überlegte er, ob sich diese Tragödie der Betroffenen öffentlich ausbreiten ließe.

Warum denn nicht, fragte er sich. Vor Jahren hatte er

für die Landeszeitung eine Geschichte über einen S-Bahn-Fahrer geschrieben, der eine Frau überfahren hatte, die sich in Selbstmordabsicht auf die Schienen gestürzt hatte. Nach langem Zögern erklärte sich der Mann bereit, mit ihm zu reden. Fast schien es eine Befreiung für ihn gewesen zu sein, dass über seinen Fall berichtet wurde.

Vielleicht war auch jetzt jemand der Betroffenen bereit mit ihm zu sprechen, wenn er entsprechend sensibel vorginge und den Leuten klar machen konnte, dass es ihm nicht um den voyeuristischen Blick ging, sondern darum aufzuzeigen, wie ein solches Schreckensereignis ein wohlgeordnetes Leben für alle Zeiten vollkommen durcheinander brachte.

Nach dem knappen Frühstück holte Malthaner das Albblatt und die Landeszeitung aus dem Briefkasten. Erst schaute er nach, was Hauser aus seiner Geschichte über den Ballonabsturz gemacht hatte. Der Text war praktisch ungekürzt, und auch seinen Überschriftenvorschlag hatte Hauser übernommen. In den Artikel war ein eindrucksvolles Foto eingeblockt, das der Kollege von dpa vor Ort gemacht hatte. Als nächstes griff Malthaner zum Albblatt, in dem er die beiden Artikel von Vogt las. Die Sache war der Lokalzeitung fast eine ganze Seite wert. Eine Kollegin von Vogt hatte einen glühenden Nachruf auf den Bauunternehmer Dieter Messbeck verfasst, der nicht nur erfolgreich, sondern auch außergewöhnlich herzensgut gewesen sein musste, wie man dem Text entnehmen konnte. Über das zweite Opfer, Stefan Landarius, den Mann vom Landratsamt, wurden wesentlich weniger Worte verloren. Er hatte eine Ausbildung zum gehobenen Dienst bei einem Bürgermeisteramt im Nachbarkreis Sigmaringen hinter sich und im Lauf der Jahre und Jahrzehnte die Karriereleiter in der öffentlichen Verwaltung Schritt für Schritt erklommen. Ein leicht verwackeltes Porträtbild zeigte ihn als sympathischen, aber durchschnittlichen Typen mit kurzen schwarzen Haaren und halblangen Koteletten. Landarius zeigte ein offenes, freundliches Gesicht mit einer etwas zu groß geratenen Nase. Der Fotograf musste ihm im Augenblick der Aufnahme ein *Cheese* oder etwas ähnliches zugerufen haben, denn das Lächeln wirkte erzwungen.

Eine Geschichte über das Schicksal der Familie, die auf einer Baustelle ihr Kind verloren hatte, das wäre eine journalistische Herausforderung, dachte sich Malthaner ein weiteres Mal. Ein Bericht von ihm würde ganz sicher vollkommen anders ausfallen, als der vom Boulevardfernsehen. Kurz überlegte Malthaner, dann rief er Pressesprecher Theo Reiher an und forderte von ihm ein paar Informationen zu dem seinerzeitigen Unfall. Der Pressesprecher hatte einige Fakten noch recht detailliert im Kopf und wusste, dass sich der Unfall im Bereich des Freizeitbades Badkap ereignet hatte. Also am südwestlichen Einstieg der Trasse. Reiher bot Malthaner zusätzlich an, sich nochmals in die Akten von damals zu vertiefen.

»Nicht so wichtig«, winkte Malthaner ab und kam zum eigentlichen Grund seines Anrufes. Er fragte Reiher, ob er ihm die Namen der damals Beteiligten nennen könne.

»Nein, mein Lieber. Nein. Und nochmals Nein«, lautete die deutliche Antwort des Polizeisprechers. »Sie wissen es genau, dass ich das nicht tun werde, und das keineswegs nur deshalb, weil ich mir vor meinem Ruhestand keinen Ärger mehr aufhalsen will. Das hat etwas mit Datenschutz und mit dem grundsätzlichen Schutz der Leute vor euch Pressegeiern zu tun.« Etwas genervt, der Gute. Für Malthaners Geschmack trug er etwas zu dick auf.

»Die Fernsehleute hatten die Namen damals auch«, maulte Malthaner und erinnerte Reiher an den TV-Beitrag.

»War eine reichlich miese Nummer, die RTL abgezogen hat«, bekam er zur Antwort. »Die haben die Eltern der Öffentlichkeit zum Fraß vorgeworfen, aber die haben es noch nicht einmal gemerkt. Das Fernsehen hatte die Namen ganz bestimmt nicht von mir oder von jemandem aus dem Polizeiapparat.«

Zweifelnd fragte Malthaner: »Sind Sie sich da ganz sicher?« Schließlich unterschieden sich die Arbeitsmethoden dieser TV-Boulevardjournalisten nicht von denen ihrer Zeitungskollegen bei den einschlägigen Postillen. Für ein paar Scheinchen zur rechten Zeit fand sich in fast jeder Behörde jemand, der die gewünschten Informationen gerne ausplauderte.

»Ja, da bin ich sicher. Zumindest, was die Polizeidirektion angeht.«

Ein Seufzer entwand sich Malthaner. Reihers beharrliche Weigerung, Namen zu nennen, würde ihm einigen zusätzlichen Rechercheaufwand bescheren. Vielleicht sollte er Volker Vogt anrufen. Trotzdem verabschiedete er sich mit einer freundlichen Formel von Reiher, der darauf einstieg: »Nehmen Sie's mir nicht übel. Aber Sie kennen die Spielregeln schließlich genauso gut wie ich.«

Die Spielregeln. Die nicht für das Fernsehen galten.

Erst wollte Malthaner über die Internetseite von RTL an die Fakten zur damaligen Sendung herankommen, überlegte es sich dann aber doch anders. Er schnappte sich den Schlüssel für den Saab und steuerte direkt die Straßenbaustelle an. Wenn schon die Väter totgefahrener Kinder gegenüber Journalisten so ungewöhnlich gesprächig waren, dann waren es ihre Kollegen möglicherweise erst recht.

Betreten verboten mahnte ein Schild genau an der Einfahrt zu der Straßentrasse, an der Malthaner den Saab abstellte. Flankiert wurde es von zwei Durchfahrt-Verboten-Zeichen. Eine rot-weiße Absperrbake zog sich quer über die künftige Fahrbahn. Fehlte nur noch ein Schild mit einem Totenkopfsymbol.

Malthaner lächelte grimmig über diesen Gedanken. Und fuhr sich mit dem Handrücken über die Stirn, auf der sich schon wieder die ersten Schweißtropfen des Tages sammelten.

Seit gestern hatte es keinesfalls abgekühlt. Es würden im Lauf des Tages bestimmt wieder Temperaturen von deutlich über 30 Grad werden.

Auf die Aktivitäten beim Straßenbau zeigten die Quecksilberwerte ebenso wenig Einfluss wie das Dahinscheiden von Dieter Messbeck.

Zwei Dutzend Männer fuhrwerkten auf der Baustelle umher, als wären sie Marionetten an Schnüren, die von einer unbekannten Hand mal in diese, dann in jene Richtung gelenkt wurden. Die meisten von ihnen trugen Bauhelme, unter denen sie mächtig schwitzen mussten, stellte sich Malthaner vor. Lastwagen und Bagger in verschiedenen Größen, darunter zwei echte Monster, kreuzten nach einem für Außenstehende nicht nachvollziehbaren Muster lärmend, ja, brüllend, auf dem Gelände herum und schufen eine bedrohliche Staubkulisse. Alles schien nach dem Plan einer höheren Macht zu verlaufen. Effizienter, als Malthaner je auf einer solchen Großbaustelle vermutet hätte. Keiner der Lkws fuhr auch nur einen Meter zu viel, so kam es Malthaner vor. Der Zeitdruck wurde anscheinend voll an die Arbeiter weitergegeben und sie schienen sich damit arrangiert zu haben. Mit Hochdruck wurde gearbeitet; auch das ein abgedroschenes Sprachbild, das er nie in einem Artikel verwenden würde, obwohl es ihm sofort in den Sinn kam.

Drei Bauwagen standen ein Stück die Trasse hoch an der Seite und wirkten in ihrer Dimension geradezu putzig, verglichen mit den Baumaschinen daneben. Das galt erst recht für die beiden Bürocontainer auf der gegenüberliegenden Seite.

Wieder spürte Malthaner beim Anblick der Aktivitäten auf der Baustelle dieses schwere Gefühl des Verlustes und einen kaum näher zu definierenden Schmerz. Als wäre das Ende der Welt nahe. Zumindest das Ende der Welt, wie er sie bisher gekannt hatte. Es war fast, als hätte eine religiöse Emotion von ihm Besitz ergriffen. Wenige Monate war es erst her, dass hier oberhalb des Badkap pure Natur frei und ungehindert sprießen durfte. Mit

Wehmut dachte er an die steil ansteigende Wiese, die in einen Laubwald überging. Eine Wiese, die es schon immer gegeben hatte, seit er vor drei Jahrzehnten als Kind mit seinen Eltern oft hier spazieren gegangen war und später, als er auf seinen Mountainbiketouren regelmäßig an dieser Stelle vorbei kam.

Auch das große Freizeitbad konnte dem Gesamteindruck nichts anhaben, fügte es sich doch durchaus harmonisch in die Landschaft ein. Verglichen mit dem, was sich jetzt hier abspielte, war das Badkap mitsamt seinen großen Parkflächen noch nicht einmal der kleinste Störfaktor in der Natur. Die Badeanlage schien für die Vormittagsstunde schon recht gut frequentiert zu sein, denn etwa ein Drittel der Parkflächen stand voller Autos. Arbeitete denn überhaupt niemand mehr, fragte sich Malthaner. Woher hatte alle Welt die Muße, an einem normalen Werktag vormittags ein Freibad aufzusuchen?

Dass hier eines Tages eine Straße entstehen sollte, konnte man mittlerweile bereits deutlich erkennen. Die Bauarbeiter und ihre einschüchternden Maschinen hatten in den zurückliegenden Monaten ganze Arbeit geleistet. Die Trasse fraß sich schon ein gutes Stück in den ehemaligen Wald hinein. Dazu waren gewaltige Erdmassen abgetragen worden.

Sämtliche Warnungen ignorierend ging Malthaner auf die Bauwagen zu. Er wusste, dass er auffallen musste wie ein bunter Hund.

Er war als Zivilist der einzige im weiten Umkreis, der nicht im entferntesten nach Bauarbeiter aussah. Wie ein Wunder erschien es ihm, dass sich niemand sonderlich für ihn zu interessieren schien. Zwar erntete er einige scheele Blicke aus Lastwagen- und Baggerführerhäusern, aber niemand versuchte ihn aufzuhalten. Ihn, der doch ganz offensichtlich hier nichts zu suchen hatte. Gut, vielleicht hielt man ihn für einen Architekten oder so was. Brust raus, mit ausladenden Schritten, wie er sie der Situation für angemessen hielt, steuerte er auf die beiden Bürocontainer zu. Türen und Fenster standen offen, kein Wunder angesichts des Bilderbuchsommerwetters. *Bauleitung* informierte ein Schild an einem der Container, zu dessen Eingang zwei wenig Vertrauen erweckende, schmale hölzerne Treppenstufen führten, die aussahen, als seien sie früher Bestandteile einer Euro-Palette gewesen.

Einen Plan über sein Vorgehen hatte sich Malthaner nicht zurechtgelegt, er setzte auf Improvisation. Möglich, wenn nicht sogar wahrscheinlich, dass er sofort rausgeschmissen wurde.

Drei Männer standen gebeugt über einen quadratischen Tisch, auf dem ein großer, mehrfach gefalteter Plan lag. Einer steckte in einem Blaumann, der vorne offen stand, der zweite war leger in modische Freizeitkleidung gehüllt, der dritte trug über der hellen Leinenhose ein blaues Hemd, eine rote Krawatte und deutlich sichtbare Schweißflecken unter den Achseln.

Alle Köpfe fuhren herum, als Malthaner eintrat, jedem der dreien kurz zunickte und einen schönen Tag wünschte. Er wollte den Überraschungseffekt nutzen, ließ ihnen keine Pause und stellte sich als Journalist aus Stuttgart vor, der sich über das Straßenbauprojekt informieren wollte. Sie glotzten ihn an. Die Rechnung ging auf. Der schwitzende Krawattenträger, ein blonder Mittfünfziger, Typ Mittleres-Management-aber-noch-nicht-am-Ende-der-Karriereleiter-angekommen, streckte ihm seine beachtliche Pranke hin, schenkte ihm ein gewinnendes Lächeln und trompetete: »Hans Kübler, Projektleitung.«

Na also! Kübler stand gut im Futter.

»Was kann ich für Sie tun?«, fragte Kübler-Projektleitung leutselig in heimischem Idiom. Die Schweißflecken konnten seinem Selbstbewusstsein nichts anhaben. In diesem Container war es aber auch stickig!

Auf dem schmalen Grat zwischen Wahrheit und zurechtgebogener Wahrheit balancierend, blieb Malthaner unverbindlich, faselte etwas von einer Artikelserie über Großprojekte in Baden-Württemberg und davon, sich einen Eindruck über den Fortgang der Arbeiten verschaffen zu wollen. Kübler schien begeistert, nahm ihn am Arm und dirigierte ihn vor den Container. Die beiden anderen Männer blieben darin zurück. Dann begann Kübler zu reden und zu reden und zu reden. Er pries das Projekt als Jahrhundertchance für die ganze Region und so weiter und so fort.

Das alles kam Jörg Malthaner nur zu bekannt vor. Der Redeschwall deckte Malthaner zu, dem es allmählich zu bunt wurde. Unvermittelt fragte er Kübler: »Wie geht es nach dem Tod von Herrn Messbeck weiter?«

Kübler ließ sich nicht aus der Fassung bringen. »Das ist eine sehr tragische Geschichte, aber sie wird den Baufortschritt nicht beeinflussen. Die Bauunternehmung Messbeck ist eine AG. Die meisten Anteile hält die Familie Messbeck selbst, jetzt also die Frau, ich meine die Witwe. Sie wissen, dass das Land Baden-Württemberg hinter dem Projekt steht?« Eine Antwort wartete Kübler nicht ab. »Ich werde das Unternehmen jetzt wohl erst einmal kommissarisch leiten. Schon bisher war ich die rechte Hand von Herrn Messbeck.«

Uneingeschränkt auskunftsfreudig war die rechte Hand ja. Warum sollte man es nicht einfach mal probieren? »Es gab da doch diesen schrecklichen Unfall vor einiger Zeit, bei der auf dieser Baustelle ein Kind ums Leben kam ...«

Kübler fiel ihm ins Wort. »Darüber wollen Sie jetzt doch sicher nichts mehr schreiben! Sehen Sie, das würde dem Image unseres Projekts Schaden zufügen, der gar nicht absehbar ist, und das kann ja nicht in Ihrem Interesse sein. Nehme ich an.«

»Mich interessieren eben alle Randaspekte des Straßenbauprojekts«, quatschte Malthaner den ersten Satz, der ihm so einfiel.

Küblers Stimme verlor etwas von ihrer Lautstärke. »Das war ganz schlimm für uns alle, glauben Sie mir.« Er versuchte es mit einem treudoofen Augenaufschlag. »Aber die Geschäfte können deshalb nicht ewig ruhen. Das werden Sie sicher verstehen.«

Schon war Kübler wieder ganz der Dynamiker. »Der Vater des Kindes hat ja auch bei uns gearbeitet. Er ist noch immer beurlaubt und befindet sich in Behandlung, falls Sie verstehen, was ich meine. War ein schlimmer Schlag für ihn. Selbstverständlich bezahlen wir ihm das Gehalt weiter, bis er wieder arbeiten kann. Aber, unter uns, ich glaube nicht, dass er jemals wieder für uns arbeiten will.

Die Sache wird auf eine Abfindung hinauslaufen.« Verschwörerisch, dieser Kübler.

Die beiden anderen Männer kamen aus dem Baucontainer, nickten Malthaner und Kübler fast synchron zu und entfernten sich in unterschiedliche Richtungen.

»Und der Unfallverursacher?«

»Verursacher, Verursacher.« Kübler schnaufte, als würde er plötzlich von einem Asthmaanfall heimgesucht. »Wie das schon klingt! Der Mann konnte ja nichts dafür. Das Kind lief ihm ja sozusagen direkt unter die Räder. Da konnte er nichts machen. Er hat schwer darunter gelitten, der Kuno. Nach diesem Unfall musste auch er zum Nervenarzt in Behandlung.«

Nervenarzt. Für Malthaner hatte das Wort einen herabsetzenden Beiklang. In seiner Kindheit war es die auf dem Land durchaus übliche Umschreibung für einen Seelenklempner gewesen, wie er sich erinnerte. Zugegeben, Seelenklempner klang auch nicht gerade differenzierter. Aber Malthaner redete sich ein, das Wort schließlich nur für sich selbst zu benutzen und nicht im Gespräch mit anderen.

»Der Kuno ist dann später einfach verschwunden«, sprach Kübler weiter, »keiner hat ihn seither mehr gesehen. Er hätte nach ein paar Wochen wieder arbeiten sollen, ist aber nicht mehr aufgetaucht. Hat auch nicht gekündigt oder so. Die Sache hat ihm wohl einen Knacks gegeben. Vielleicht taucht er ja genauso überraschend wieder auf. Also ich würde den Kuno mit Kusshand wieder nehmen. Der kannte sich mit den Maschinen aus.« Kübler schien bei der Erinnerung an diesen Arbeiter namens Kuno geradezu in Verzückung zu geraten.

»Haben Sie jemanden anderen für ihn eingestellt?«, fragte Malthaner, einfach nur um den Dialog nicht stocken zu lassen.

Die Küblersche Fasssade der Freundlichkeit zeigte erste Risse. »Na, Sie wollen es aber sehr genau wissen.« Sein Ton wurde plötzlich knapper, die Herzlichkeit verschwand. Der Projektleiter wollte unbedingt wieder die Richtung des Gesprächs bestimmen. »Für Ihren Artikel spielt das ja alles sicher keine Rolle. Wenn Sie wollen, dann können wir in den kommenden Tagen einen Termin vereinbaren und ich führe Sie überall herum und erläutere Ihnen den Baufortschritt.« Er nahm noch einen schwachen Anlauf, dem lästigen Fragesteller seine überzeugte Begeisterung deutlich zu machen: »Was wir hier leisten, ist enorm. Wirklich enorm.«

Mit seiner Pranke klopfte ihm der säuerlich lächelnde Kübler auf die Schulter und war damit bei Malthaner endgültig und unwiderruflich unten durch.

»Sie können mir nicht zufällig den Namen des Vaters ...« Weiter kam Malthaner nicht. Plötzlich hatte Kübler-Projektleitung es sehr eilig, ihn loszuwerden. Er drückte dem Journalisten eine Visitenkarte in die Hand, ohne eine Antwort auf die Frage zu geben. »Rufen Sie mich an, wenn Sie wirklich einen Bericht bringen wollen, in dem unsere Arbeit gewürdigt wird. Und seien Sie bitte vorsichtig. Sie sehen ja, hier fahren jede Menge Lastwagen herum.« Kübler machte auf dem Absatz kehrt und stapfte wieder in den Container.

Ein Eins-A-Rauswurf, den man auch als Drohung interpretieren konnte.

Missmutig trottete Malthaner zu seinem Auto. Der Besuch auf der Baustelle hatte nichts gebracht. Außer noch mehr Fragen als er vorhin schon hatte. Das Hemd klebte am Körper. Diese verdammte Hitze.

Wie aus dem Nichts tauchte einer der Männer auf, die er vorhin mit Kübler im Container über den Plan gebeugt angetroffen hatte und die kurz nach ihm das improvisierte Büro verlassen hatten. Er stellte sich Malthaner in den Weg.

Es war der, der trotz der Hitze eine vorne geöffnete blaue Arbeitsjacke über seinem ebenfalls blauen T-Shirt trug. Zur farblichen Abrundung seiner Erscheinung passte die Jeans perfekt. Sie war blau. Der Mann hatte ein scharf geschnittenes Gesicht, in dem mächtige Augenbrauen dominierten, und gewelltes, geradezu wallendes graues Haar, das wieder einmal die ordnende Hand eines Friseurs nötig gehabt hätte. Unter dem V-Ausschnitt des T-Shirts quoll dichte Brustbehaarung hervor, die den Vergleich mit Stahlwolle geradezu herausforderte. Malthaner schätzte den Mann auf etwa fünfzig. Fragend sah er ihn an.

»Wenn Sie für Ihren Artikel etwas wissen wollen, was Kübler Ihnen nicht gesagt hat, dann kommen Sie um halb eins zum Haupteingang des Badkap«, raunte der blau Gewandete, nicht lauter als unbedingt notwendig. Als ob er sich selbst noch einmal seiner Zeitangabe vergewissern müsste, blickte er auf seine Uhr, die ein auffallend hässliches braunes Lederarmband hatte. »In genau einer Stunde. Dann habe ich Mittagspause.« Ohne auf eine Antwort zu warten, wandte er sich ab.

Malthaner rief ihm halblaut nach: »Ich werde da sein!«

Vielleicht sollte sich der Abstecher zur Baustelle doch noch als ergiebiger erweisen, als er bisher vermutete. Was immer ihm der Blaue auch sagen wollte. Abwarten.

2

Eine Stunde. Das reichte, um noch mal kurz zu Hause vorbeizufahren und etwas aufzuräumen. Eine Arbeit, die meist er auf sich nahm, weil Brigitte ja doch keine Zeit dafür abknapsen konnte.

Die Stunde genügte gerade, um die Bettwäsche aufzuschütteln, einen neuen Kaffee zu brühen und das Geschirr der vergangenen Tage in den Spüler zu stapeln. Die Erfindung der Geschirrspülmaschine war endlich einmal eine Art von Fortschritt, deren Zweck sich Jörg Malthaner voll und ganz erschloss. Fünf Minuten vor der vereinbarten Zeit stand er vor dem Eingang des Badkap.

So musste man sich wohl den kollektiven Freizeitpark Deutschland vorstellen, den vor Jahren der ewig regierende Bundeskanzler gegeißelt hatte. Mütter mit Kindern und Rentner, aber auch einige junge Pärchen und Leute im mittleren Alter kamen und gingen durch die Drehtüre. Fast alle hatten riesige Taschen bei sich, einige trugen schreiend-bunte Badetücher lässig über die Schulter geworfen.

Der Lärm der Maschinen von der angrenzenden Baustelle hallte herüber. Von wegen Mittagsruhe.

Es dauerte zehn Minuten, dann stand Malthaners Gesprächspartner vor ihm. Den blauen Arbeitskittel hatte er ausgezogen.

»Lassen Sie uns ein Stück gehen«, forderte er Malthaner auf.

Ohne seinen Namen zu nennen, legte er los. »Alles, was ich Ihnen sage, haben Sie offiziell nicht von mir, oder? Sie werden mir keine Schwierigkeiten bereiten?« Mit einem prüfenden Blick nahm er Malthaner ins Visier.

»Darauf können Sie sich verlassen.«

Der Journalist schien die Prüfung bestanden zu haben. »Gut«, sagte sein Gegenüber. Sie schlenderten über den Parkplatz.

»Darf ich?«, fragte Malthaner und zauberte sein kleines Diktiergerät aus der Hosentasche.

»Wenn Sie von mir etwas hören wollen, dann stecken Sie das Ding wieder ein«, herrschte ihn der Mann an. Er schob ein versöhnliches »Bitte« hinterher.

»O.k.«, entgegnete Malthaner, und schob das Gerät wieder in die Hosentasche zurück. »Dann mache ich mir Notizen.« Gegen den kleinen Notizblock hatte der Mann von der Baustelle nichts einzuwenden.

»Haben Sie auch einen Namen?«, wollte Malthaner wissen.

Wieder dieser Blick, mit dem sein Gegenüber seine Absichten zu ergründen versuchte. »Der tut nichts zur Sache. Es ist nur zu meinem Schutz. Wenn jemand von der Firma mitbekommt, dass ich mit Ihnen geredet habe, bekomme ich sowieso schon große Probleme.«

»In Ordnung. Also, was haben Sie auf dem Herzen?«

»Ich habe vorhin einen Teil des Gesprächs zwischen

Ihnen und Kübler verfolgen können. Hat mich sehr interessiert.« Mit einer kräftigen Bewegung fegte der Mann sich das graue Haar aus der Stirn. »Lassen Sie sich von ihm nicht einwickeln, wenn Sie tatsächlich in der Zeitung über die Bauarbeiten berichten. Sie müssen wissen, es ist nicht nur ein Segen für unsere Stadt, dass gebaut wird. Es gibt viele Gegner dieser Straße.«

»Das weiß ich. Ich stamme von hier.«

»Aber ich dachte, Sie seien aus Stuttgart?« Der Grauhaarige ließ leichte Irritation erkennen. Malthaner klärte ihn auf und fischte eine Visitenkarte aus seiner Brieftasche. Der Mann warf einen ausführlichen Blick darauf und ließ sie in die Tasche seiner Jeans wandern, bevor er weiter redete. »Gut, dann kennen Sie ja die Vorgeschichte. Eigentlich müsste ich froh sein, denn diese Baustelle sorgt dafür, dass ich einen sicheren und gut dotierten Arbeitsplatz bei der Baufirma Messbeck habe. Ich leite die Kolonne da drüben, die hier auf der Südseite mit den Arbeiten beschäftigt ist. Es ist nur so ...«, er zögerte einen Augenblick, »dass die Firma nicht gerade zimperlich mit einigen Mitarbeitern umgeht.« Wieder dieser prüfende Blick in Malthaners Gesicht. »Wie ich vorhin mitbekommen habe, hat Ihnen Kübler von Kuno Krimmel erzählt.«

Kuno. Genau, diesen Namen hatte Kübler genannt, als er von Malthaner auf den Arbeiter angesprochen worden war, der den kleinen Jungen überfahren hatte.

»Ja, das hat er. Aber es schien ihm nicht zu passen, dass ich danach gefragt habe.« Malthaner notierte den Namen.

»Bestimmt passt ihm das nicht. Ein totgefahrenes Kind auf seiner Baustelle ist nicht gut für das Image. Ebenso wenig dürfte Kübler passen, dass sie sich nach Christian Bühler erkundigt haben ...«

»Wer ist Christian Bühler?«

»Der Vater des toten Jungen. Er hat bis zu dem Unfall als Baggerfahrer bei uns gearbeitet.« Wieder notierte Malthaner.

»Und ist jetzt noch immer krank geschrieben«, ergänzte Malthaner.

»Ha,« rief der Grauhaarige schnaufend aus. Es klang empört. »Von wegen krank geschrieben. Das ist die offizielle Version. In Wahrheit arbeitet Christian gar nicht mehr bei uns. Da kam so eine Geschichte über den Unfall im Fernsehen. Da haben Christian und seine Frau alles erzählt. Danach wollte die Firma ihn loswerden. Kübler und Messbeck hatten Angst, dass er noch mal an die Öffentlichkeit gehen könnte, um damit den Ruf der Firma und des Bauprojekts in Mitleidenschaft zu ziehen. Mit Geld und mit Drohungen hat man ihn zum Schweigen gebracht. Bühler und seine Frau sind anschließend von Albstadt weggezogen. Sie leben heute in Sigmaringen. Dort arbeitet Christian bei einer anderen Baufirma. Messbeck und Kübler haben dafür gesorgt, dass er dort wieder einen Job als Baggerfahrer bekommen hat und haben ihm eine große Summe gezahlt. Dafür, dass Christian in Zukunft sein Maul hält.« Erneut schnaufte er und taxierte Malthaner mit seinem forschenden Blick. »Wahrscheinlich wollen Sie wissen, warum ich das ausgerechnet Ihnen erzähle?«, fragte er dann.

»Viele Leute erzählen Journalisten gerne etwas. Aber ich nehme an, Sie haben einen ganz besonderen Grund?«

»Allerdings habe ich den«, sagte der Grauhaarige. »Kuno Krimmel ist nicht nur ein Arbeitskollege von mir, sondern wir sind in erster Linie Freunde. Und Christian Bühler tut mir einfach nur Leid, obwohl er nicht der sympathischste Zeitgenosse ist. Ich will eben, dass Sie neben der offiziellen Version auch eine andere Sicht der Dinge bekommen, wenn Sie tatsächlich einen Artikel über die Straße dort drüben bringen.«

»Dieser Kuno Krimmel«, sagte Malthaner, ohne direkt auf den letzten Satz einzugehen, »soll verschwunden sein. Das hat Kübler mir erzählt. Was hat es damit auf sich?«

»Es stimmt. Leider. Er war nach dem Unfall vollkommen fertig, wie Sie sich vorstellen können. Dann kam er in psychologische Behandlung. Er war wochenlang krank geschrieben und wollte niemanden sprechen. Auch mich nicht. Als er wieder arbeiten sollte, ist er einfach nicht erschienen. Zu Hause ist er auch nicht zu erreichen. Niemand weiß, wo er sich aufhält. Das macht mir große Sorgen. Ich habe Angst, dass er sich etwas angetan haben könnte.«

Malthaner fragte: »War er der Typ dafür?«

Damit provozierte er eine Gegenfrage. »Wären Sie nicht auch der Typ dafür, wenn Sie ein Kind auf dem Gewissen hätten?«

»Möglich, ja.« Darüber wollte Jörg Malthaner gar nicht zu genau nachdenken. Sie waren inzwischen wieder beim Ausgangspunkt angekommen und nahmen die zweite Runde über den Parkplatz in Angriff.

»Können Sie mir die Adressen von ihren beiden Kollegen nennen?«

Abrupt blieb Malthaners namenloser Begleiter stehen. »Sie machen einen anständigen Eindruck«, sagte er. »Trotzdem frage ich mich, wozu das gut sein soll.«

Jetzt war es an Malthaner, sein Gegenüber fest anzublicken. »Vielleicht bekomme ich etwas heraus. Wenn ich den Sinn unseres kleinen Spaziergangs richtig deute, sind Sie nicht zuletzt brennend daran interessiert, wo ihr Freund und Kollege Kuno Krimmel abgeblieben ist.«

»Ja. Da mögen Sie Recht haben. Versprechen Sie mir, die beiden nicht durch Ihre Berichterstattung in die Öffentlichkeit zu zerren?«

»Wenn ich recht informiert bin, haben sich Christian Bühler und seine Frau schon ziemlich freiwillig in die Öffentlichkeit zerren lassen, indem sie RTL ein Interview gegeben haben.«

Der T-Shirt-Träger winkte ab. »Das, ja.« Bei der bloßen Erinnerung schien er heftig verärgert. Eine Furche bildete sich zwischen seinen buschigen Augenbrauen. »Christian ist ein sehr einfacher Mensch, müssen Sie wissen. Seine Frau auch. Die haben gar nicht gewusst, worauf sie sich da einlassen.« Wieder fuhr er sich durch die dichten grauen Haare und wischte anschließend den Schweiß an seiner Jeans ab. »Also, die Adresse von Christian kenne ich nicht. Wie gesagt, er wohnt jetzt in Sigmaringen. Und die Anschrift von Kuno wird Ihnen auch nicht weiterhelfen, weil er dort seit Wochen nicht mehr aufgetaucht ist.« Trotz dieser Worte schien er abzuwägen, ob er die Wohnadresse von Kuno Krimmel herausrücken sollte.

Fair oder nicht, Malthaner beschleunigte die Überlegungen, indem er sagte: »Ich kann ja auch ganz einfach im Telefonbuch nachschlagen. So viele Kuno Krimmels wird es in Albstadt schließlich nicht geben.«

Der ganz in Blau gekleidete Mann seufzte und nannte einen Straßennamen, den Malthaner sofort zuordnen konnte. Lag am entgegengesetzten Ende der Stadt, unterhalb der Bahnlinie. Auch die Hausnummer kannte Malthaners Gesprächspartner auswendig.

Der Journalist notierte sich beides, während der Messbeck-Arbeiter auf seine Uhr mit dem auffallend hässlichen Armband blickte. »So langsam muss ich wieder rüber«, sagte er fast schon entschuldigend.

»Eine Frage noch: Wird auf der Baustelle auch nachts gearbeitet?«, fragte Malthaner.

»Ja, seit etwa sechs oder acht Wochen wird meistens auch nachts gearbeitet. Rund um die Uhr. Wir haben knappe Termine. So, das war's dann.« Er streckte Malthaner eine schwielige Hand in Bratpfannengröße hin. »Ich hoffe, Sie wissen jetzt, wie Sie Kübler einschätzen sollten. Gehen Sie ihm nicht auf den Leim!«

»Danke für die Informationen. Kann ich Sie irgendwie erreichen, wenn ich weitere Fragen habe?«

Jetzt grinste der Kerl das erste Mal. Schien der Typ harte Schale, weicher Kern zu sein. Er zog Malthaners Visitenkarte aus der Tasche und hob sie zwischen Zeige- und Mittelfinger geklemmt in die Höhe. »Ich werde mich wieder bei Ihnen melden!«

Das klang schon nach *Rufen Sie uns nicht an, wir rufen Sie an.*

Malthaner startete den Saab. Die Schlachthofstraße war sein Ziel. Letzter bekannter Aufenthaltsort eines gewissen Kuno Krimmel.

3

Kleine Städte sind Städte kurzer Wege. Ein weiterer Vorteil gegenüber den Metropolen. Keine zehn Minuten später rollte die alte Limousine langsam an den renovierten Fassaden einer Häuserzeile aus den Sechzigern vorbei. Malthaner stoppte den Wagen und stieg aus. Es gab keinen wirklich triftigen Grund für ihn, sich um den verschwundenen Kuno Krimmel zu kümmern. Schließlich gehörte er nicht zu den Bluthunden von der Boulevardpresse.

Vielleicht, dachte Malthaner, verfüge ich doch über viel zu viel Zeit. Ein Vorwurf, den ihm Brigitte in letzter Zeit ein paar Mal gemacht hatte, wenn sie übellaunig war.

Interessiert schaute sich Malthaner die Klingelschilder neben der hässlichen Haustüre mit einer Milchglasscheibe an. Kuno Krimmel stand ganz oben in einer Reihe mit sechs Namen. Mindestens drei Nationen mussten unter diesem Dach wohnen.

Ohne sich zu überlegen, was er tat, drückte er auf den Klingelknopf. Natürlich gab es keine Reaktion. Er hätte auch gar nicht genau gewusst, was er den Arbeiter fragen sollte. Mit ihm über den Unfall auf der Baustelle sprechen? Ihm als der wer-weiß-wie-vielte ins Gesicht zu schleudern, dass er ein Kind getötet hatte? Ihm damit klar zu machen, dass seine Umwelt das nie vergessen würde? Malthaner spürte einen Anflug von Scham in sich aufsteigen. Was war an dem, was er da tat, besser als an der Leichenfledderei von RTL?

Plötzlich öffnete sich die Milchglasscheibe vor ihm. Heraus trat eine sehr kleine und sehr schmächtige alte Frau, die eine altmodische Hornbrille trug, hinter deren Gläser wache Augen hin und her huschten. Malthaner blickte auf einen dünnen, weißen Skalp hinab.

»Zu wem wollen Sie?«, fragte die magere Frau, die ihn an ein Hutzelweibchen erinnerte, vollkommen unvoreingenommen. Sie sprach den Dialekt der Alten in dieser Gegend. In ihr Gesicht hatten sich unzählige tiefe Falten eingegraben. Dutzende von Altersflecken überzogen ihre Haut.

»Zu Herrn Krimmel«, antwortete er und kam fast ins Stottern.

Die Alte störte das offensichtlich nicht. »Den werden Sie nicht antreffen«, gab sie bereitwillig Auskunft, ohne danach gefragt worden zu sein. »Wissen Sie, es gab da diesen Unfall auf der Baustelle«, plapperte sie mit einer erstaunlich kräftigen Stimme. »Seither war er meistens weg, dann war er mal wieder da und seit Wochen hat ihn hier im Haus keiner mehr gesehen. Niemand weiß, ob er verreist ist.«

Was sollte er da antworten? »Gut, dann komme ich ein andermal wieder«, beeilte er sich zu sagen und machte auf dem Absatz kehrt.

Zum Teufel, dachte er sich, als er wieder im Auto saß. Das war ja wohl ein Reinfall. Was hatte er anderes erwartet?

Trotzdem. Jetzt wollte Malthaner doch noch den Baggerfahrer Christian Bühler in Sigmaringen aufsuchen. Mehr als schief gehen konnte es nicht. Wer weiß, vielleicht konnte er ihm ja klar machen, dass er an einer ehrlichen Geschichte interessiert war. Und vielleicht wollte Bühler ja reden. Auch wenn der Baustellenvorarbeiter angedeutet hatte, dass die Firma Messbeck dem Baggerfahrer einen Maulkorb verpasst hatte. Gut möglich, dass gerade das der Grund für ein gesteigertes Mitteilungsbedürfnis war.

Malthaner nahm den Notizblock zur Hand und wählte mit dem Handy die Auskunft. Die nannte ihm neben der Telefonnummer auch die Adresse von Bühler. Die Straße sagte Malthaner nichts, er würde auf einem Ortsplan nachschauen müssen.

Malthaner schaute auf die Uhr. Früher Nachmittag. Das würde vermutlich bedeuten, dass Bühler noch arbeitete. Also würde er es heute Abend versuchen. Auf gut Glück. Ohne vorherige Anmeldung. Was man durchaus als Überrumpelungsversuch auslegen konnte.

Die Zeit bis zum Abend nutzte Malthaner, um einen Artikel für die Wochenendbeilage einer großen hessischen Zeitung fertig zu stellen, für die er gelegentlich Beiträge lieferte. Vor einigen Tagen hatte er einen Künstler interviewt, der mit seinen Werken in der provinziellen Enge der Stadt immer wieder Anstoß erregte. Sein Ausharren betrachtete der Bildhauer und Maler als seine Art des Widerstandes gegen die bornierte Kleingeisterei, wie er in dem Gespräch mehrfach betont hatte. Mit Erscheinen des Artikels würden sich weder der Künstler noch Malthaner neue Freunde in der Stadt machen, das war sicher. Andererseits: Die Zahl derer, die in Albstadt diese Zeitung aus Frankfurt zu Gesicht bekamen, hielt sich sowieso in Grenzen.

Um halb sechs machte Malthaner sich auf den Weg. Auf der B 463 herrschte der übliche Feierabendverkehr, die Sache zog sich hin. Für die Fahrt nach Sigmaringen benötigte er ziemlich genau eine halbe Stunde. So gut es ging, zügelte Malthaner sein Temperament, denn auf dieser Strecke hatte er sich erst im vergangenen Jahr drei Flensburger Punkte eingehandelt.

Die Straße, in der Bühler wohnte, war einfach zu finden. Sie lag gleich um die Ecke der ehemaligen Brauerei, an der Malthaner als Kind immer vorbeigefahren war, wenn er mit seinen Eltern Verwandte in einem kleinen Ort bei Sigmaringen besucht hatte.

Gebäude mit billigen Mietwohnungen auch hier. Zweckmäßig. Man könnte auch sagen hässlich. Hier wohnt man nicht unbedingt freiwillig, nahm Malthaner an. Mit den angeblichen Superlöhnen auf dem Bau war es wohl schon lange vorbei, seit die Konkurrenz aus Ost- und Südeuropa das Bild beherrschte.

Acht Briefkästen, acht Klingelknöpfe. Bühler – der Name war in beiden Fällen in kraxeliger Handschrift aufgemalt. Die einst weiße Fassade des dreistöckigen Wohnhauses hätte mal wieder einer Farbauffrischung bedurft. Ein klitzekleines Stück braunen Rasens vor dem Hauseingang ließ den Gesamteindruck auch nicht unbedingt freundlicher erscheinen. Inmitten des trostlosen Rasenstücks kümmerte ein verdorrter Busch im vergeblichen Versuch vor sich hin, dem Bild ein Stückchen Freundlichkeit zu verleihen. Im oberen Stock waren sämtliche Fensterläden geschlossen. Sollte die Anordnung der Klingelknöpfe etwas über die Anordnung der Wohnungen aussagen, mussten die Bühlers im Erdgeschoss wohnen.

Malthaner atmete tief durch und drückte dann einmal energisch auf den Klingelknopf. Nach zehn Sekunden quäkte eine Stimme aus der Sprechanlage. Was sie sagte, konnte er nicht hören. Ganz im Gegensatz zu einem Rauschen und Knacken. Selbst bei der Frage, ob es sich um eine weibliche oder eine männliche Stimme handelte, musste er passen.

Er versuchte es einfach: Malthaner stellte sich vor. Als er das Wort *Zeitung* erwähnte, verstummte das Rauschen. Mist! Das war's dann wohl.

Unschlüssig stand der Journalist vor dem Gebäude. Wie bestellt und nicht abgeholt. Gerade als er sich zum Gehen wenden wollte, wurde die Haustüre geöffnet. Eine Frau Mitte dreißig mit einem rotbäckigen Gesicht und halblangen hellbraunen Haaren stand vor ihm. Sie war mindestens so groß wie Malthaner selbst, wog aber sicher 20 Kilogramm mehr. Sie hatte ein weißes T-Shirt an, das aus der blauen Jeans hing.

»Was wollen Sie?« Die Frau fragte abweisend.

»Ich würde mich gerne mit Ihnen und Ihrem Mann unterhalten ...«

Weiter kam er nicht. »Der Unfall?«, unterbrach sie barsch.

Wie zur Abwehr hob Malthaner die Hände. »Ja, aber ...«

»Chris«, rief die Frau über ihre Schulter sehr laut in das Gebäude hinein, »komm doch mal!«

Noch während Malthaner fieberhaft überlegte, wie er das Gespräch fortsetzen könnte, tauchte Christian Bühler neben seiner Frau auf. Er war ein ganzes Stück kleiner als sie und schob einen beeindruckenden Bauch vor sich her. Bühlers zu lange dunkle Haare hätten einen Kamm oder eine Bürste vertragen. Sein Gesicht hatte die Bräune desjenigen, der bei Wind und Wetter draußen arbeitete. Die dunklen Augen lagen tief in den Höhlen, was ihm ein einfältiges Aussehen gab. Das unrasierte Gesicht wirkte müde. Schnell wurde Malthaner klar, dass Bühler jünger sein musste, als er auf den ersten Blick wirkte. Ein früh gealterter Mittdreißiger.

»Was gibt's?«, knurrte Bühler unfreundlich.

»Ich bin von der Landeszeitung ...«, brachte Malthaner nur heraus, dann griff Bühler seine Frau am Shirt und zog sie zu sich her. Er machte Anstalten, ihm die Tür vor der Nase zuzuschlagen.

»Warten Sie«, rief Malthaner, bevor die Tür ins Schloss fiel. »Einer Ihrer ehemaligen Kollegen vom Straßenbau schickt mich.« Was für ein Quatsch, aber es war heraus, bevor er nachdenken konnte.

Bühler zog die Haustüre wieder ein Stück weit auf und schaute ihn fragend an.

»Der Vorarbeiter, der die Kolonne am Badkap leitet.« Ob sein namenloser Informant wirklich Vorarbeiter war oder ob der Baggerfahrer Bühler unter Vorarbeiter etwas anderes verstand, wusste Malthaner nicht. Immerhin war die Haustüre noch offen.

»Was ist das für eine Geschichte?«, fragte Bühler.

»Ich habe mit Ihrem ehemaligen Kollegen gesprochen, und er fragt sich, wie es Ihnen und Ihrer Frau geht.«

Bühler legte den Kopf schief. »Ich dachte, Sie sind von der Zeitung?«

»Das auch.« Malthaner spürte, wie er in Erklärungsnot geriet. »Ich schreibe einen Artikel über den Straßenbau, und da dachte Ihr ehemaliger Kollege, ich könne doch mal mit Ihnen reden.«

»Welcher Kollege?« Dieser Bühler war nicht unbedingt dumm, musste Malthaner seinen ersten Eindruck revidieren. Einfach gestrickt, das sicher. Aber nicht dumm.

»Ihr Kapo von damals bei der Messbeck AG.«

»Hören Sie, ich habe mit Messbeck nichts mehr zu tun. Also lassen Sie uns in Ruhe!« Und damit war die Tür zu. Unwiderruflich. Das hätte man wahrlich geschickter anfangen können. Sauer auf sich selbst, setzte sich Malthaner wieder in sein Auto, wendete auf der Straße und machte sich auf den Weg zurück nach Albstadt.

Er wunderte sich, als er ankam. Brigittes Mazda Cabriolet parkte mit offenem Verdeck vor dem Haus. Dabei war es noch nicht mal ganz sieben Uhr abends. So früh kam Brigitte selten heim. Sie hatte sich das kleine Cabrio vergangenes Jahr geleistet und ihren alten Kleinwagen des gleichen Fabrikats in Zahlung gegeben.

Brigitte hantierte in der Küche. Sie hatte ihre dunkelbraunen Haare hochgesteckt. Es gefiel ihm, was er sah. Sie trug ein rotes Kleid, das sie vor einiger Zeit in München gekauft hatte, als sie ein Wochenende bei Freunden verbrachten. Das befreundete Ehepaar – Sonja und Rufus –

stammte ebenfalls aus Albstadt, lebte aber schon lange in der bayerischen Landeshauptstadt. Sonja hatte mit Brigitte Abitur gemacht, und seither hielt die Freundschaft.

»Da bist du ja«, begrüßte sie ihn, als er herein kam und drückte ihm einen Kuss auf die Lippen, der ein ganzes Stück leidenschaftlicher war als alles, was er in den vergangenen Wochen in dieser Richtung erlebt hatte.

»Wie war dein Tag?«, fragte sie und hielt ihn umarmt.

»Seit wann interessiert dich das?«, antwortete er patzig und hätte sich im gleichen Moment dafür ohrfeigen können. Brigittes Griff löste sich, sie schleuderte ihm giftige Blicke aus ihren schönen blauen Augen entgegen und rauschte aus der Küche.

»He, warte doch mal«, rief er ihr nach, natürlich ohne Erfolg. »Brigitte …«, rief er im Versuch zu retten, was in diesem Moment nicht zu retten war. Seine Freundin war eine starke Persönlichkeit, die immer sehr genau wusste, was sie wollte. Dumm von ihm angeblafft zu werden, gehörte sicher nicht dazu. Er hörte die Haustüre mit Karacho ins Schloss fallen und fluchte. Dann hörte er ein Auto, das mit quietschenden Reifen losfuhr. Dass er sich selbst ein Riesenarschloch nannte, brachte keine Erleichterung.

Wütend auf seine Dummheit riss er die Kühlschranktür auf und holte sich eine Flasche Becks heraus, die er in zwei Zügen leerte und anschließend in die Spüle warf, wo sie in tausend Scherben aufging. Nein, er hatte wirklich keinen Grund gehabt, sauer auf sie zu sein. Sie arbeitete verdammt viel und konnte erwarten, von ihm anständig behandelt zu werden. Dass es in letzter Zeit zwischen ihnen zu Reibungen gekommen war, lag sicher nicht nur an ihr. Missmutig trottete er an die riesige Fensterfläche ins Wohnzimmer, von wo aus man einen herrlichen Blick über die Stadt genießen konnte. Er schaute ins Nichts.

Wohin wollte Brigitte?

Jörg Malthaner nahm seinen Autoschlüssel und verließ die Wohnung. Möglich, dass seine Lebensgefährtin in ihre Praxis unterwegs war. Möglich auch, dass er etwas gut zu machen hatte. Also steuerte er die Innenstadt an, in der die Praxisräume lagen, in einem Gebäude, in dem auch ein Café residierte, mit dem es in den vergangenen Jahren nicht so glücklich gelaufen war. Seit ein paar Monaten versuchten wieder einmal neue Pächter ihr Glück.

Tatsächlich, das Cabriolet stand vor dem Haus. Er parkte den Saab direkt dahinter und ging zum Eingang. Er drückte auf den Klingelknopf. Nichts. Er klingelte ein weiteres Mal, diesmal etwas länger. Niemand reagierte. Aber sie musste da sein! Er klingelte Sturm, bis die Haustüre geöffnet wurde.

Im Eiltempo nahm er die Treppenstufen in den ersten Stock. Die Tür zu den Praxisräumen war angelehnt. Malthaner ging hinein. Brigitte stand mit dem Rücken zu ihm, hielt eine Röntgenaufnahme in der Hand und täuschte Beschäftigung vor. Dann drehte sie sich um. Ihre Augen zeigten es deutlich; sie hatte geweint.

Ohne ein Wort zu sagen, nahm Malthaner sie in den Arm. Brigitte wehrte sich erst schwach, gab dann aber nach und drückte sich an ihn. »Manchmal bist du ein echter Idiot«, sagte sie mit brüchiger Stimme.

Er streichelte ihr übers Haar. »Ich weiß.«

So standen sie minutenlang. Brigitte sprach zuerst. »Ich weiß, dass ich in letzter Zeit nicht immer sehr pflegeleicht war«, sagte sie. »Aber die ganze Arbeit mit der Praxis, und dann ...« Sie brach ab.

Eine innere Eruption erfasste ihn. »Was?«

»Na ja, du könntest ruhig ein bisschen aufmerksamer sein. Dir scheint manchmal alles egal zu sein. Dann habe ich das Gefühl, dass wir mehr nebeneinander her als miteinander leben. Da hat sich in letzter Zeit einiges ziemlich schlecht entwickelt. Unter einer harmonischen Beziehung stelle ich mir etwas anderes vor.«

Ein solches Gespräch musste nach den Entwicklungen der vergangenen Wochen zwangsläufig einmal kommen. Er hatte es geahnt, den Gedanken aber weit von sich geschoben. Ein solches Gespräch wollte er nicht führen. Malthaner wusste, dass er mit einer Situation wie dieser nicht umgehen konnte. Deshalb sagte er erst einmal nichts, drückte sie noch fester an sich. In seinen Eingeweiden rumorte es.

»So geht es nicht auf Dauer weiter«, stellte sie fest und ihre Stimme hatte wieder an Kraft gewonnen. Brigitte war die stärkere Persönlichkeit in dieser Beziehung. Wenn es dafür von Zeit zu Zeit eines Beweises bedurfte, dies war einer.

Ihm schien, als müsste er gleich aufs Klo. »Wir sollten an uns arbeiten«, brachte er hervor. Hohle Worthülsen. Es schien ihm fast, als würde das Gurgeln aus seiner Magengegend die Worte übertönen.

»Genau das wollte ich dir vorschlagen. Deswegen habe

ich heute schon früh in der Praxis Schluss gemacht. Ich dachte, wir könnten reden.«

»Tut mir Leid.« Was sollte er sonst schon von sich geben? Malthaner fühlte sich denkbar unwohl in seiner Haut. Ein leichtes Zittern überkam ihn. Mit allem, was er sagte, könnte er jetzt eine Katastrophe anrichten, also hielt er lieber den Mund.

Brigitte sagte: »So, wie unsere Beziehung läuft, reicht mir das nicht. Ich will mehr, und ich fordere mehr von dir. Wenn du mich wirklich liebst, dann solltest du es mir auch sagen. So wie am Anfang unserer Geschichte. Wenigstens ab und zu, und nicht nur wenn du besoffen bist. Ich will, dass du auf mich eingehst. Dass ich mehr für dich bin als ein angenehmes Arrangement.«

Ihre Worte taugten nicht dazu, das Zittern abzuschwächen. Sie hatte ja Recht. Aus ihrer Sicht. Möglicherweise. Warum mussten die Dinge zwischen Frau und Mann auch so kompliziert sein?

Sie trieb ihn in die Enge. »Los Jörg, sag' was!«

Was sollte er sagen? »Ja ...«, stammelte er. »Also... Weißt du, das ist alles so..., so schwierig ...« Ein Zeitungsschreiber, ein Mann der Sprache, dem die Worte vollkommen fehlten.

Sie löste sich von ihm. Ihre blauen Augen nagelten Malthaner an Ort und Stelle fest. Sie fixierte ihn, er konnte ihrem Blick nicht ausweichen. »So? Und damit glaubst du durchzukommen?« Enttäuschung und ein Anflug von Trauer sprachen aus ihren Augen. »Du hast noch einen zweiten Versuch. Wenn ich dir einen guten Rat geben darf, dann versau' ihn nicht.«

Körpersprache war doch auch Sprache. Er versuchte, sie an sich zu ziehen. Sie ließ es nicht zu. »So kommst du aus der Sache nicht raus, Jörg.« Ausgeliefert, genauso fühlte er sich. Ausgeliefert wie noch nie zuvor. Ja, seine Lebensgefährtin durchschaute ihn. Was nicht so schwierig war. Er wollte in irgendein Loch versinken und nicht mehr auftauchen. Wollte seiner Haut entschwinden, unsichtbar werden, sich in Luft auflösen.

So sehr er es herbeisehnte, es passierte nichts dergleichen. Noch immer stand er auf wackeligen Beinen in dieser Arztpraxis und kam sich vor wie ein Patient, der soeben eine niederschmetternde Diagnose erhalten hatte. Mitsamt der Nachricht, dass gegen sein Leiden noch keine Medizin gefunden war.

»Natürlich liebe ich dich«, unternahm er einen Versuch, der von vornherein zum Scheitern verurteilt war. Der denkbar dümmste Zeitpunkt, diesen Satz auszusprechen.

»Und das fällt dir jetzt so ein. Aus heiterem Himmel?«

»Aber du wolltest doch ...«

»Führ dich nicht weiterhin auf wie ein Idiot.« Sie dachte gar nicht daran, die unerquickliche Situation zu beenden. »Ich weiß, wie unwohl du dich fühlst«, fuhr sie fort, als hätte sie seine Gedanken erraten. »Aber glaube mir, für mich hängt der Himmel schon länger nicht mehr voller Geigen. Und daran, dass das so ist, hast du großen Anteil.« Sein Magen gab Geräusche von sich, die ihn an einen Geröllabgang in den Alpen denken ließ.

Brigitte war unbeeindruckt. »Es sind die kleinen Gesten und Blicke, die weh tun. Die kleinen Worte die du sagst oder eben nicht sagst. Natürlich ist unsere Beziehung für dich eine sehr bequeme Sache. Du wohnst bei mir. Du kannst dich mit mir schmücken, wenn dir danach ist, aber nach meinen Gefühlen fragst du in letzter Zeit überhaupt nicht mehr.«

Das klang nach einer Generalabrechnung. So wie es aussah, war Jörg Malthaner derjenige, der zahlen musste.

»Das stimmt doch nicht«, entgegnete er schwach. Jetzt wollte auch noch seine Stimme den Geist aufgeben. »Vielleicht kann ich das nur nicht so gut zeigen.«

»Früher konntest du das. Ohne Probleme.«

»Hey ...« mehr fiel ihm einfach nicht ein. Wieder versuchte er, sie zu sich herzuziehen. Diesmal ließ sie es zu seiner Überraschung geschehen. Tränen sammelten sich in seinen Augen. Sie hatte ja Recht. Zu einem gewissen Teil zumindest, wie er sich eingestand.

Brigitte schmiegte sich an ihn. Auch sie weinte. »Ich liebe dich immer noch so wie am Anfang, das musst du mir glauben. Ich will dich nicht verlieren. Niemals. Aber ich möchte, dass du mir jeden Tag zeigst, dass du auch mich liebst.« Sie klammerten sich aneinander. Jörg Malthaners Zittern ließ nach. Ja, er empfand gleich. Das war seine Frau und sollte es immer sein.

»Ich liebe dich auch«, sagte er und meinte es ernster als jemals zuvor. »Ich liebe dich auch.«

Brigitte löste sich etwas von ihm und wischte sich die Tränen ab. Sie versuchte sich an einem Lachen, das in neuen Tränen aufging. »Du stehst ab sofort unter Bewährung«, sagte sie. Sie weinte. Und sie lachte gleichzeitig. Er brachte es nur zu einem Schluchzen.

Sie fuhren heim und liebten sich. Zärtlicher und langsamer als seit vielen Monaten.

Das war schon lange nicht mehr vorgekommen: Brigitte ignorierte den Wecker. Nachdem das verdammte Ding geklingelt hatte, blieben sie einfach noch eine halbe Stunde im Bett liegen. Dann standen sie auf, und während sie unter die Dusche ging, holte er frische Brötchen. Anschließend zauberten sie ein Frühstück mit allem, was der Kühlschrank hergab. Wie damals. Malthaner fühlte unendliche Erleichterung; hoffend, dass sich die Sache wieder einrenken würde. Er wusste, dass er sein Teil dazu beisteuern musste. Schließlich stand er unter Bewährung.

Brigittes Patienten mussten an diesem Morgen auf ihre Hausärztin warten. Als sie schließlich mit einer noch nie da gewesenen Verspätung in die Praxis fuhr, holte er sich die Landeszeitung und das Albblatt aus dem Briefkasten.

4

Im Lokalblatt war der Ballonabsturz bereits den zweiten Tag nacheinander das Aufmacherthema. Grundsätzlich Neues wusste das Blatt nicht zu berichten. Die Polizei konnte keine neuen Erkenntnisse vermelden. Der Pressesprecher der Bundesstelle für Flugunfalluntersuchungen wurde zitiert mit den Worten: »In einer Woche wissen wir vielleicht mehr.« Anders ausgedrückt: Mit Neuigkeiten war nicht zu rechnen. Noch einmal ging das Albblatt ausführlich auf die Lebensleistung des verunglückten Bauunternehmers Dieter Messbeck ein. Weggefährten von ihm, die bisher in der Presse noch nicht zu Wort gekommen waren, wurden zitiert. Sie flochten ihm allesamt den Heiligenschein.

Zwar glaubte Malthaner nicht, dass der Ballonabsturz ihn beruflich noch weiter beschäftigen würde, aber man konnte ja nie wissen. Ein eher privates Interesse war aber nicht zu leugnen, musste er sich eingestehen.

Im Telefonbuch suchte er die Nummer von Thomas Sailer von den Alb-Ballonern heraus. Sailer, der vorgestern an der Absturzstelle so entsetzt über den Unfall war, der das Leben zweier seiner Clubkameraden ausgelöscht hatte. Sailer, mit dem er seit den Recherchen für seine große Ballon-Story entfernt befreundet war. Er fand nur eine

Privatnummer. Dort würde sich jetzt vermutlich Sailers Frau Ines melden, die seit der Geburt der beiden Söhne nicht mehr berufstätig war. Ines und die beiden Söhne hatte Malthaner damals auch kennen gelernt. Sie gaben eine nette Familie ab.

Ein Gedanke, bei dem sich Malthaner plötzlich unangenehm berührt fühlte. Brigitte hatte vergangene Nacht Worte wie *Heirat* und *Familie* in den Raum gestellt. Das hatte er bis zu diesem Moment wieder verdrängt gehabt. Jetzt aber holte ihn diese Erinnerung ein und bescherte ihm ein ungutes Gefühl.

Ines konnte ihm sicher die Nummer geben, unter der er Thomas an dessen Arbeitsplatz erreichen konnte. Genau so war es. Er dürfe Thomas ruhig während der Arbeitszeit anrufen, meinte Ines, das sei überhaupt kein Problem. Sie plauschten eine Weile und Malthaner erfuhr schnell, dass der Ballonabsturz seit zwei Tagen die Gespräche in der Familie Sailer beherrschten. Was ihn nicht weiter wundern konnte.

Thomas freute sich aufrichtig über Malthaners Anruf. Es würde wohl eine ganze Weile dauern, bis bei den Alb-Ballonern wieder Alltag herrschte. Derzeit waren alle Ballone lahm gelegt, was bei der Superwitterung einen enormen Einnahmeausfall bedeutete, wie Thomas mit einem Unterton des Bedauerns mitteilte. Es sei aber eine freiwillige Entscheidung der Vereinsführung gewesen, die Ballone nochmals gründlich durchzuchecken. Unabhängige Prüfer würden in den kommenden Tagen die einzelnen Ballone unter die Lupe nehmen, erläuterte Thomas. In fünf Tagen sollten die Ballone wieder in die Luft gehen können. Als er das sagte, wurde Malthaner bewusst, dass er in den vergangenen beiden Wochen jeden Abend mehrere Ballone am Himmel über der Stadt gesehen hatte.

Malthaner fragte: »Gibt es neue Erkenntnisse über die Absturzursache?«

»Meines Wissens nicht. Es wird jetzt natürlich viel spekuliert und auch sehr viel Unsinn geredet. Im Verein und außerhalb.« Ein Seufzer von Thomas drang durch die Telefonleitung, bevor er weiterredete. »Die Polizei und zwei Mann von der Flugunfallstelle haben sich gestern schon auf unserem Gelände umgesehen und mit einigen Leuten im Club gesprochen. Aber das scheint mir alles eine reine Routineuntersuchung zu sein.«

»Ihr im Verein habt aber doch bestimmt eure Theorien über den Absturz, denke ich mir.«

»Klar. Nur ist bei allen Diskussionen und Spekulationen nichts Handfestes rausgekommen. Wie gesagt, da wird jetzt auch viel abenteuerlicher Unsinn verzapft. Wenn man sich an die Fakten hält, dann sind wir heute nicht schlauer als vorgestern, was tatsächlich in dem Ballon passiert ist.«

Ein Gedanke wollte sich Geltung verschaffen, wie Malthaner schien. Der Zipfel von etwas, das er nicht festhalten konnte. Wie ein kurzes Signalfeuer flackerte etwas in den tieferen Regionen seines Gehirns auf, das sogleich wieder verschwand. Thomas Sailer redete weiter und Malthaner gab den halbherzigen Versuch gleich wieder auf, den Gedankenschnipsel fassen zu können.

Dann sei da noch ein weiteres Problem, sagte Sailer, das den Verein mit jeder weiteren Stunde, die seit dem

Unfall verstrich, immer stärker beschäftige. Das ungeklärte Sponsoring-Problem. Schließlich habe Dieter Messbeck für den Verein Summen zugeschossen wie kein anderer.

»Lass uns doch mal rumspinnen, Thomas. Kannst du dir vorstellen, dass jemand einen Ballon so manipuliert, dass es zum Absturz kommt?«

»Wie gesagt, wir wälzen auch allerlei abenteuerliche Ideen. Aber das ist wirklich nicht mehr als ein Rumspinnen. Eine Manipulation, die niemand bemerkt, ist kaum zu bewerkstelligen.«

Malthaner blieb hartnäckig. »Kaum oder sicher nicht?«

Damit entlockte er Sailer ein Geräusch, das sich anhörte, als lasse er die Luft lautstark durch den offenen Mund entweichen. »Vor einiger Zeit ist im Osten drüben ein Ballon abgestürzt, in dem Radiowellen eine Explosion verursacht haben. Die sind zu nahe an einen Sender herangefahren.«

»Das verstehe ich nicht«, entgegnete Malthaner wahrheitsgemäß.

»Spielt auch keine Rolle«, antwortete Sailer. »Wir haben uns im Verein Folgendes überlegt: Theoretisch, ich betone theoretisch, könnte man vielleicht ein Instrument wie das Funkgerät so manipulieren, dass es eine extrem hohe elektromagnetische Feldstärke erzeugt. Wenn es dann zu einem Spannungsbogen kommt, könnte es eine Explosion geben. Aber das ist echt an den Haaren herbeigezogen.«

So erschien es dem blutigen Laien Jörg Malthaner auch, der lieber mit Worten als mit physikalischen Gesetzen umging. »Und sonst? Gibt es noch eine weitere Manipulationsmöglichkeit, über die ihr euch Gedanken gemacht habt?«

Thomas Sailer zog anscheinend die Luft wieder ein, die er vorhin ausgepustet hatte. »Na ja, schon. Man könnte die Stahlseile ansägen. Wir überprüfen zwar vor jedem Start alles Mögliche. Aber ich habe noch nie erlebt, dass sich jemand um die Stahlseile gekümmert hat.«

»Das verstehe ich nicht. Hilf mir auf die Sprünge.«

»Es ist so«, begann Thomas. »Durch den Boden des Korbs verlaufen Stahlseile, die das Korbgerüst verstärken. Kannst du mir so weit folgen?«

Malthaner bejahte.

»Diese Stahlseile münden in den Brennerrahmen, an dem sie durch Karabiner mit den Tragseilen der Ballonhülle verbunden sind. So weit noch alles klar?«

»Mmmh.«

»Also, jetzt stell dir vor, jemand sägt diese Stahlseile so an, dass sie den Start mit all den Kräften, die da wirken, gerade noch aushalten.«

»Der berühmte seidene Faden sozusagen.«

»Genau. Die Seile überstehen vielleicht noch die ersten Meter der Steigfahrt und brechen dann endgültig. Das bedeutet, dass der Korb mitsamt den Passagieren aus dem Gerüst kippt. Die Folgen kannst du dir ausmalen.«

Malthaner war nicht so beeindruckt, wie Sailer das offensichtlich erwartete. »So weit, so gut. Aber das erklärt keine Explosion an Bord.«

So leicht gab sich der Ballonexperte nicht geschlagen. »Doch, unter Umständen schon. Denn in einem solchen

Fall kommt in Sekundenschnelle der komplette Ballon ins Trudeln. Die Hülle fängt Feuer, ein Schlauch reißt, Gas strömt entlang der Zuleitung aus bis an die Flasche, und dann macht es bumm.«

»Wenn das so ist.« Das leuchtete auch Malthaner ein. »Sonst noch eine Sabotage-Idee?«, wollte er wissen.

Sailers Antwort kam knapp und eindeutig. »Nein. So sehr wir uns auch die Köpfe zerbrochen haben, es ist uns nichts eingefallen. Wenn man mal Angriffe mit Raketenwerfern außen vor lässt.«

Das Gespräch mit dem Albblatt-Redakteur Volker Vogt vorgestern Abend im Biergarten kam Jörg Malthaner in den Sinn. Vogt hatte etwas davon gesagt, dass es bei den Alb-Ballonern drunter und drüber ginge. Vorsichtig machte er Thomas Sailer gegenüber eine entsprechende Andeutung. Doch Sailer ging nicht darauf ein. Entweder hatte er die Anspielung tatsächlich nicht verstanden, oder er wollte sein Wissen nicht preisgeben, oder aber die Informationen von Vogt waren weit hergeholt und entsprachen nur dem üblichen Geschwätz der Leute. Bevor Malthaner das Gespräch beendete, plauderte er mit Sailer noch ein paar Minuten über Gott und die Welt.

»Wenn du was Interessantes erfährst, hältst du mich auf dem Laufenden, ja?«, schärfte er Sailer zum Abschluss ein.

Der versprach, sofort an ihn zu denken, wenn es etwas Neues geben sollte.

In dem Moment, in dem er auflegte, wurde Malthaner schlagartig klar, welcher Gedanke ihn da eben ansatzweise angesprungen und sich dann – ätsch – gleich wieder zurückgezogen hatte. Er sprang auf und suchte seinen Bike-Rucksack, den er nach der Radtour vorgestern achtlos in eine Ecke des Arbeitszimmers gestellt hatte.

Mit nervösen Bewegungen wühlte er auf dem Grund des Rucksacks herum und bekam in die Finger, was er gesucht hatte: Das kleine Metallstück, das er auf dem Boden direkt an der Absturzstelle aufgeklaubt hatte, nachdem er mit dem Bike drübergefahren war. Dort, wo er das unerfreuliche Gespräch mit dem seltsamen Ehepaar geführt hatte. Interessiert nahm Malthaner das Ding in Augenschein, das aussah als sei es ein abgebrochenes Stück Kupferrohr. Wie er es in der Hand hin und her drehte, konnte Malthaner nicht so recht etwas damit anfangen. Nicht weiter verwunderlich, denn mit solchem Material hatte er noch nie etwas am Hut gehabt; er, der noch nicht einmal einen tropfenden Wasserhahn Erfolg versprechend reparieren konnte.

Ja, er sollte das Metallstück Thomas Sailer zeigen und ihn fragen, ob es in irgendeiner Weise mit einem Heißluftballon zu tun haben könnte. Wenn das jemand auf Anhieb sagen konnte, dann Thomas. Der war nicht nur ein wandelndes Lexikon in Sachen Ballonfahren, sondern auch ein ausgezeichneter Handwerker und Tüftler. Das alte Haus, das Ines und er vor langer Zeit gekauft hatten, war von ihm in den vergangenen Jahren in beeindruckender Weise Stück für Stück modernisiert worden. Eine Leistung, die Malthaner imponierte, der mit zwei linken Händen und null technischem Verständnis ausgestattet war.

Thomas könnte vermutlich auch einen fahrbereiten

Ballon aus Einzelteilen zusammenbauen. Mit verbundenen Augen, versteht sich.

Sinnlos, sich selbst weiter mit dem Metallstück zu beschäftigen, dachte Malthaner, und stopfte es zurück in seinen Rucksack. Es hatte, da war er sich sehr sicher, nichts mit dem Ballonabsturz zu tun. Sonst hätten es die Experten vor Ort ganz sicher aufgeklaubt und mitgenommen.

Danach wollte er Hauser bei der Landeszeitung anrufen, doch das Telefon kam ihm zuvor. Malthaners Mutter rief an. Sie befand sich seit einer Woche in der Eifel in Kur und gab ihren aktuellen Lagebericht durch: Was es zu essen gab, welche Behandlungen sie über sich ergehen lassen musste und so weiter. Er hörte halbherzig zu. Dass sie sich überhaupt zu einer vierwöchigen Kur hatte überreden lassen, grenzte schon an ein Wunder, und war nur durch mehrfaches eindringliches Zureden durch Brigitte erreicht worden.

Dann meldete er sich bei Hauser. Routine. Man tauschte ein paar Neuigkeiten aus. Als weitaus interessanteste Nachricht erfuhr er, dass der Chef des Sportressorts angeblich was mit der neuen Volontärin angefangen habe. Was sollte daran in diesen Zeiten verwerflich sein, fragte er sich, wo sich schon bei den Führern von Weltmächten die Praktikantinnen unter dem Schreibtisch tummelten?

Zum Ende des kurzen Gesprächs hatte Hauser noch was auf Lager. Klar, das Beste behielt er sich immer für den Schluss auf.

»Falls du die Güte hättest, wieder einmal für die Landeszeitung tätig werden zu wollen«, begann er, »könntest du für die nächste Samstagausgabe einen Artikel beisteuern.«

Malthaner war gespannt. »Da hat der große Häuptling doch bestimmt schon eine sehr konkrete Idee, nehme ich an.«

»Natürlich«, murmelte Hauser. Wenn Hauser murmelte, war das immer noch deutlich lauter, als wenn andere Menschen normal sprachen. »Schick mir achtzig Zeilen für die Serie über Ausflugsgasthöfe in Baden-Württemberg.« Er machte eine Pause. Es musste noch was nachkommen, da war sich Malthaner ziemlich sicher und sagte erst mal nichts. Es kam noch etwas nach. »Falls es so etwas bei euch da oben auf der Alb geben sollte, wo man unsere Leser guten Gewissens hinschicken kann.« Nun war die tägliche Schmähung also raus.

»Hoffentlich fühlst du dich jetzt besser, Hauser«, gab Malthaner gut gelaunt zurück. »Du bekommst deine achtzig Zeilen. Mein Vorschlag: Ich schreibe etwas über das Nägelehaus in Onstmettingen, über das schon Generationen von Wanderern aus dem Neckartal hergefallen sind.«

»Mir egal, über welchen Hort der gehobenen Gastronomie du dich auslässt. Hauptsache, es füllt die Seite.«

Das Gefrotzel zog sich noch zwei Minuten hin, dann beendeten sie das Gespräch. Dankbar für Hausers Auftrag setzte sich Malthaner an den Laptop. Eine Story über das Nägelehaus konnte er aus dem Stegreif schreiben. Genau die richtige Beschäftigung für den Rest des Vormittags.

Weit war er mit dem Artikel noch nicht gekommen, als das Telefon klingelte. Für die Telekom war es ein erfreulicher Morgen.

»Wie geht's dir?« fragte Brigitte.

»Gut, und selbst?«

»Besser als seit langem. Im Nachhinein bin ich froh über den Verlauf des gestrigen Abends.«

»Ich auch.« Wahrscheinlich erwartete sie, dass er so etwas sagte, wenn es die Wahrheit auch nur zum Teil traf.

Sie klang aufgeräumt, wie seit Wochen nicht mehr. »Pass auf, Jörg: Was hältst du davon, wenn wir heute Abend zum Italiener gehen?«

»Schön.« Eigentlich war er mit seinem Kumpel Reinhard, einem EDV-Unternehmer, auf ein Bier verabredet. Das war aber nicht so ganz der passende Zeitpunkt, es Brigitte mitzuteilen. »Ist es nicht viel zu heiß, um heute Abend in einer Pizzeria zu sitzen?«, fragte er stattdessen.

»Doch, klar. Deshalb habe ich an das neue Restaurant in Balingen gedacht, von dem sie jetzt alle reden. Dort soll es einen sehr schönen Garten geben.«

»Mmh.«

»Du klingst nicht gerade euphorisch.«

Eine Stimme in seinem Hinterkopf meldete sich: *Du stehst unter Bewährung.*

»Doch, doch«, beeilte sich Malthaner zu sagen. »Soll ich anrufen und einen Tisch bestellen?«

»Nicht nötig. Ich habe das schon von meiner Sprechstundenhilfe machen lassen. 20 Uhr. Ein Tisch für zwei.«

»Toll. Ehrlich. Ich freue mich.« Was nicht gelogen war.

Reinhard musste er wohl auf ein andermal vertrösten. Es galt, Prioritäten anzuerkennen.

In Brigittes Praxis schien es rund zu gehen, wie ihn die Geräusche im Hintergrund vermuten ließen. »So, ich muss weitermachen. Bin um sieben zu Hause, Schatz«. Sie legte auf. Schatz, so hatte sie ihn schon einige Zeit nicht mehr genannt. Er buchte es als einen Schritt auf dem Weg zurück zur Normalität und machte sich wieder über seinen Artikel her.

Zu Mittag begnügte er sich mit Obst. Anschließend nutzte er das wunderbare Sommerwetter zu einer Biketour. Nicht wenige vernünftig veranlagte Menschen hätten angesichts von Temperaturen um 30 Grad davon abgeraten. Doch Vernunft hatte Jörg Malthaner noch nie zu seinen herausragenden Eigenschaften gezählt.

Er fuhr nach Messstetten, die so genannte Messstetter Steige hinauf, die manch schwachbrüstigem Kleinwagenmotor schon alles abverlangte. Malthaners Motor lief rund. Ohne sich zu verausgaben, erkletterte er die Straße in mittlerem Tempo. Je mehr Höhenmeter er gewann, desto angenehmer und weniger drückend wurde die Luft. Oben angekommen hatte es bestimmt zwei, drei Temperaturgrade weniger als im Albstädter Kessel.

Er bog in den Wald ab und pflügte durchs Gelände. Ein Stunde fuhr er so kreuz und quer durch die Gegend, ohne bestimmtes Ziel. Raue Alblandschaft, das stimmte schon. Eine bisweilen urwüchsige Gegend, die man lieben oder hassen musste, einen Mittelweg gab es nicht. Das klare Licht dieses Sommertages zeichnete die Konturen der Landschaft scharf. Auf seinem Mountainbike fühlte sich Jörg Malthaner mit dem Leben versöhnt. Mochte sein, dass auch das eine Art der Verdrängung war, ein Sich-Berauschen vielleicht.

Die Sorgen und Nöte blieben außen vor, solange er im Sattel seines No Pogo saß. Die Probleme lagen woanders, außerhalb der Welt, in der er sich in diesem Augenblick bewegte.

Er nahm Kurs auf den Ort Messstetten, der nicht ohne Grund als einer der Kältepole der Schwäbischen Alb galt. Manch einer, den es ohne eigenes Zutun und ganz und gar ohne den Willen dazu hierher zur Bundeswehr verschlug, beklagte sich bitterlich darüber, dass man sich im Winter den Arsch abfrieren konnte. Das entsprach der Wahrheit. Wenn hier im März oder April noch tiefer Winter herrschte, zeigten sich drunten in der Hechinger Gegend – nur wenige Kilometer entfernt – häufig bereits die ersten Frühlingsboten.

In Messstetten gab es hochgerechnet auf die Anzahl der Einwohner viel zu viel Verkehr. Er radelte in ein Neubaugebiet, schlug ein paar Haken und tauchte erneut in einen Wald ein. Mit hohem Tempo fuhr er nach Albstadt hinab. Schnell schluckte ihn die Stadt wieder, als er sich mit dem Bike durch den pulsierenden Verkehr schlängelte und schließlich die letzte Steigung hinauf zur Straße nahm, in der Brigittes Wohnung lag.

Zwei Stunden nachdem er zu seiner kleinen Tour gestartet war, stand Jörg Malthaner unter der Dusche.

Überzeugt davon, dass sich das Leben doch lohnt.

Reinhard war nicht sauer darüber, dass es mit dem Bier nichts wurde. Er habe in der Firma sowieso mehr als genug am Hals, klagte er lautstark. In ihrem kurzen Telefonat fiel seinerseits das Wort von der Selbstausbeutung. Nicht zum ersten Mal, aber eine Spur lauter als in der jüngeren Vergangenheit, wie es Malthaner schien. War echt in Fahrt, der gute Reinhard. Sie verabredeten sich locker für ein andermal.

Malthaner gedachte, den Nachmittag mit der Arbeit für einen Verlag zu verbringen, der sich auf Reiseführer spezialisiert hatte. Für die überarbeitete Ausgabe eines Wanderführers für die Südwestalb sollte er zwei Texte beisteuern. Eine Aufgabe, die ihm Spaß machte und die nicht übel bezahlt wurde. Vor ein paar Tagen hatte er sich mit zwei erfahrenen Wandergruppenleitern vom Schwäbischen Albverein getroffen und die Strecken in einer Landkarte genau markiert, nachdem er sie vor zwei Wochen schon selbst abgewandert war.

Konzentriert arbeitete er an einem Text. Schrieb, feilte, formulierte um. Eine halbe Stunde lang. Dann unterbrach das Telefon diesen kreativen Prozess. Theo Reiher war dran. Fast schien es, als rufe der Polizeisprecher nur noch an, um Katastrophen mitzuteilen. Vorgestern der Ballonabsturz, jetzt ein weiteres, mindestens ebenso seltenes wie aufrührendes Ereignis.

»Wir haben eine Geiselnahme«, teilte Reiher, um einen sachlichen Tonfall bemüht, mit.

Drittes Kapitel

1

»Eine was?« Malthaner fragte sicherheitshalber zurück. Dabei war er sicher, richtig gehört zu haben. Aber er fühlte sich durch diese Neuigkeit vollkommen überrumpelt.

Er hatte sich nicht verhört.

»Eine verdammte Geiselnahme«, wiederholte der Pressesprecher der Polizeidirektion genervt und ließ damit alle Sachlichkeit hinter sich. »Nicht genug damit, es kommt noch schlimmer, Malthaner. Es sind nämlich Kinder, die in der Hand des Geiselnehmers sind.« Malthaners Pulsschlag hatte sich beschleunigt. Zum Nachfragen kam er gar nicht, denn Reiher hatte noch mehr Informationen loszuwerden. »Dabei ist der Geiselnehmer selbst noch ein halbes Kind, wenn die derzeitig verfügbaren Informationen stimmen.«

»Wo?« Es war gar nicht nötig, dass Malthaner in einem ganzen Satz fragte, Reiher verstand auch so.

»Realschule. Ein ehemaliger Schüler hat sich in einem Klassenzimmer verbarrikadiert und bedroht eine ganze Klasse und eine Lehrerin. Die Maschinerie ist angelaufen. Sie wissen schon, Sondereinsatzkommando, Mobiles Einsatzkommando, LKA, Psychologen und so weiter.«

»Das volle Programm also.«

»Das volle Programm«, bestätigte Reiher. »Das ist alles, was ich Ihnen zum jetzigen Zeitpunkt sagen kann. Ich nehme an, wir sehen uns gleich. Ich bin vor Ort. Die ersten Ihrer Kollegen haben schon Stellung bezogen. Sie glauben gar nicht, wer mich alles anruft und sich den Weg nach Albstadt beschreiben lässt.«

»Da werde ich wohl meinen Arsch ganz schnell in Bewegung setzen«, gab Malthaner markant von sich. Nur keine Gefühle zeigen, sondern cool und unbeteiligt an die Sache rangehen.

Eine Geiselnahme.

In einer Schule.

Das weckte Ängste und böse Erinnerungen.

Die Realschule befand sich sieben Autominuten entfernt. Bei schneller Fahrt. Malthaner schaffte es in fünf.

Noch während der Fahrt rief er Hauser in der Redaktion der Landeszeitung an und bat ihn, den Platz für eine Geschichte freizuhalten, ohne die an diesem Tag kein Radiosender und keine Fernsehanstalt auskommen würde. Das war sicher. Hauser wusste schon von dem Ereignis, die Nachrichtenagentur hatte es wenige Minuten zuvor gemeldet.

Malthaner befürchtete Schlimmes. Seine Abneigung gegen eine gewisse Sorte Kollegen würde bestimmt neue Nahrung bekommen. Der Mitarbeiter der Landeszeitung sollte sich nicht irren.

Die Polizei hatte die Zufahrtsstraßen bereits weiträumig abgesperrt. Er versuchte es über die Schmiechastraße und kam genau bis auf Höhe der Realschulsporthalle, wo ihn ein Absperrband aufhielt. Mit dem Auto gab es kein Durchkommen. Dass er einem stoisch dreinblickenden Uniformierten mit seinem Presseausweis unter der Nase herumwedelte, half gar nichts. Der Saab wurde nicht durchgelassen. Der Polizist ließ sich nicht aus der Ruhe bringen. Ein pflichtbewusster deutscher Beamter. Er hatte eine Aufgabe zugewiesen bekommen und die erledigte er. Mochte kommen, was da wollte. Das war er, der sprichwörtliche Fels, der der Brandung trotzt.

Fluchend wendete Malthaner und fuhr ins Parkhaus, das zwei Gehminuten von der Realschule entfernt lag. Im Sprint machte er sich zum Schulgelände auf. Bevor er schwitzend auf den Hof gelangte, auf dem sich ein unglaubliches Durcheinander abspielte, musste er sich noch zweimal ausweisen.

Reiher hatte Recht gehabt: Das volle Programm. Mercedes-Streifenwagen, Kleinbusse in Polizei-Lackierung und zivile Pkws sowie zwei Ü-Wagen des Fernsehens standen auf der Straße vor der Schule und auf dem Hof vor dem architektonisch eher abschreckenden Schulgebäude. Ein Kasten, der seinen Erbauern vor langer Zeit nicht allzu viel Kreativität und Fantasie abverlangt haben dürfte. Eine Lehranstalt, in der Generationen von Kindern und Jugendlichen fürs Leben oder zumindest für die Schule gepaukt hatten.

Immerhin, die Schule musste vor nicht allzu langer Zeit neu gestrichen worden sein. Malthaner hatte die Fassade fälschlicherweise schmutzig-grau in Erinnerung. Und das, obwohl er regelmäßig an dem Gebäude vorbeifuhr. Mit der menschlichen Wahrnehmung haperte es halt manchmal. Tatsächlich war das Schulhaus in einem ockerfarbenen Ton gestrichen, der möglicherweise den Alltag für die Insassen farbiger gestalten sollte.

Ein grün und silberfarben lackierter Mercedes-Mannschaftswagen mit einem halben Dutzend Antennen auf dem Dach stand direkt vor dem Schuleingang. Auch der Vito stand wieder da. Das Fahrzeug der Einsatzleitung.

Wie vorgestern.

Das hier war schon wieder eine Angelegenheit von der Dimension, die den Leitenden Polizeidirektor von seinem bequemen Schreibtischstuhl in die harte Wirklichkeit vor Ort katapultierte.

Die antiquiert wirkende große Wanduhr, die rechts oberhalb des Eingangsbereiches an die Fassade der Schule montiert war, zeigte 15.45 Uhr. Ohne sich dessen so recht bewusst zu sein, blickte Malthaner auf seine Armbanduhr. Die war schon zehn Minuten weiter.

Überall wuselten Leute herum, viele Schüler vor allem, die von Polizisten hinter einer Absperrung in Zaum gehalten wurden und für eine unangenehme Lärmkulisse sorgten. Man hatte sie in die Ecke neben der vor einiger Zeit wieder einmal mit erheblichen Mitteln dem baulichen Zeitgeist angepassten Festhalle gedrängt, die sich direkt an das Schulgelände anschloss.

Nach einer Struktur sah dieser Menschenauflauf nicht aus. Die Ereignisse bestimmten die Dramaturgie und die Staatsgewalt hinkte hinter dem Drehbuch ein gutes Stück hinterher. Eine ganze Reihe von martialisch aussehenden Frauen und Männern waren dabei, die sich in schwarze Einsatzkleidung gezwängt hatten, als wollten sie in einen Krieg ziehen. Mit Helmen und schusssicheren Westen.

Entschlossene Gesichter hinter den hochgeklappten Visieren. Aufgeregte Großwildjäger. Bewaffnet bis an die Zähne. Auf ihren Gewehren steckten Präzisionszielfernrohre. Eine geradezu unwirklich anmutende Szenerie.

Zivile und uniformierte Menschen jeder Altersgruppe und jeden Dienstgrades standen, gingen, rannten über den Schulhof. Noch viel mehr als vorgestern in Tailfingen an der Absturzstelle. Ein Polizist, der seinen Colt trug wie John Wayne, beäugte Malthaner kurz misstrauisch, drehte sich dann wieder ab. Ihm waren hier vermutlich schon ganz andere schräge Vögel untergekommen.

Und es würden noch mehr werden. Wenn die Medienmaschinerie erst mal auf höchsten Touren lief – und das konnte nicht mehr lange dauern – dann würden diese Typen im Dutzend hier herumstehen.

»Vorsicht«, raunzte eine Stimme. Malthaner fuhr herum. Die Stimme gehörte zu Klaus Konz, dem Leiter der Kriminalaußenstelle. Er hatte einen verwirrt wirkenden Jungen von vielleicht 14 Jahren an seiner Seite, den er in den Vito bugsierte. Malthaner trat einen Schritt zur Seite und ließ die beiden durch. Im Vorbeigehen streckte Konz ihm die Hand hin, die er kurz drückte, und murmelte ein »Hallo«. Man kannte sich schließlich.

Malthaner versuchte in dem ganzen Durcheinander Theo Reiher zu entdecken, blieb aber zunächst erfolglos. Dafür sah er Volker Vogt, den Lokalredakteur und noch ein paar andere Medienschaffende. Wie zum Teufel waren sie schon wieder alle hierher gekommen, fragte er sich. Er selbst wohnte nur wenige Minuten vom Tatort entfernt, aber es waren schon zehn oder mehr Kollegen hier, die bestimmt einen wesentlich weiteren Anfahrtsweg hatten. Sie alle mussten von Reiher deutlich vor ihm informiert worden sein. Das schmerzte Malthaner und ärgerte ihn.

Nachrichten wie die von einer Geiselnahme sprachen sich rasend schnell herum und hatten bereits ein paar Dutzend Gaffer angelockt, die auf dem Gehweg standen, der durch ein paar altersschwache Bäume und eine kniehohe Anpflanzung vom Schulhof getrennt wurde. Die Polizei hielt die Schaulustigen vom Hof selbst fern.

Unter den Passanten mussten sich auch Eltern befinden, vermutete Malthaner angesichts der erregten Diskussion, die einige von ihnen mit Polizisten führten, die sie partout nicht vorlassen wollten.

Offenbar hatte man versucht, zwischen einigen der Bäume eine Sichtschutzplane zu spannen, um den Neugierigen den Blick zu verdecken, den Versuch aber doch wieder aufgegeben. Die eine Seite der großen Plane war an einem Baum befestigt und hing schlaff zu Boden.

Malthaner schnappte sich den nächstbesten Uniformierten, einen bulligen Typen mit einer nicht minder bulligen goldenen Halskette, die unter dem Kragen des Diensthemdes hervorblitzte, und fragte ihn nach dem Sachstand. Die Antwort war nicht sehr befriedigend und er erfuhr nichts, was ihm Reiher nicht schon am Telefon gesagt hatte.

Da sah er ihn. Der Polizeisprecher kam aus dem Nichts in einem dynamischen Gang direkt auf Malthaner zu. Sie schüttelten sich kurz die Hände. Die lebhaften Augen des Beamten schienen einen Fixpunkt in Malthaners Gesicht zu suchen, an dem sie kurz zur Ruhe kommen konnten.

»Wie sieht's aus?«, wollte Malthaner von ihm wissen.

»Es scheint sich zu bestätigen, dass der Geiselnehmer ein ehemaliger Schüler ist. Er hat eine Klasse mit 22 Schülern und eine 45-jährige Lehrerin in seiner Gewalt. Das Klassenzimmer ist da oben ...« – Reiher deutete auf die oberste Fensterreihe des Schulgebäudes – »das dritte Fenster von links.«

Malthaner machte sich Notizen. Der Kugelschreiber flog über das Papier. »Hat er eine Waffe?«

»Ja. Wir vermuten, dass es sich um eine Handfeuerwaffe handelt.«

»Eine echte?«

»Das ist die Voraussetzung, von der wir ausgehen müssen.«

»Wie alt sind die Geiseln?«

»13 bis 14 Jahre.«

»Wissen Sie, was der Junge will? Hat er irgendwelche Forderungen gestellt?«, fragte Malthaner den Polizeisprecher.

»Nein. Bisher nicht.« Reihers blaue Augen wieselten wieder hin und her.

»Gibt es überhaupt Kontakt zu dem Jungen?«

»Ja, er hat ein Handy bei sich.«

Jörg Malthaner arbeitete seine Frageliste ohne System ab, wie sie ihm gerade so in den Sinn kam. »Wann hat er die Geiseln genommen?«

»Gegen 14.45 Uhr. Ein Junge konnte aus dem Zimmer

flüchten. Er ist ins Lehrerzimmer gerannt und von dort aus wurden wir dann alarmiert. Der Schüler hat auch ausgesagt, dass der Geiselnehmer eine Pistole hat.« Sicher war das der Junge, mit dem Konz eben im Vito verschwunden war.

»Woher wissen Sie, dass der Geiselnehmer ein ehemaliger Schüler dieser Schule ist?«, fragte Jörg Malthaner.

»Ganz sicher wissen wir es nicht, aber der Junge, der aus dem Klassenzimmer entkommen konnte, hat ihn uns als solchen beschrieben. Die Kollegen reden natürlich gerade mit dem Rektor und den Lehrern.«

Reihers Handy klingelte. Der Pressesprecher gab eine Wegbeschreibung nach Albstadt durch. »Wieder so ein Fernsehsender, der unbedingt Aufnahmen von hier braucht«, sagte er und klang ein wenig resigniert. »Wenn das so weitergeht, haben wir in einer Stunde 30 Fernsehteams, 20 Radiosender und 100 Zeitungsleute hier.« Er seufzte. Auch für Polizeisprecher Theo Reiher würde dies ein sehr langer Arbeitstag werden.

Während ihres kurzen Gesprächs hatte das Medienaufgebot schon deutlich zugenommen. Jetzt waren auch die nächsten beiden Kamerateams eingetroffen und verbreiteten zusätzliche Hektik. Mehrere Fotografen, die Malthaner nicht kannte, hatten ihre Kameras auf Stative gepflanzt und nahmen das Fenster in der oberen Reihe ins Visier, hinter dem sich in diesem Moment ein Drama abspielte.

Ein jugendlicher Geiselnehmer, über dessen Motivation nichts bekannt war, hielt 22 Kinder und eine Lehrerin in seiner Gewalt.

24 Schicksale, das des Täters eingerechnet. Ein Grund, trotz der Hitze ins Frösteln zu kommen.

»Werde ich von Ihnen eigentlich grundsätzlich als Letzter informiert?«, maulte Malthaner den Polizeisprecher angesichts der Pressemeute an. »Wo kommen alle diese Geier so schnell her?«

»Das frage ich mich allerdings auch«, antwortete Reiher. »Sie werden von mir als einer der Ersten informiert. In meinem Verteiler kommen Sie gleich nach den Lokalblättern und dem Radio. Aber Ihre ehrenwerten Kollegen haben zum Teil schon aus anderen Quellen von der Tat erfahren, bevor wir sie öffentlich gemacht haben. Fragen Sie mich nicht, wie das sein kann.«

»Tja, auch in Ihrem Verein gibt es Leute, die für ein Bakschisch gerne mit einer bestimmten Sorte Journalisten zusammenarbeiten.«

Mit dieser Bemerkung erntete er von Reiher einen missbilligenden Blick. Reiher sagte nichts dazu. Vermutlich wusste er, dass es so war. Als er doch den Mund aufmachen wollte, meldete sich sein Handy erneut. Die Prozedur von gerade eben wiederholte sich, er beschrieb seinem Gesprächspartner den Weg, schob das Telefon dann wieder in die Hosentasche.

Ein ziviler Mercedes drängte auf den Schulhof und zwang zwei Fotografen aus dem Weg. Der Mercedes rollte direkt vor den Haupteingang der Schule, zu dem eine Reihe von Treppenstufen hinaufführten. Der Daimler stoppte neben dem Mannschaftstransportwagen mit den vielen Antennen auf dem Dach.

Ein Mann stieg aus, der Fahrer blieb am Steuer sitzen.

»Psychologe«, raunte Reiher Malthaner zu. »Gilt als Spezialist für solche Fälle. Kommt aus Tübingen.« Klaus Konz ging auf den Mann zu, der einen dunklen Anzug trug, und wechselte ein paar Worte mit ihm. Allein der Anblick eines Mannes in dunklem Anzug sorgte bei Jörg Malthaner für eine weiter erhöhte Schweißproduktion. Konz geleitete den Psychologen zum Wagen der Einsatzleitung.

Wenige Meter entfernt nahm ein Kameramann ein dürres Mädchen vor die Linse. Sie mochte 16 sein. Höchstens. In der Hand hielt sie eine Zigarette. Sie genoss die Aufmerksamkeit ganz augenscheinlich und gab sich von ihrer Wichtigkeit überzeugt. Sie achtete darauf, von der Kamera von links ins Profil genommen zu werden. Das musste sie für ihre Schokoladenseite halten. Das Mädchen, das lange strohblonde stumpfe Haare hatte, trug ein bauchfreies weißes T-Shirt, das den Blick auf ein Bauchnabelpiercing freigab. Sie redete mit großem Eifer in ein Mikrofon, das ihr ein anderer Fernsehmann unter die Nase hielt. So konnte man sich natürlich auch Informationen beschaffen. Ein Geldschein wechselte blitzschnell aus der Hand des Mannes mit dem Mikro in die des Mädchens.

»Zum Kotzen«, sagte Malthaner. Reiher nickte zustimmend. Seine Augen funkelten angriffslustig.

Schon wieder klingelte das Telefon des Polizeisprechers. Er hörte zu, sagte zweimal knapp »Ja«, bevor er das Handy wieder in seiner Hosentasche verschwinden ließ. »Neuigkeiten«, teilte er mit. »Es scheint Bewegung in die Sache zu kommen. Der Geiselnehmer hat eben über Handy die 110 angerufen und angekündigt, in einer halben Stunde die ersten Schüler frei zu lassen. Sobald ich mehr weiß, melde ich mich bei Ihnen.« Damit ließ er Malthaner stehen, ging zwei Schritte und drehte sich noch einmal zu ihm um. »Behalten Sie's vorerst für sich«, sagte er und dampfte endgültig in Richtung der Einsatzleitung davon.

Dafür bekam Malthaner Gesellschaft von Volker Vogt, dem Albblatt-Redakteur. »Langsam wird's unheimlich, was in Albstadt alles passiert«, gab er von sich.

»Da habt ihr wenigstens mal was Interessantes zu schreiben«, erhielt er von Malthaner zurück.

»Könnte ich glatt drauf verzichten. Ich wollte heute Abend eigentlich mit meiner Freundin zum Open-Air-Kino nach Reutlingen.«

Die Bemerkung erinnerte Malthaner an etwas.

Heute Abend!

Brigitte hatte einen Platz beim Italiener reserviert. Mist! Das Versöhnungsessen müsste er wohl verschieben, wenn das hier noch eine Weile andauern sollte. Und es sah alles danach aus, dass die Geiselnahme nicht sehr schnell beendet sein würde. Ihm konnte wirklich nicht daran liegen, Brigitte vor den Kopf zu stoßen.

Es half alles nichts, er musste sie anrufen. Malthaner ging drei Schritte von Vogt weg und wählte die Praxis-Nummer. Eine Mitarbeitern war am Apparat. Brigitte befinde sich mitten in einem Patientengespräch, teilte sie mit. Er bat um Rückruf. Es sei dringend.

»Was ist denn das?« Aus Vogts Stimme sprach pures Erstaunen. Malthaner folgte der Blickrichtung des Kollegen und war baff. Ein gepanzertes Fahrzeug rollte heran. Respektvoll wich die Menge zurück.

Was sollte das? War das ein Zeichen, dass die Geiselnahme mit Gewalt beendet werden sollte? Die Panzerkarre würde nicht einmal die Stufen bis zum Schuleingang erklimmen können, vermutete Malthaner.

»Jetzt schießen sie mit Kanonen auf Spatzen«, kommentierte Vogt. »Die haben doch einen Knall«, schob er einen Halbsatz der Empörung hinterher.

Für Empörung hatte Malthaner keine Zeit mehr. Sein Telefon machte sich bemerkbar. Nicht Brigitte war dran, sondern Hauser. »Bring mich auf den aktuellen Stand«, schleuderte er Malthaner ohne Begrüßungsformel entgegen. Der kam der Aufforderung nach und informierte den Kollegen. Hauser gab sich vorerst zufrieden und wollte auf dem Laufenden gehalten werden.

Der Panzerwagen blieb ein paar Meter hinter dem Mercedes stehen, aus dem der Tübinger Psychologe ausgestiegen war. Vogt ging auf das martialisch aussehende Fahrzeug zu.

Noch mehr Kamerateams und Fotografen drängten auf das Gelände. Eine solche Invasion von Mediengeiern hatte Albstadt noch selten erlebt. Erneut fragte sich Malthaner, wo die alle so schnell herkamen.

Weitere Kollegen, die bewegte Bilder brauchten, hatten das gepiercte Mädchen als Objekt der Begierde ausgemacht. Ein abstoßendes Schauspiel. Das Mädchen wurde von Kameraleuten und Mikrofonträgern umringt. Die Kleine spielte willig mit und gab sich cool. Ein unsympathischer Typ, der ein T-Shirt mit dem Emblem eines der großen Privatsender trug, streckte dem Mädchen eine Zigarette hin, sie griff zu. Malthaner schob sich näher heran, wollte hören, was an den Aussagen des Mädchens so interessant sein sollte.

Sie kannte den Geiselnehmer offensichtlich, sprach von einem Florian. Als Waffennarr sei er bekannt. Er habe die Schule bis vor kurzem besucht, sei dann aber abgegangen. Nicht so ganz freiwillig, so weit sie wisse, erklärte sie der begierigen Meute und gab sich sehr erwachsen. Niemand, den sie kenne, könne den Florian leiden. Was auch kein Wunder sei, denn er sei immer ein Einzelgänger gewesen, »nicht ganz richtig im Kopf«.

Es war bizarr. Zwei Dutzend schwitzende Fernseh- und Radioleute umringten einen Teenager und schnappten nach jeder Bemerkung von ihr wie ein ausgehungerter Hund nach einem halb verfaulten Knochen.

In die Menschentraube vor dem Vito kam plötzlich Bewegung. Noch größere Hektik brach aus. Malthaner konnte mitten in der Gruppe den vierschrötigen Schädel des Leitenden Polizeidirektors ausmachen. Er redete auf die anderen ein. Überhaupt schien jeder zu reden.

Ausgerechnet in diesem Augenblick bimmelte Malthaners Handy erneut. Diesmal war es Brigitte. Kurz erläuterte er ihr, warum es aus dem romantischen Abend beim Italiener nichts werden würde.

Brigitte zeigte Verständnis. Er versprach, sie später noch einmal anzurufen. Dann sah er, wie Reiher mit den Armen in die Richtung der Medienmeute wedelte. Ein Gedränge wie beim Schlussverkauf begann. In Erwartung neuer Sensationen rannten sie alle wie eine Horde Ferngesteuerter auf den Polizeisprecher zu. Obwohl er die Situation als geradezu surreal empfand, rannte Malthaner mit.

Es gab nichts zu verheimlichen. Die Angelegenheit lief der Polizei aus dem Ruder. Viel lieber hätten sie die Sache ohne die ganz große öffentliche Anteilnahme über die Bühne gebracht. So viel stand fest. Aber das war nicht mehr möglich, nachdem die Ereignisse eine erschreckende Eigendynamik entwickelt hatten. Also entschied man sich, in die Offensive zu gehen und der Pressemeute Futter zu geben. Neben Reiher standen der Leitende Polizeidirektor, Konz und der Pressestaatsanwalt vor dem Einsatzfahrzeug. Dazu zwei in zivil gekleidete Männer, die Malthaner nicht kannte.

»Ruhe, bitte«, versuchte es Reiher, der von zahlreichen Objektiven ins Blickfeld genommen wurde. »Wir würden Ihnen gerne über den Stand der Dinge berichten«, sagte er. Damit war sein Part beendet. Der Leitende Polizeidirektor schob sich vor. Sein Krawattenknoten war perfekt gebunden, unter den Achseln färbte der Schweiß sein Hemd dunkel. Einige der Journalisten reckten ihm Diktiergeräte entgegen.

»Meine Damen und Herren«, begann er und versuchte sich an einem markanten Blick für die Kameras. »Wir haben folgende Situation: In einem Klassenzimmer im dritten Stockwerk befindet sich eine Schulklasse in der Gewalt eines Geiselnehmers. Wir gehen davon aus, dass 22 Schülerinnen und Schüler sowie eine Lehrerin von dem Täter bedroht werden. Er hat angekündigt, dass er demnächst einige seiner Geiseln freilassen wird. Ein 14 Jahre alter Schüler konnte zu Beginn der Geiselnahme aus dem Klassenzimmer fliehen. Der Täter ist nach unseren Erkenntnissen im Besitz einer Faustfeuerwaffe. Ob es sich um eine echte Waffe oder eine Attrappe handelt, wissen wir im Augenblick noch nicht. Bei dem Täter handelt es sich mit großer Wahrscheinlichkeit um einen ehemaligen Schüler.«

Weiter kam der Leitende Polizeidirektor nicht, denn er wurde von den Journalisten mit Fragen bestürmt. Eine Szene, als würde sie für einen schlechten amerikanischen Film gedreht. Malthaner fragte sich, ob er im falschen Film war.

Eine resolute Frau mit einem Mikrofon in der Hand hätte am liebsten die Adresse des jungen Geiselnehmers erfahren.

»Bitte, bitte meine Herrschaften.« Der Leitende unternahm einen schwachen Versuch der Beschwichtigung. Eine RTL-Kamera kam seinem Gesicht gefährlich nahe. Er fühlte sich genervt, vielleicht auch überfordert, wollte es sich aber unter keinen Umständen anmerken lassen. Vogt hatte es auch bemerkt. Er stupste Malthaner in die Seite und verzog sein Gesicht zu einem Grinsen.

Nach einem tiefen Schnaufer redete der Polizeichef weiter. »Wir gehen, wie ich eben schon sagte, davon aus mit großer Wahrscheinlichkeit zu wissen, wer der junge Mann ist, der sich in dem Zimmer verschanzt hat. Aber ich bitte Sie um Verständnis dafür, dass wir Ihnen den Namen zum jetzigen Zeitpunkt noch nicht sagen können.«

Ein paar Knipser wechselten zügig ihre Objektive, um ja auch jede Unreinheit im Gesicht des Polizeidirektors ablichten zu können. »Wie sieht die Strategie der Einsatzkräfte aus?«, wollte ein schnöseliger Reporter wissen, dessen dunkle Haarpracht von einer Wagenladung voll Gel in Zaum gehalten wurde. Vielleicht handelte es sich aber auch um Schweiß. Oder Motorenöl.

»Das werden wir Ihnen jetzt nicht auf die Nase binden, wofür Sie sicher großes Verständnis haben«, antwortete der Polizeidirektor und lächelte ein knappes Lächeln. Er entspannte ein wenig. Dachte wohl, die Sache gut zu meistern.

»Wollen Sie die Schule stürmen?«, kam eine dämliche Frage aus der Runde.

Der Polizeidirektor stellte sein Lächeln wieder ein. »Wir werden nichts tun, was die Sicherheit der Geiseln gefährdet«, erwiderte er und blieb dabei durchaus souverän. Seit über einer Stunde befand sich Malthaner jetzt vor Ort und immer mehr Vertreter seines Berufsstandes gesellten sich dazu. Das galt auch für die Schaulustigen, die sich mittlerweile auf der Straße drängten.

Die Polizei hatte die Bannmeile weiter um den Schulhof gezogen. Nur noch die Einsatzkräfte und die Journalisten befanden sich auf dem Hofgelände selbst. Auch die zahlreichen Schüler, die vorhin vor dem Eingang der Festhalle lümmelten, wurden vom Hof gescheucht.

»Stehen Sie mit dem Geiselnehmer in Kontakt?«, fragte ein großer Fernsehmann, dessen Fistelstimme so gar nicht zu seiner imposanten Erscheinung passte.

»Ja, das habe ich Ihnen doch schon gesagt«, antwortete

der Polizeidirektor. »Er hat über Handy angekündigt, dass er einige Jugendliche freilassen will. Wir bemühen uns im Moment, mit dem jungen Mann in einen Dialog zu treten. Mehr kann ich Ihnen dazu im Moment nicht sagen.« Mehrere Fragen gleichzeitig stürmten auf ihn ein, doch der Leitende Polizeidirektor ignorierte sie. Offenbar hielt er den Augenblick für gekommen, in dem die improvisierte Pressekonferenz beendet war. »Das war's für den Augenblick, Herrschaften. Ich darf Sie jetzt alle bitten, den Schulhof zu verlassen und hinter die Absperrungen zurück zu gehen, damit die Polizei ihre Arbeit machen kann. Danke!« Damit drehte er sich um und verschanzte sich im Vito, zusammen mit Konz und den beiden anderen, die Malthaner nicht kannte.

Eine ganze Anzahl von Uniformierten schienen nur auf diesen Moment gewartet zu haben. Wie von unsichtbarer Hand geleitet, drängten sie die Medienleute nach hinten und gaben sich gar nicht erst die Mühe, allzu feinfühlig vorzugehen. Gegen das Protestgeheul waren sie immun.

2

In der nächsten halben Stunde passierte nichts.

Malthaner wippte auf den Fußballen.

Einige der Journalisten waren noch immer sauer, dass sie das Geschehen jetzt aus größerer Entfernung verfolgen mussten. Drei Fotografen hatten ihre ausklappbaren Aluleitern mitgebracht, auf denen sie jetzt hockten. Immer, wenn jemand durch die doppelflügelige Glastüre in das Schulgebäude hineinging oder herauskam, klickten die Kameras.

Mehrere Einsatzkräfte waren vor einiger Zeit in die Schule hineingegangen und seither nicht mehr heraus gekommen. Die Staatsgewalt postierte sich wohl vor dem Klassenzimmer.

Theo Reiher hatte sich zur Presse gesellt. Warten macht die Hälfte des Jobs aus, wie ein Klatschreporter einmal bei einem Seminar zu Malthaner gesagt hatte. Der nutzte die Zeit, um kurz bei Hauser anzuläuten.

Reiher kommunizierte mehrfach per Handy. Nach dem dritten Gespräch machte er auf sich aufmerksam und überbrachte die Nachricht, dass zehn Schüler freigelassen worden seien. Sie seien unverletzt und würden im Rektorat von Psychologen betreut und mit aller gebotenen Sensibilität befragt. Mit der Aussage schaffte Reiher es bestimmt in die Hauptnachrichten von mindestens fünf Fernsehsendern.

Dann wieder Warten.

Malthaner machte das auskunftsfreudige blonde Mädchen wenige Meter entfernt in einer Traube Jugendlicher aus. Er ging auf sie zu und unterhielt sich mit ihr über den Geiselnehmer, Florian. Sie bestätige das, was sie den Fernsehleuten gesagt hatte. Dass Florian früher mal die Realschule besucht hatte und inzwischen abgegangen sei. Dass er aus Albstadt stamme, als Waffennarr gelte und gerne in Bundeswehrkleidung in die Schule gekommen sei.

»Sag mal«, meinte Malthaner aus einer Eingebung heraus, »kennst du auch den Nachnamen von Florian?«

»Klar«, antwortete sie. »Messbeck. Florian Messbeck.«

Das saß.

Bei Florian Messbeck konnte es sich nur um den Sohn des tödlich verunglückten Bauunternehmers handeln. Der Name kam kein zweites Mal vor, davon war Malthaner überzeugt. Trotzdem fragte er das Mädchen: »Weißt du etwas über Florians Familie?«

»Klar.« Die Blonde kramte eine neue Zigarette aus einer roten Schachtel. »Florian hat keine Geschwister. Die Eltern sind geschieden. Sein Vater ist vor ein paar Tagen bei diesem Ballonabsturz gestorben.« Sie sagte es mit einer Selbstverständlichkeit, als würde sie einen Big Mäc bestellen und inhalierte lässig.

Malthaner drehte sich von ihr weg und winkte Reiher heran.

»Sie hätten mir sagen können, dass in dem Gebäude da drin der Sohn von Messbeck mit einer Pistole hantiert.«

Wenn er überrascht war, so ließ der Polizeisprecher sich das nicht anmerken. »War doch klar, dass Sie es über kurz oder lang auch so erfahren«, entgegnete er stattdessen und schenkte Malthaner ein unfreundliches Grinsen.

»Ist zu befürchten, dass der Junge durchgedreht hat, weil sein Vater tot ist?«, wollte er wissen.

Reiher zuckte mit den Schultern. »Möglich, wir wissen es schlicht und einfach nicht.« Reiher drehte sich halb weg, überlegte es sich dann aber noch einmal anders und vertraute ihm noch etwas an. »Sie erfahren es ja so oder so: Wir haben seine Mutter da drin. Betrachten Sie das vorerst als vertrauliche Information.« Reiher zeigte auf den Vito mit den abgedunkelten Scheiben. »Sie soll versuchen, ihren Sohn zum Aufgeben zu bewegen.«

Damit wollte er wieder in Richtung der Einsatzleitung verschwinden. »Moment noch«, forderte Malthaner, »gibt es immer noch keine Forderungen von dem Jungen?«

»Keine Forderungen.« Damit trabte er wieder dem Vito zu.

Nervös blickte Malthaner auf die Uhr: 19.05 Uhr. Über drei Stunden stand er nun schon hier. Vor einer beängstigend großen Gaffer-Kulisse. Inmitten einer Horde von palavernden Berufskollegen, die von überall her in Süddeutschland angereist waren, um ihren Zuschauern, Hörern und Lesern eine Gänsehaut zu verschaffen. Musste angenehm sein, die Sache vom heimischen Wohnzimmer aus zu verfolgen, am besten in ein paar hundert Kilometern Entfernung, mit einem kühlen Bier vor sich. Wie im Kino. Aber das hier passierte nicht irgendwo und schon gar nicht im Kino, sondern vor seiner eigenen Haustüre.

Verärgert wischte er die zynischen Gedanken wieder weg. Er starrte an den Himmel, wo er einen Heißluftballon ausmachte. Malthaner wechselte ein paar Worte mit dem Kollegen Reihenbacher, der als Reporter bei den Stadtnachrichten in Stuttgart arbeitete, dem Konkurrenzblatt der Landeszeitung. Genau genommen machte Reihenbacher genau den Job, den Malthaner selbst vor über zehn Jahren gemacht hatte. Damals hätte er sich tatsächlich noch für eine Geiselnahme begeistern können, so wie anscheinend der größte Teil der hier versammelten Kollegen. Es würde ihn nicht wundern, wenn sie alle scharf auf eine echte Schießerei wären.

Die Dämmerung kündigte sich an. Immerhin waren die Temperaturen inzwischen weitaus erträglicher geworden. Als er sich umblickte, bemerkte Malthaner, dass ein Großteil der Einsatzkräfte vom Hof verschwunden war. Gut möglich, dass sie sich mittlerweile im Schulgebäude in Stellung gebracht hatten.

Malthaner nutzte die Zeit, um ein weiteres Mal mit Hauser zu telefonieren. Bis Mitternacht konnte der noch aktuelles Material für seine Landesseite nachschieben. Spätestens bis dahin musste der Artikel stehen. Egal, wie sich die Dinge entwickelten. In einem solchen Fall war gegen den Aktualitätsvorsprung von TV und Radio für einen

Zeitungsmann nichts zu machen. Da konnte er nur Qualität und solide Berichterstattung dagegen setzen.

Dass sie alle sich noch weitere Stunden lang vor dieser Schule die Beine in den Bauch stehen müssten, war nicht auszuschließen. Er dachte an Brigitte. An den geplatzten Abend beim Italiener. Malthaner hatte die ersten drei Ziffern von Brigittes Praxisnummer in die Handytastatur getippt, als Reiher die Presseleute laut um Aufmerksamkeit bat. Er erhielt sie. Uneingeschränkt.

»Der Geiselnehmer hat soeben acht weitere Schülerinnern und Schüler freigelassen. Im Gegenzug hat er nach einer Pizza verlangt.«

»Welcher Belag?« Die blödeste, sinnloseste aller in dieser Situation denkbaren Fragen wurden von einem jungen Wesen in einem roten Top abgeschossen. Typ: Volontärin bei Bild. Malthaner sah die morgigen Überschriften in den Boulevardblättern schon vor sich. Reiher blieb erstaunlich souverän und absolut ruhig. »Thunfisch und Salami«, antwortete er. Entweder war das ein Geistesblitz oder der alte Fuchs hatte tatsächlich mit Fragen dieses Kalibers gerechnet.

»Werden Sie ihm die Pizza liefern?«, wollte ein dicker Kollege wissen, der aussah, als würde ihm beim Gedanken an eine Pizza das Wasser im Munde zusammenlaufen.

»Ja, natürlich«, entgegnete Reiher. »Wir wollen ihn schließlich nicht provozieren. Und eine Pizza gegen acht Geiseln klingt mir doch nach einem guten Deal.« Er lächelte schwach und ergänzte: »Das letzte war natürlich eine rein private Bemerkung.«

»Damit sind also noch vier Schüler in seiner Gewalt?« Wieder nahm die junge Frau im roten Top das Wort. Reiher hatte sie gefressen. So gut kannte Malthaner den Polizeisprecher. Dessen Antwort ließ nichts zu wünschen übrig. »Vier, ja. Ich bewundere Ihre mathematischen Fähigkeiten. Aber vergessen Sie bitte die Lehrerin nicht.«

»Dann sind es also noch fünf Geiseln?« Die Bild-Volontärin ließ sich nicht einschüchtern. Das musste man ihr lassen.

Reiher nickte. »Fünf. Nach Adam Riese.«

Ein anderer Kollege, der bisher noch nicht sonderlich aufgefallen war, mischte sich ein. »Wäre die Übergabe der Pizza nicht ein günstiger Moment für einen Zugriff?«

Reiher übte sich in Diplomatie. »Wir werden nichts tun, was die Geiseln gefährden könnte. Das wäre alles für den Moment.« Damit verzog er sich, zurück zur Einsatzleitung.

Und wieder Warten.

Malthaner rief bei Thomas Sailer an, dem Alb-Balloner. Thomas erwischte er vor dem Fernseher, wo er die Geiselnahme verfolgte. Malthaner sagte ihm, dass er vor der Schule stand.

»Sag mal«, fragte Malthaner, »kennst du dich mit Messbecks Privatleben aus?«

»Nicht besonders. Aber ist das denn in diesem Moment wichtig für dich?«, fragte er irritiert.

»Gut möglich«, wich Malthaner aus.

Thomas schaltete schnell. »Hat es was mit dem Kidnapping zu tun?«

Was sollte er drum herumreden? »Ja, möglich dass Messbecks Sohn in der Schule ist.«

»Unter den Geiseln?« Thomas war genauso neugierig wie jeder andere Mensch auch.

»Nein. Er könnte der Geiselnehmer sein.«

»Was?« Sailer schien geschockt.

»Ja. So sieht es aus. Kennst du Florian?«

»Nein, nicht persönlich. Ich weiß nur, dass er aus Dieter Messbecks erster Ehe stammt, die seit langem geschieden ist. Dieter hat nie über seinen Sohn oder seine erste Frau gesprochen. Ich kenne sie nicht mal. Das war alles schon lange vorbei, als er bei den Alb-Balloneern angefangen hat.«

»Danke, Thomas. Ich dachte nur, du könntest mir vielleicht etwas erzählen, damit ich mir ein Bild von Florian machen kann.«

»Da muss ich leider passen.« Bevor sie sich verabschiedeten, sprach Sailer noch eine Einladung zum nächsten Stammtisch der Alb-Balloner und zur Teilnahme an der Fuchsjagd aus, die geplant sei, sobald sämtliche Ballons wieder starten dürften.

Dann telefonierte Malthaner mit Brigitte und äußerte nochmals sein Bedauern darüber, dass der Abend ins Wasser fallen musste. Es sei schon in Ordnung, beschied sie. Seufzend schob er das Mobiltelefon wieder in die Hosentasche. Er plauderte mit Kollegen. Der Redaktionsschluss, der ihnen allen in unterschiedlicher Ausprägung im Nacken saß, war beherrschendes Thema. Die Fernsehleute überspielten ihre Beiträge, Radioreporter bellten unentwegt in Mikrofone. Ein paar Kollegen hämmerten auf die

Tastaturen ihrer Laptops ein. Für die 20-Uhr-Nachrichten war die Neuigkeit von den acht weiteren Freigelassenen wohl ein paar Minuten zu spät gekommen. Insgeheim freute er sich darüber. Dummer Futterneid.

Apropos futtern: Die Pizza mussten sie unbemerkt von der Menge hineingeschafft haben. Durch einen Hintereingang vermutlich.

Dämmerstunde. Es war weder hell, noch nachtdunkel. Gerade, als er ein weiteres Mal einen Blick über die Szenerie schweifen ließ, bemerkte Malthaner aus den Augenwinkeln, dass bei der Einsatzleitung Hektik ausgebrochen war. Konz und der Leitende Polizeidirektor schwangen sich aus dem Van, gefolgt von zwei zivil gekleideten Frauen. Die vier rannten die Stufen zum Haupteingang hoch und verschwanden wie bisher schon so viele Leute durch die Glastüre in der Realschule.

Auch in die Pressemeute war Bewegung gekommen.

Hier bahnte sich etwas an. Das Rangeln um die besten Plätze für die Kameras nahm an Intensität zu. Die Polizisten hatten Mühe, die Medienvertreter einigermaßen hinter der Absperrung zu halten.

Von hinten schob jemand Malthaner einen Schritt nach vorne. Das alles registrierte dieser eher mechanisch. Er schwenkte den Blick zwischen dem Schuleingang und dem Klassenzimmer im obersten Stockwerk hin und her, in der Erwartung, dass etwas passieren würde. Was auch immer.

Sie hatten sich nicht getäuscht.

Im gleichen Moment, in dem die Fensterscheibe des Klassenzimmers mit lautem Platzen zu Bruch ging und sich in Millionen Glasstückchen auf den Hof ergoss, hörte man Geschrei von dort oben. Ein tiefes, dumpfes Knallen, zweimal, dreimal. Laute Stimmen. Eine Art Kampfgebrüll. Kindergeschrei mischte sich darunter. Es dauerte vielleicht eine Minute.

Dann herrschte drinnen wieder Ruhe. Es war gespenstisch.

Dafür ging es unter den Presseleuten und den Schaulustigen umso lauter zu.

Die Kameraleute zoomten auf das zerborstene Fenster. Alle Augen richteten sich darauf. Das SEK hatte das Klassenzimmer gestürmt, so viel schien sicher zu sein. Die Pressevertreter spekulierten auf Teufel komm raus. Das Wort von der Tränengasgranate machte die Runde. Am Fenster tauchte eine Figur in Einsatzkleidung auf, mit einer Sturmhaube auf dem Kopf. Der Mann, wenn es denn ein Mann war, machte das Daumen-hoch-Zeichen.

Sollte das bedeuten, dass die Geiselnahme ohne Blutvergießen beendet wurde? Oder sollte es nur bedeuten, dass Florian Messbeck außer Gefecht gesetzt war? Aus Malthaners Magengegend kam wie so oft in Stresssituationen ein Gurgelgeräusch. Was war in dieser Schule passiert?

Die Polizisten, die die Presse in Zaum halten sollten, hatten inzwischen Verstärkung bekommen. Auf Fragen reagierten die Beamten nicht. Es dauerte noch zehn Minuten, dann kam Theo Reiher vor die Absperrung. »Die Geiselnahme ist beendet und der Täter verhaftet. Niemand hat körperlichen Schaden genommen. Das ist es, was ich Ihnen zum jetzigen Zeitpunkt sagen kann. Wir geben in 15 Minuten eine Pressekonferenz, auf der wir Ihnen das Vorgehen der Einsatzkräfte erläutern werden.« Dann verschwand er auch schon wieder. Ein paar mobile Lichtstrahler wurden von drei Uniformierten aufgebaut.

Überall redeten die Kollegen in ihre Handys. Sie gaben ihren Redaktionen den aktuellen Stand durch. Malthaner tat das auch und rief bei Hauser an.

Dann traten der Leitende Polizeidirektor, Reiher und der Pressestaatsanwalt vor die Mikrofone und Diktiergeräte. Reiher blieb in dieser Troika sicher wieder nur die Rolle des Statisten. Den Pressestaatsanwalt hatte Jörg Malthaner bisher noch nicht gesehen, aber fest mit seiner Anwesenheit gerechnet. Der Staatsanwalt war noch jung und man sagte ihm weiterreichende berufliche Ambitionen nach. Bei ihren gelegentlichen Begegnungen war er Malthaner als ehrgeizig, aber stets korrekt erschienen.

»Meine Damen und Herren«, begann der Leitende Polizeidirektor, wie er immer in solchen Situationen begann. »Die Geiselnahme ist beendet. Das Sondereinsatzkommando Baden-Württemberg hat den Geiselnehmer überwältigt, als ihm eine Pizza überreicht werden sollte. Es ist niemand zu Schaden gekommen. Die Geiseln sind abgesehen von Hustenreiz und tränenden Augen wohlauf und auch dem Täter selbst ist nichts passiert. Die Schüler und die Lehrerin, die in seiner Gewalt waren, werden im Moment von Psychologen betreut.« Dann schilderte er detailliert den Ablauf des Dramas, ohne dabei wesentlich Neues von sich zu geben. In der Tat war das SEK mit einer Tränengasgranate in das Klassenzimmer gegangen. Die stundenlangen Verhandlungen mit dem Geiselnehmer seien sachlich gewesen, teilte der Polizeichef mit. »Die Situation war zu jeder Zeit stabil«, sagte der Polizeidirektor. »Der Täter hat den Geiseln immer wieder versichert, dass er ihnen nichts antun will.« Dann hatte er doch noch eine handfeste Nachricht für die Meute. »Der junge Mann war mit einer Luftdruckpistole bewaffnet.«

»Können Sie etwas Genaueres über die Person des Täters sagen?«, kam eine Frage von hinten.

»Es handelt sich um einen nicht vorbestraften 16-Jährigen, der bis zum vergangenen Schuljahr die Realschule besucht hat. Er galt als Einzelgänger und ist ohne Abschluss abgegangen, hat vor einigen Monaten eine Lehre als Maurer angefangen, aber wieder abgebrochen. Er trug eine schusssichere Weste, die er aus dem Militaria-Handel hatte, ebenso wie seinen Tarnanzug. Woher die Waffe stammt, wird noch zu klären sein. Der Jugendliche gilt als Militärfreak, wie ehemalige Mitschüler erzählt haben.«

Die Bild-Volontärin wollte mehr wissen: »Stimmt es, dass er aus Albstadt stammt und seine Eltern geschieden sind?«

Der Leitende Polizeidirektor war schon wieder gereizt, hielt sich aber noch ganz gut. »Zu den persönlichen Lebensumständen des jungen Mannes wollen wir im Moment nicht mehr sagen. Dafür haben Sie sicher Verständnis. Nur so viel: Er stammt in der Tat hier aus der Stadt. Der junge Mann hat sich unlängst bei der Bundeswehr beworben, wurde aufgrund seines jugendlichen Alters aber nicht angenommen.«

Malthaner stellte eine Frage: »Was war die Motivation für die Tat?«

»Darüber können wir noch nichts Abschließendes sagen«, antwortete der Polizeidirektor und wollte die Sache auf sich bewenden lassen. Freundlich, aber bestimmt nahm der Pressestaatsanwalt daraufhin das Wort. »Es ist davon auszugehen, dass der Geiselnehmer ein gewisses Geltungsbedürfnis hat. So viel kann ich Ihnen sagen. Er war vermutlich sehr an der Außenwirkung seiner Tat interessiert. Bekannten gegenüber soll er die Geiselnahme vorher mit den Worten angekündigt haben, dass er bald ganz groß rauskommen wird.« Mit einer umfassenden Handbewegung zeigte der Pressestaatsanwalt in die Journalistenrunde. »Von einer solch gewaltigen Außenwirkung konnte er aber wohl kaum ausgehen.« Nicht einmal der Anflug eines Lächelns begleitete seine Worte, die ganz sicher nicht ironisch gemeint waren.

Malthaner war schneller als die anderen. Er sprach den Staatsanwalt direkt an, was dem Polizeidirektor augenscheinlich missfiel. »Was passiert jetzt mit dem Jungen?«

»Er wird in diesem Moment in der Schule befragt. Das kann dauern. Dann wird er die Nacht in Polizeigewahrsam verbringen und morgen dem Haftrichter vorgeführt.«

»Welche Strafe droht ihm?«, wollte Volker Vogt wissen.

Der Staatsanwalt zog eine Augenbraue leicht nach oben. »Nun, dazu kann ich Ihnen natürlich noch nichts Konkretes sagen. Das wird Sache eines Gerichts sein. Alles andere ist Spekulation. Wir können davon ausgehen, dass das Jugendstrafrecht zur Anwendung kommen wird. Und das sieht eine maximale Freiheitsstrafe von zehn Jahren vor. Auf erpresserischen Menschenraub und Geiselnahme steht nach Erwachsenenrecht eine Freiheitsstrafe von mindestens fünf Jahren.«

Die Runde wurde kleiner. Die Kollegen, die für die elektronischen Medien arbeiteten, hatten noch größeren Zeitdruck als die Zeitungsleute. Der Leitende Polizeidirektor flüsterte dem Staatsanwalt etwas ins Ohr, wofür er ein kaum wahrnehmbares Kopfnicken erntete. Der Polizeidirektor nahm das Wort. »Das ist alles, was wir Ihnen jetzt sagen können. Wir haben für morgen um elf Uhr eine weitere PK hier in der Schule anberaumt. Dann werden Ihnen auch Vertreter der Schulleitung für Fragen zur Verfügung stehen.«

Das Frage-und-Antwort-Spiel zog sich noch kurz hin. Dann machte sich auch Malthaner auf die Socken.

Zu Hause hämmerte er seinen Artikel in die Tasten, nachdem er Brigittes erste Neugier gestillt hatte. Sie stellte ihm ein paar Schnitten auf den Tisch, wofür er dankbar war. Es lief gut und schnell. Hauser würde mit dem Text zufrieden sein.

Müde lehnte sich Jörg Malthaner in seinem Stuhl zurück, nachdem er den Laptop abgeschaltet hatte.

»Komm her.« Brigitte saß auf dem Sofa. Sie hatte die Beine untergezogen. Malthaner ging hinüber und setzte sich neben sie. Auf dem Tisch standen eine offene Rotweinflasche und zwei unbenutzte Gläser. Brigitte trug ein Nichts von einem weißen Top und Shorts, die den Blick auf ihre perfekten Beine frei gab. Er streichelte ihren rechten Oberschenkel. »Wie schaffst du es eigentlich, dass deine Beine das ganze Jahr gleichmäßig braun sind? Du gehst doch nicht ins Sonnenstudio.«

»Doch, ab und zu, wenn meine Zeit es zulässt.« Ihre Antwort überraschte ihn nicht wenig. Schon wieder etwas, das er nicht wusste. Dabei glaubte er, Brigitte in- und auswendig zu kennen.

»Das war mir bisher nicht bekannt«, brummelte er.

»Darüber solltest du dir mal deine Gedanken machen, Jörg. Das hat etwas mit dem zu tun, was ich dir gestern gesagt habe: Deine Aufmerksamkeit mir gegenüber hat in letzter Zeit beträchtlich nachgelassen.« Es klang wie eine Feststellung, nicht wie ein Vorwurf.

Ihre gesamte Konzentration schien der Weinflasche zu gehören, als sie einschenkte. Ein Chateau Coudert, Jahrgang 1996. Nicht übel, so weit Malthaner dies beurteilen konnte, der Wein grundsätzlich nur in zwei Qualitätskategorien einordnete: In solchen, der ihm schmeckte, und solchen, der das nicht tat. Brigittes Bemühungen, aus ihm einen Weinkenner zu machen, hatten nicht so recht gefruchtet.

Sie stießen an, mit den teuren Gläsern, die Brigitte gehörten, so wie fast alles in diesem Haushalt. Sie zog seinen Kopf zu sich her und hauchte ansatzweise einen Kuss in sein Haar. Er lehnte den Kopf gegen ihren Oberkörper. »Wir müssen uns wieder mehr miteinander beschäftigen«, sagte sie. »Dieses Nebeneinanderherleben ist nicht das, was ich will.« Vermintes Gelände. Jetzt nur keine falsche Antwort, sonst würde es eine Explosion geben. So gut kannte er seine Lebensgefährtin.

»Ja, Brigitte. Da hast du Recht. Aber wir müssen beide etwas dafür tun. Manchmal habe ich das Gefühl, dass dir deine Praxis bei weitem wichtiger ist, als ich es bin.«

Sie streichelte abwesend sein Haar. »Nein, so ist das nicht. Aber ich kann mir meine Arbeit nun mal nicht so bequem nach Lust und Laune einrichten wie du. Entweder ich mache sie richtig oder gar nicht.«

»Das ist auch meine Devise im Beruf.« Seine Hand verweilte auf der weichen und zugleich straffen Haut ihres Oberschenkels. Brigitte sprach weiter. »Ich weiß, was dir dein Beruf bedeutet. Aber ich will dass du akzeptierst, dass das was ich mache, für mich mindestens so wichtig ist. Ich gebe zu, dass ich extrem ehrgeizig bin. Aber das hast du gewusst, bevor du hier eingezogen bist. Wenn das für dich plötzlich ein Problem ist, dann weiß ich auch nicht mehr weiter.«

Das Gurgeln in seinem Magen meldete sich wieder. »Das mache ich dir doch gar nicht zum Vorwurf«, sagte er matt. »Wir sollten einfach nur beide etwas bewusster mit unserer Beziehung umgehen.«

Sie küsste ihn auf die Stirn. »Übrigens, ich habe mich entschieden, auf jeden Fall im September zu dem Kongress nach Mailand zu reisen.«

Alleine, so deutete er ihre Worte.

Seine Zunge klebte Malthaner am Gaumen, als er sagte: »Schön. Wenn es wichtig für dich ist, dann fahre hin.«

»Das ist es in der Tat.«

Urplötzlich wechselte Brigitte das Thema. »Erzähl' mir noch mal alles über die Geiselnahme in der Realschule.« Noch immer spielte ihre Hand in seinem Haar. Er gab ihr eine Zusammenfassung von dem, was er wusste, und konzentrierte sich vor allem darauf, dass der Junge, der die Schüler in seine Gewalt gebracht hatte, der

Sohn des tödlich verunglückten Ballonfahrers Dieter Messbeck war.

Sie redeten bis nach Mitternacht, bevor sie ins Bett gingen.

Er schlief sofort ein, aber nicht für lange. Gegen ein Uhr kündigte dumpfes Grollen ein Gewitter an. Wenige Minuten später krachte es heftig. Das Gewitter verzog sich schnell wieder und um zwei Uhr schlief Malthaner bereits wieder tief und fest. Brigitte schien überhaupt nicht aufgewacht zu sein. So war sie: Hätte jemand das Haus um sie herum abgebaut, sie hätte es erst nach dem Klingeln des Weckers registriert.

3

Das Gewitter hatte für etwas Abkühlung gesorgt. Der Morgen strahlte eine angenehme Frische aus, die Luft war gereinigt.

Für Albstädter Verhältnisse war der Medienandrang bei der Pressekonferenz in der Schule riesig. Dennoch waren es bei weitem nicht mal mehr halb so viele Journalisten wie am Vortag. In zwei Tagen würde sich außerhalb Baden-Württembergs kein Mensch mehr für die Tragödie interessieren, in einer Woche würde sich außerhalb des Großraums Albstadt kaum noch jemand daran erinnern. Andere Ereignisse würden die Konzentration der Öffentlichkeit fordern.

Der Pressestaatsanwalt, der Leitende Polizeidirektor und der Schulleiter, ein blasser Mittfünfziger mit lichtem Haar und nichtssagendem Gesichtsausdruck, saßen in der Aula einem beachtlichen Medienaufgebot gegenüber. Schulbetrieb fand nicht statt, sämtliche Realschüler hatten für diesen Tag frei bekommen.

Die Pressekonferenz dauerte fast anderthalb Stunden. Viel Neues erfuhr Malthaner nicht. Der Pressestaatsanwalt bestätigte noch einmal, dass Florian Messbeck seine Tat ein paar Gleichaltrigen gegenüber angekündigt hatte und dass übersteigertes Geltungsbedürfnis das Motiv für die spektakuläre Geiselnahme gewesen sei. Auslöser für sein Verhalten könne durchaus der Tod des Vaters wenige Tage zuvor gewesen sein, erklärte der Staatsanwalt leichthin, dessen Haar wie immer penibel gescheitelt war und der trotz der Hitze einen grauen Anzug und eine passende dunkle Krawatte trug.

Der Schulleiter, dem die Situation spürbar unangenehm war und der einen überforderten Eindruck machte, verwies auf die familiären Umstände des jungen Geiselnehmers. Er betonte, dass ein solches Ausrasten eines Jugendlichen auch an jeder anderen Schule möglich gewesen wäre, und hob das hohe pädagogische Engagement des Lehrerkollegiums hervor. Florian sei nicht nur wegen seiner schlechten Noten von der Realschule gewiesen worden. Er habe häufig den Unterricht versäumt und sich seine Entschuldigungen selbst geschrieben. Freunde, so sei den Aussagen von Schülern und Lehrkräften zu entnehmen gewesen, habe er kaum gehabt. Malthaners Nachfragen nach den Lebensumständen von Florian Messbeck brachten unergiebige Antworten mit sich. Der Leitende Polizeidirektor schilderte noch einmal detailliert den Einsatz der Polizeikräfte bis hin zur Befreiungsaktion, bei der das SEK auf keinerlei Widerstand des jungen Messbeck gestoßen war.

Wieder zu Hause, schrieb Malthaner einen umfangreichen Vierspalter für die Landeszeitung. Er vermied es, in Zusammenhang mit Florian Messbeck das Wort *Täter* zu verwenden. Es war schwierig, wenn nicht gar unmöglich, zu erfassen was einen 16-jährigen Jungen zu einer solchen wahnwitzigen Aktion treiben konnte. War es kriminelle Energie? Oder war es ein drastischer Hilfeschrei? Sache des Gerichts würde es sein, das zu klären. Die Verhandlung würde frühestens in einem halben Jahr stattfinden, hatte der Pressestaatsanwalt vermutet. Malthaner war sicher, dass kein Gericht der Welt einen Richterspruch finden konnte, der allen Umständen gerecht wurde. Recht und Gerechtigkeit waren schon immer zwei Paar Stiefel gewesen. Gerechtigkeit gab es in Fernsehfilmen, nicht aber im richtigen Leben.

Der Staatsanwalt bestätigte das, was Thomas Sailer am Vortag Malthaner anvertraut hatte: Florian war Messbecks Sohn aus erster Ehe, der bei seiner Mutter lebte. Zu seinem Vater hatte er nach allem, was bekannt war, kein allzu enges Verhältnis.

Um 14 Uhr setzte sich Malthaner aufs Mountainbike und fuhr in Richtung Balingen, um den Kopf frei zu bekommen.

Nach einer zweistündigen Tour war er gerade wieder daheim, als sein Handy fiepte.

»Wir haben hier eine Leiche«, sagte eine flüsternde Stimme, die Malthaner bekannt vorkam, zu der ihm aber spontan kein Gesicht und kein Name einfiel.

Der Vorarbeiter.

Genau. Die Stimme gehörte zu dem namenlosen, blau gekleideten Vorarbeiter mit dem wallenden grauen Haar, der ihn vor zwei Tagen an der Baustelle abgefangen hatte und der ihm manch Zweifelhaftes über seine Baufirma und diesen Projektleiter Kübler berichtet hatte. Der ihm von dem Baggerfahrer Christian Bühler erzählte, der jetzt in Sigmaringen lebte und nicht mehr bei der Firma Messbeck arbeitete. Und von dem spurlos verschwundenen Bauarbeiter Kuno Krimmel. Und überhaupt davon, dass nicht jeder glücklich über das Straßenbauprojekt war, das mitten durch ein Wasserschutzgebiet führte.

Malthaner machte erst mal auf verständnislos. »Wer spricht denn da?«

Eine Stimme fuhr ihn an. Von Flüsterton keine Spur mehr. »Das wissen Sie doch! Wir sind vorgestern gemeinsam am Badkap spazieren gegangen, und ich habe Ihnen so einiges über die Machenschaften der Firma Messbeck erzählt!« Den Hintergrundgeräuschen nach zu urteilen, telefonierte der Mann mit einem mobilen Telefon.

»Ah, Sie sind es. Was erzählen Sie da für eine Geschichte von einer Leiche?«

»Hören Sie gut zu: Wir sind hier bei den Bauarbeiten auf einen Toten gestoßen. Natürlich haben wir sofort die Polizei informiert. Aber ich will, dass auch Sie Bescheid wissen. Nicht, dass nachher wieder alles von offizieller Seite unter den Teppich gekehrt wird. Also kommen Sie raus zur Baustelle. Sie werden sich schon was einfallen lassen, wie Sie auf das Gelände kommen, nehme ich an.« Damit schien er das Gespräch beenden zu wollen. Schnell hakte Malthaner nach. »Moment noch: Wer ist wo auf eine Leiche gestoßen? Ein bisschen mehr sollten Sie mir schon noch sagen!«

Jetzt senkte der Vorarbeiter die Stimme wieder. »Ich kann jetzt keine Volksreden halten, sonst werden die Kollegen misstrauisch. Also, die Sache ist die: Vor etwa einer

Stunde kamen zwei unserer Arbeiter vollkommen aufgeregt auf mich zugerannt. Sie sind beim Abtragen des Bodens hier auf der Straßentrasse auf die Überreste eines menschlichen Körpers gestoßen. Mumifiziert, oder wie das heißt. Ich sage Ihnen, es sieht grausig aus. War wohl mal ein Mann, so viel ist noch zu erkennen. Die Polizei ist schon hier. Wenn Sie eine Story wollen, dann kommen Sie schnell hier raus.«

Plötzlich war Jörg Malthaner ganz Reporter. »Haben Sie noch andere Medienvertreter informiert?«

»Nein.«

Das bedeutete zumindest einen Informations- und Zeitvorsprung.

Ein Gedanke drängte sich mit Macht in Malthaners Hirn, das ohne sein Zutun – so schien es ihm – eine Verbindung konstruierte. »Haben Sie eine Ahnung, wer der Tote sein könnte?«, fragte er, obwohl er glaubte die Antwort möglicherweise schon zu kennen.

»Keine Ahnung«, brummte der Vorarbeiter leise.

»Aber eine Vermutung? Oder sagen wir besser: Befürchtung?«

Jetzt flüsterte der Grauhaarige wieder und seine Stimme klang schlagartig unsicher. »Worauf wollen Sie hinaus?«, fragte er leise zurück. Er hatte offenbar einen wachen Geist.

»Könnte der Tote Ihr Kollege Kuno Krimmel sein, der seit Wochen vermisst wird?«

»Weiß nich'.«

Der Tonfall verriet Malthaner unzweideutig, dass der Vorarbeiter diesen Gedanken bereits in seinem Kopf gewälzt haben musste. »Sie haben auch schon daran gedacht, stimmt's?«

»Ja. Hoffentlich geht unsere Fantasie nicht mit uns durch.« Leise, nachdenklich. Ganz klar, für diesen Mann war das eine Ernst zu nehmende Option. »Jetzt muss ich wirklich Schluss machen«, flüsterte er noch heiser ins Telefon, dann war die Verbindung unterbrochen. Der Vorarbeiter machte sich nicht wenig Sorgen. Das war vollkommen klar. Wie sich Malthaner an ihr erstes Gespräch erinnerte, hatte der Grauhaarige betont, dass dieser Krimmel nicht nur ein Kollege, sondern ein Freund sei.

Wie würde er selbst sich fühlen, wenn er möglicherweise das Skelett eines Freundes ausgebuddelt hätte, fragte sich Malthaner.

Das Rumpeln seines Magens genügte ihm als Antwort.

Erst ein Ballonabsturz mit zwei Todesopfern, dann die Geiselnahme und jetzt eine verweste Leiche. Sollte sein Chef Hauser noch einmal sagen, in der Provinz auf der Alb sei es für einen Journalisten langweilig! Jörg Malthaner wurde es langsam zu viel, was in seiner sonst so verschlafenen Heimatstadt passierte. Zumal es in seinem Privatleben genügend Dinge gab, die darauf warteten, geregelt zu werden.

Auf der Fahrt zur Baustelle fühlte er wieder dieses schwer zu beschreibende Kribbeln. Den Jagdinstinkt, wenn eine außergewöhnliche Story zu erwarten war. Eine, von der die lieben Kollegen noch keine Ahnung hatten, wenn der Vorarbeiter Recht behielt. Malthaner fuhr schneller als man das innerhalb einer geschlossenen Ortschaft tun sollte. Wesentlich schneller.

Wie schon bei seinem Besuch vor zwei Tagen parkte er den Saab an dem Schild, das jedem Unbefugten den Zutritt untersagte. Wieder trabte er in Richtung der Container mit dem Schild *Bauleitung*. Doch anders als vorgestern sorgte keine der vier-, sechs- und achtachsigen Monstermaschinen für einen Lärm, als wäre hier die Pforte der Hölle erreicht. Die Aktivitäten auf dieser Großbaustelle waren zum Erliegen gekommen. Ob aus Gründen der Pietät, blieb für Malthaner zunächst unersichtlich.

Vermutlich hatte sich die Kunde von dem grausigen Fund eines skelettierten Menschen rasend schnell herumgesprochen. Wahrscheinlich wollte jeder einen Blick auf die Überreste dieses unglücklichen Mannes erhaschen, nur um hinterher sagen zu können, es sei das Schrecklichste, was man jemals in seinem ganzen Leben zu Gesicht bekommen habe.

Polizeifahrzeuge standen auf dem Gelände. Drei Streifenwagen und mehrere Zivilfahrzeuge, die ihre Zugehörigkeit zur Staatsgewalt nicht verbergen konnten. Drei Arbeiter in schweren Stiefeln standen schwitzend neben den beiden Containern. Ihre Bauhelme lagen zusammen mit anderen auf einer Werkbank, die vor den Containern stand. Sie waren bleich, was bei Bauarbeitern, die den ganzen Tag draußen schufteten, ungefähr so häufig vorkam wie ein Freudenausbruch bei Hauser. Also praktisch gar nicht.

»Wo ist die Sauerei?«, fragte Malthaner lässig, wie man das unter echten Männern nun mal tut. Einer der Arbeiter, der seinem Äußeren nach zu urteilen einen großen Teil seiner Lebensjahre im zerfallenen Sowjetreich zugebracht hatte, zeigte stumm die Trasse hinauf. In etwa 80 Metern Entfernung machte Malthaner eine größere Menschengruppe aus.

Mit einem lässigen Nicken bedankte er sich bei den Arbeitern und stapfte los, nachdem er sich mit einem Bauhelm versorgt hatte. War als Tarnung zwar nicht wirklich ideal, konnte andererseits aber auch nicht schaden. Niemand wollte wissen, wozu er den Helm benötigte oder wer er war, und niemand versuchte ihn aufzuhalten.

Nein, er wollte nicht wirklich einen Blick auf eine verweste Leiche werfen, sagte sich Jörg Malthaner, aber der Job verlangte es. Zumindest redete er sich das ein. Sein Magen gab ihm eine Warnung in Form eines grollenden Geräuschs mit auf den Weg. Er versuchte sie zu ignorieren.

Eine ganze Menge Leute standen herum und redeten. Polizeibeamte in Uniformen, Zivilbullen, Arbeiter. Der erste aus der Gruppe, der ihn bemerkte, als er näher kam, war ausgerechnet Klaus Konz, der Leiter der Kriminalaußenstelle. Die anderen beachteten Malthaner nicht weiter.

»Scheiße, was machen Sie schon wieder hier?«, fragte Konz ohne rechtes Engagement. Schließlich hatte er in den vergangenen Tagen genügend Gelegenheit, sich an Ärger mit Presseleuten zu gewöhnen. Konz wirkte müde, was angesichts der Ereignisse dieser Woche nicht weiter verwunderte.

»Habe gehört, dass hier eine Story auf mich wartet«, entgegnete Malthaner cool.

»Ach, und wer hat Ihnen so was gesagt?«, fragte der Kriminaler zurück, wartete aber überhaupt nicht auf eine Antwort. Es schien ihm relativ gleichgültig zu sein, wer Malthaners Informationsquelle war. »Gehen Sie lieber nicht näher ran«, sagte Konz, machte aber keine Anstalten, den lästigen Journalisten aufzuhalten. »Das ist nichts für sensible Naturen.«

So lässig wie es ihm möglich war, fragte Malthaner: »Sie werden mich doch nicht für außergewöhnlich sensibel halten?«

Konz war nicht nur müde, sondern auch gereizt. »Es ist mir vollkommen scheißegal, ob Sie sensibel sind oder nicht. Ich werde Sie auch nicht davon abhalten, sich das anzusehen, weshalb Sie hergekommen sind. Wenn Sie sich unbedingt die Seele aus dem Leib kotzen und in den nächsten vier Wochen nicht mehr durchschlafen wollen, bitteschön. Von mir aus schauen Sie sich alles aus nächster Nähe an.« Mann, war der sauer. Seine Kinder hatten ihn in den zurückliegenden Tagen wahrscheinlich nicht zu Gesicht bekommen.

Abwehrend hob Malthaner die Hände. »Ist ja schon gut.« Wirklich, er war gar nicht mehr so scharf darauf, die Leiche zu sehen, die keine drei Meter entfernt lag. Trotzdem schaute er hin. Gerade so, als würde ein Magnet seinen Kopf in diese Richtung drehen. Ein paar von den Arbeitern glotzten ungeniert auf die mit einem Tuch halb verdeckten Überreste des Menschen, an denen drei Männer und eine Frau emotionslos herumfummelten. Jeder von ihnen trug einen Mundschutz und Handschuhe. Auch der Vorarbeiter stand dabei und tat so, als kenne er Malthaner nicht. Der hielt sich an die unausgesprochene Abmachung und tat sein Bestes, den Vorarbeiter zu ignorieren. Kübler-Projektleitung hatte sich auch aufgepflanzt und glotzte sehr interessiert auf die halb zugedeckte Leiche. Sein Gesicht wirkte fahl und er hielt seine große Klappe. Es reichte noch nicht einmal, den unbefugten Malthaner von seiner Baustelle zu weisen.

Obwohl die Sonne gleißendes Licht zur Erde schickte, beleuchtete ein großer Scheinwerfer die Leichenreste. Viel konnte Malthaner nicht erkennen und war dankbar dafür. Trotzdem stieg Übelkeit in ihm auf. Erneut machte Malthaners Magenregion geräuschvoll auf sich aufmerksam. Gerne hätte er jetzt einen Schnaps getrunken. Besser noch zwei. Er nahm den lächerlichen Bauhelm wieder ab und legte ihn auf den Boden.

»Die Gerichtsmedizin?«, fragte Malthaner doof. Konz schüttelte den Kopf. »Spurensicherung. Der Gerichtsmediziner ist noch unterwegs, er kommt aus Tübingen.«

»Auch nicht der schönste Job«, gab Malthaner von sich und spürte, wie seine Fassade der Abgeklärtheit ernsthafte Risse bekam.

Konz glotzte ihn mit einem schiefen Blick an. »Sagen Sie mal«, fragte der Kriminalbeamte, »macht Ihnen Ihr Job eigentlich Spaß?«

»Meistens ja. Aber in letzter Zeit wird's mir ein bisschen zu aufregend.« Nur nicht zeigen, dass die Knie schlottern, Malthaner! Markier lieber den harten Hund, der auch verweste Leichen mit stoischer Ruhe zur Kenntnis nimmt!

Klaus Konz wollte etwas los werden. »In Ihrer Branche tummeln sich einige schräge Vögel, kam mir gestern auf dem Schulhof so in den Sinn. Ich kann nur hoffen, dass diese Typen nicht plötzlich alle hier auftauchen.« Was sollte Malthaner dazu sagen? »Da kann ich Ihnen nur voll und ganz zustimmen«, antwortete er. »Sagen Sie mir etwas über die Leiche!«

Malthaners Aufforderung wurde von dem Kriminalbeamten mit einem skeptischen Blick beantwortet. »Für Presseauskünfte bin ich nicht zuständig«, sagte er. Aber es klang, als drücke er sich nur der Form halber so aus. Konz und Malthaner funkten zwar nicht unbedingt auf der gleichen Wellenlänge, aber sie respektierten sich, seit sie in der Vergangenheit immer wieder miteinander zu tun gehabt hatten.

»Kommen Sie schon«, insistierte der Journalist. »Sie wissen, dass Sie mir vertrauen können.«

»Vertrauen. Vertrauen.« Konz schnaufte verächtlich. »Dass ich Ihnen gar nichts sagen darf, wissen Sie so gut wie ich. Tun Sie mir den Gefallen und rufen Sie Reiher an, wenn Sie etwas wissen wollen.« Das übliche Geplänkel. Dann sprudelte er plötzlich los, als sei ein Schalter umgelegt worden. »Es handelt sich um eine männliche Leiche, die dem ersten Augenschein nach schon mindestens seit drei, vier Wochen hier gelegen haben muss. Sie wurde vor einer starken Stunde von zwei Arbeitern gefunden, die hier den Boden abgetragen haben. Der Körper war mit Erde zugeschüttet.« Der Kriminalbeamte senkte die Stimme, als er fortfuhr: »Ich gehe davon aus, dass der Mann sich nicht selbst eingegraben hat. Für mich ist klar, dass es sich nicht um einen natürlichen Tod handelt. Es sieht ganz so, aus als habe sich jemand die Mühe gemacht, den Mann in der Erde einzugraben. Ob tot oder lebendig, kann ich Ihnen beim besten Willen nicht sagen. Aber von mir haben Sie das natürlich nicht, klar?«

Malthaner nickte benommen. Temperaturen von 30 Grad Celsius, aber er fühlte, wie ein Schauder seinen Körper schüttelte. Jemand hatte den Mann eingegraben. Es war unglaublich. »Wie geht es jetzt weiter mit dem Toten?«

Konz sah ihn an, prüfend, bevor er antwortete. »Wie gesagt, wir warten noch auf den Kollegen von der Abteilung Leichenfledderei. Der wird sich die Sache mal anschauen. Dann kommt die Leiche in die Gerichtsmedizin nach Tübingen, wo sie mit Sicherheit obduziert wird.«

»In dem Zustand?«

»Natürlich. Haben Sie noch nie gehört, dass manchmal sogar Särge geöffnet werden, um Obduktionen vorzunehmen?«

Malthaner nickte unmerklich mit dem Kopf. »Haben Sie eine Vermutung, wer der Tote sein könnte?«

Konz Geduldsfaden war nicht unendlich dehnbar, wie es schien. »Mann«, herrschte er Malthaner an, »die Leiche wurde vor einer Stunde erst gefunden, und das in diesem Zustand. Wie, bitteschön, sollen wir da eine Ahnung haben, wer das sein könnte?«

Von diesem Ausbruch wollte Malthaner sich nicht einschüchtern lassen. »Sagt Ihnen der Name Kuno Krimmel etwas?«, fragte er und ignorierte den schneidenden Tonfall von Konz, der irritiert aus der Wäsche schaute. »Kuno Krimmel? Wer soll das denn sein?« Konz war ehrlich ahnungslos. Oder er war ein sehr talentierter Schauspieler. Jörg Malthaner tippte auf Ersteres und klärte den Kripomann auf. »Kuno Krimmel hat auf dieser Baustelle vor einiger Zeit einen schrecklichen Unfall verursacht, bei dem ein Kind gestorben ist.«

Erkenntnis spiegelte sich im Gesicht von Konz wider. »Jetzt, wo Sie es sagen, erinnere ich mich. Natürlich. Ein schlimmer Unfall. Ich glaube, die Kollegen haben diesen Krimmel damals befragt. »Zur Bestätigung seiner eigenen Worte nickte der Beamte langsam mit dem Kopf.

»Kuno Krimmel gilt seither als vermisst. Zumindest habe ich das so gehört.«

Von wem, fragte das Gesicht von Konz, aber sein Mund stellte die Frage nicht. Er war ganz Ohr und hörte zu.

Malthaner redete weiter. »Aber das ist natürlich nur eine möglicherweise weit hergeholte Hypothese.«

»So lange wir nichts anderes haben, werden wir ihr nachgehen. Was lässt Sie vermuten, dass das die Leiche von diesem Krimmel ist?«

»Vermutung ist zu viel gesagt. Es ist mehr so eine Idee.«

Konz war wieder ganz ruhig. »Dann haben Sie bestimmt auch eine Idee, wer diesen unglücklichen Menschen umgebracht haben könnte. Falls er umgebracht wurde.«

»Was Sie zweifellos vermuten?«

Der Leiter der Kriminalaußenstelle nickte mit dem Kopf. »Die Auffindesituation spricht dafür. Wer sollte sich sonst die Mühe machen und einen toten Mann in der Erde einbuddeln?«

Mangels einer Antwort zuckte Malthaner mit den

Schultern. Noch einmal schaute er zu der Stelle hinüber, wo sich die Beamten an der Leiche zu schaffen machten, die Malthaner für die Überreste von Kuno Krimmel hielt.

Sollte sich das bestätigen und sollte sich auch Konz Vermutung von einem gewaltsamen Tod bestätigen, dann gab es zwei hochkarätige Verdächtige. Nämlich die Eltern des überfahrenen Buben, das Ehepaar Bühler, das jetzt in Sigmaringen lebte. Sie hätten ein triftiges Motiv.

So konstruierte Malthaners Hirn die Sache. Konz würde schnell draufkommen, wenn er sich die Akten des damaligen Vorfalls noch einmal vornahm. Dass er das noch heute tun würde, da war sich Malthaner ganz sicher.

Konz hatte ihm noch auf den Weg gegeben, dass er sich aus allem raushalten und auf gar keinen Fall jemandem sagen sollte, dass sie miteinander geredet hätten. Und er möge doch bitteschön noch keine Story schreiben, sondern warten, bis alle Medien informiert würden. Das versprach Malthaner dem Kriminaler nicht.

Wenn er, der große Journalist Jörg Malthaner, gleich noch den Täter mitliefern würde, was gäbe das für Schlagzeilen! Damit könnte er den Wächterpreis der Tagespresse gewinnen. Kurz, ganz kurz, redete er sich diesen Unsinn ein.

Sollte er Theo Reiher anrufen und um ein offizielles Statement bitten? Nein, denn dann wäre Reiher gezwungen, auch die anderen Medien zu informieren, und dann wäre der schöne Informationsvorsprung dahin. So, wie Malthaner die Staatsanwaltschaft kannte, würde die mit der Polizei zwei Tage lang um die Formulierung streiten und heute nicht mehr an die Öffentlichkeit gehen.

Er stapfte an den Baucontainern vorbei in Richtung seines Autos, als ihm auffiel, dass er den Bauhelm einfach auf dem Boden hatte liegen lassen. Sei's drum. Deshalb kehrte er nicht mehr um. Irgendjemand würde schon das Richtige mit dem dämlichen Helm anzufangen wissen. Die Arbeiter von vorhin waren weg. Gedämpfte Stimmen aus einem der Container ließen Malthaner vermuten, dass sie sich trotz der Hitze nach drinnen verzogen hatten.

Bestimmt tranken sie den Schnaps, für den er selbst vorhin so dankbar gewesen wäre.

Ein Geräusch veranlasste Malthaner sich umzudrehen.

Der Vorarbeiter kam mit großen und schnellen Schritten hinter ihm her.

»Das da oben könnte tatsächlich die Leiche von Kuno sein«, sagte er unaufgefordert und ohne jede Einleitung. Der Mann sah übel aus. So als wäre er seit ihrem letzten Zusammentreffen um Jahre gealtert. Die Farbe, die man nun einmal hat, wenn man jeden Tag im Freien arbeitet, war aus seinem Gesicht gewichen. Er sah eher aus wie jemand, der sich vor kurzem übergeben hatte. Seine grauen Haare klebten an der Stirn.

Malthaner war nicht wirklich verwundert. Trotzdem fragte er: »Was lässt Sie das vermuten?«

Der Vorarbeiter drehte sich um, als wolle er prüfen, ob außer ihnen wirklich niemand mehr in der Nähe war. »Na, eben die Größe und so.«

Malthaner musterte ihn. »Das sah mir aber so aus, als sei dieser Mensch irgendwie geschrumpft.«

Der Vorarbeiter schien auch geschrumpft zu sein, geradezu in sich zusammengefallen. Leise fragte er: »Haben Sie so etwas schon einmal gesehen?« Dass er die Leiche meinte, war klar.

»Nein«, gab ihm Malthaner zur Antwort. In jüngeren Jahren, als er noch Polizeireporter war, hatte er so manchen Toten zu Gesicht bekommen. Unfalltote, Selbstmörder und das eine oder andere Mordopfer. Einen weitgehend verwesten Körper hatte er aber noch nie gesehen. »So genau habe ich gar nicht hingeschaut«, schob er wahrheitsgemäß nach.

»Ich schon.« Wieder blickte der Vorarbeiter sich um, geradeso als wäre er von jemandem gehetzt. Und irgendwie machte er auch einen gehetzten Eindruck. »Der blanke Horror«, flüsterte der Grauhaarige. »Ich habe einfach Angst, dass das tatsächlich die Leiche von Kuno ist. Und wenn, dann will man das ja gar nicht weiterdenken. Die Polizei hat eben überhaupt nicht versucht zu verheimlichen, dass sie einen Mord vermutet.«

Schien seine Augen und Ohren offen zu halten, der Vorarbeiter. Auf den Kopf gefallen war der Mann ganz sicher nicht.

»Wenn es sich um Krimmel handelt, dann wird es die Polizei bald herausfinden«, entgegnete Malthaner. Dass er Konz den Tipp gegeben hatte, behielt er für sich.

Ansatzlos streckte der Vorarbeiter ihm plötzlich die Hand hin. Eine grobe Pranke, die von der harten Arbeit ihres Besitzers Zeugnis ablegte. Die Fingernägel waren stumpf und an den Rändern schwarz. Offenbar packte er auch als Chef der Baukolonne selbst kräftig an. »Lebherz«, sagte er unvermittelt. »Mein Name ist Rolf Lebherz. Zum Teufel mit dem Versteckspiel! Sie wollten vor drei Tagen wissen, wie ich heiße. Jetzt wissen Sie es.«

Lebherz, ein in der Region weit verbreiteter Name. Würde er jetzt ins Telefonbuch schauen, könnte er unter mehreren Dutzend Lebherz wählen, wusste Malthaner.

»Falls Sie bei Gelegenheit noch eine Frage an mich haben: Meine Telefonnummer ist ...« Lebherz nannte eine vierstellige Nummer. Keine Vorwahl. Also wohnte er in Albstadt.

»Moment«, sagte Malthaner und fischte das Diktiergerät aus der Hosentasche, schaltete es ein und wiederholte die Nummer. Diesmal hatte Lebherz nichts gegen das Diktiergerät einzuwenden.

»Darf ich Sie fragen, wie gut Sie mit Kuno Krimmel befreundet waren?« Noch während er die Worte aussprach, fiel Malthaner auf, dass er von Krimmel schon in der Vergangenheitsform redete.

Lebherz schien es nicht zu bemerken. »Wir kennen uns schon sehr, sehr lange. Haben beide als junge Kerle bei der Firma Messbeck angefangen. Damals hat noch der Vater von Dieter Messbeck die Firma geleitet. Er war ein Kapo vom alten Schlag.« Zwischen seinen buschigen Augenbrauen erschien eine Falte, wie schon bei ihrem ersten Treffen. »Wir haben eine recht wilde Zeit gehabt, damals. Wissen Sie«, sagte Lebherz und bekam einen träumerischen Blick, der so gar nicht zu seinem markanten Äußeren passen wollte, »früher hat man auf dem Bau noch ordentlich was getrunken und entsprechend auf den Putz gehauen.« Malthaner verspürte keine Lust auf Geschichten aus der ach so guten alten Zeit. Er unterbrach Lebherz mit einer Frage, die er ihm schon vor drei Tagen hätte stellen sollen. »Lebt Krimmel alleine?« Diesmal bediente er sich bewusst der Gegenwartsform.

»Ja, schon lange. Er war mal ein paar Jahre mit einer Frau zusammen. Damals dachte ich immer, dass sie heiraten würden. Aber eines Tages hat sie ihre Sachen gepackt und ist dann ausgezogen. Seither hat Kuno kein großes Interesse mehr an Frauen gezeigt. Ich habe ihn immer damit aufgezogen und gesagt, er habe schon aufgegeben.« Rolf Lebherz hatte wieder etwas Farbe zurückgewonnen. Das Reden schien ihm zu helfen.

»Kommt er alleine klar?« Präsens.

»Ja, recht gut. Ab und zu laden meine Frau und ich ihn sonntags zum Essen ein.« Wieder blickte Lebherz sich um. »Es wäre mir nicht recht, wenn Kübler uns beide hier zusammen sehen würde, verstehen Sie?«

Und wie Malthaner verstand! Dieser Kübler konnte seinen Untergebenen ganz bestimmt Probleme und Magenschmerzen bereiten. »Sagen Sie mal ...«, fragte Malthaner aus einer Eingebung heraus, »wenn da oben tatsächlich die Überreste von Kuno Krimmel liegen und es sich um einen Mord handeln könnte; haben Sie eine Vermutung, wer Krimmel umgebracht haben könnte? Hatte er Feinde?«

Lebherz blickte zu Boden. Unsicher. »Na ja«, begann er stockend, »ich will ja niemanden verdächtigen. Aber seit vorhin überlege ich mir das auch die ganze Zeit.«

Mehr sagte er nicht. Lebherz rang mit sich. Dann platzte es doch aus ihm heraus. »Wie gesagt: Ich will niemanden verdächtigen. Aber immer wieder kommt mir Christian Bühler in den Kopf. Wenn jemand ein Motiv hätte, dann doch er.«

Rolf Lebherz war fix. Dieser Mann machte sich seine Gedanken.

Gedanken, die denen von Jörg Malthaner verdammt nahe kamen.

Deshalb fragte er: »Wäre Bühler so dumm, einen Kollegen umzubringen und die Leiche dann ausgerechnet an seinem ehemaligen Arbeitsplatz zu verscharren?«

Lebherz wusste nicht so recht, ob er antworten sollte. Wieder machte er es sich schwer, sagte dann: »Möglich. Er gehört meiner Ansicht nach nicht zu den Menschen, die sich über die Folgen ihres Verhaltens im Voraus viele Gedanken machen.« Durchaus beeindruckend, dieser Lebherz. Er war der lebende Beweis dafür, dass man auf dem Bau arbeiten und trotzdem intelligent sein konnte, dachte Malthaner. Er brummte nur ein »Hmm«.

Sie verabschiedeten sich und versicherten sich gegenseitig, in Kontakt zu bleiben.

4

Da er sowieso nichts Besseres zu tun hatte, fuhr er noch einmal nach Sigmaringen. Nicht, dass er ein konkretes Vorgehen geplant hätte, aber er wollte sich diese Bühlers noch einmal anschauen. Was auch immer das bringen mochte. Der Verkehr quälte sich so dahin, wie immer zur Feierabendzeit. Mehr als achtzig Stundenkilometer waren nicht drin bei all den Lastwagen. Gelegenheit, nachzudenken. Konnten dieser Christian Bühler oder seine Frau tatsächlich den Mann umgebracht haben, der ihr Kind auf dem Gewissen hatte? Wenn nicht aus einem solchen Grund, aus welchem dann sollten Menschen zu einer solchen Tat fähig sein? Und wenn, wären sie rein körperlich dazu in der Lage gewesen? »Mist«, fluchte Malthaner und hieb auf das Lenkrad ein. Hätte er doch nur etwas genauer nachgefragt. Lebherz hätte ihm sagen können, ob Krimmel stark oder schwach, groß oder klein war. Christian Bühler und seine Frau waren nicht gerade Leichtgewichte. Bestimmt verfügte ein Baggerfahrer über nicht zu unterschätzende Kräfte. Andererseits bewegte auch Krimmel schwere Baugeräte und hatte bestimmt selbst reichlich Kraft. Außerdem: Körperlicher Aufwand war nicht unbedingt notwendig. Eine Kugel konnte einen Mann aus der Distanz ins Jenseits befördern. »Mist«, wiederholte Malthaner und zeigte sich damit sprachlich wenig innovativ. Diese ganzen wirren Theorien brachten doch sowieso nichts.

Das Ehepaar Bühler hatte einigen Leuten Schwierigkeiten gemacht, wie Lebherz gesagt hatte. Durch den RTL-Auftritt lenkten sie mehr Aufmerksamkeit auf den Unfall und damit auf das Straßenbauprojekt, als manchem Beteiligten recht sein konnte. Mit der Folge, dass Christian Bühler bei Messbeck rausgeflogen war, wie Lebherz bei ihrem Treffen am Badkap so sehr betont hatte.

Was nutzt dieses Wissen?, fragte sich Malthaner.

Für den Rest der Fahrt versuchte er, seine vielen offenen Fragen auszublenden.

Eine Ahnung davon, was er eigentlich diesmal in Sigmaringen wollte, hatte er noch immer nicht.

Selbst als er den Saab langsam an dem schmutzig-weißen Gebäude vorbeirollen ließ, in dem die Familie Bühler wohnte. Sollte er das Paar mit der Theorie konfrontieren, dass es Kuno Krimmel umgebracht hatte? Eigentlich erschien ihm das absurd und reichlich abenteuerlich. Außer viel Scherereien würde das nichts, aber auch gar nichts einbringen, wusste der Realist in Jörg Malthaner.

Dumm nur, dass in diesem Moment der Fantast in seinem Inneren die Oberhand behielt.

Mit einem mulmigen Gefühl ließ er die Limousine am Straßenrand ausrollen. Er parkte exakt an der Stelle, an der er den Wagen schon vorgestern bei seinem ersten Besuch abgestellt hatte. Einem Besuch, der recht unerfreulich verlaufen war. Beim zweiten Versuch standen die Vorzeichen weiß Gott nicht besser. Sprach der Realist.

Immerhin, diesmal hatte er einen Namen. Rolf Lebherz. Vielleicht könnte ihm das die Türe öffnen.

Er ging an dem kleinen braunen Stück Rasen vorbei. Ein Kinderfahrrad lag auf dem Rasenviereck. Wenn das überhaupt möglich war, dann schien der kleine Busch in dem verdörrten Rasenstück noch kümmerlicher geworden zu sein. Malthaner klingelte. Wie schon vor zwei Tagen. Diesmal wartete Malthaner vergeblich auf das Knacksen der Sprechanlage. Es gab keine Reaktion.

»Mist.« Zum dritten Mal in einer halben Stunde rutschte ihm das Wort heraus. Unschlüssig stand er vor der Türe. Kein Mensch weit und breit. Aus einem Fenster im ersten Stock tönte orientalische Musik.

In Malthaners Rücken hielt ein Auto an. Er drehte sich um. Es war ein älterer roter VW Golf. Die Tür auf der Beifahrerseite ging auf und Bühlers Frau wuchtete ihre Massen heraus. Am Steuer saß Bühler. Er schoss aus dem Auto heraus unfreundliche Blicke auf Malthaner ab. Das Motorengeräusch erstarb. Bühler stieg aus und kam erstaunlich behände auf Malthaner zu, während seine Frau sich an der Heckklappe des Autos zu schaffen machte. Der Baggerfahrer trug ein rotes T-Shirt ohne Aufdruck über dem runden Bauch, dazu kurze Jeans, aus denen massige, gebräunte und übermäßig behaarte Beine hervorschauten. Die Füße steckten in Plastik-Sandalen. Immerhin hatte er keine weißen Socken an. Das war unter den gegebenen Umständen doch gar nicht übel. »Was wollen Sie schon wieder?«, herrschte er den Journalisten an. Seine tief liegenden Schweinsäuglein funkelten böse in ihren Höhlen.

»Immer noch mit Ihnen reden«, antwortete Malthaner, dem unbehaglich zu Mute wurde. Für die Witwenschüttler von der Boulevard-Presse mochte eine Situation wie diese zum Alltag gehören, aber Malthaner fühlte sich unwohl. Diesen Christian Bühler konnte er sich in der Tat als Mörder vorstellen. Bühler war etwas kleiner als er, aber er strahlte eine Aggressivität aus, die Malthaner ängstlich werden ließ. Schon sein Äußeres ließ Bühler brutal und unbeherrscht wirken. Unbewusst spannte Malthaner seine Bauchmuskeln an, wie um einen Schlag besser abfangen zu können. Bühler schob seinen Wanst gefährlich nahe heran. »Lassen Sie uns in Ruhe!«

»Ich bin nicht so einer wie die Kollegen von RTL«, beeilte sich Jörg Malthaner zu sagen. »Außerdem habe ich mit Rolf Lebherz gesprochen, der wissen will, wie es Ihnen geht.«

Der Name des Vorarbeiters löste in seinem Gegenüber tatsächlich etwas aus. Allerdings nicht das, was Malthaner sich erhoffte.

»Lebherz, pah! Keinen Finger hat er für mich gerührt, als Messbeck mich rausgeworfen hat. Die halten alle zusammen.« Wenn das nicht zumindest ein Anfang war! Von sich aus hatte Bühler eine Information preisgegeben. Jetzt galt es, das Gespräch in Gang zu bringen.

»Es hat Messbeck nicht gepasst, dass Sie mit dem Unfall an die Öffentlichkeit gegangen sind, hat mir Lebherz erzählt.«

Ein Flackern stahl sich in Bühlers kleine dunkle Augen. »Die haben doch alle Dreck am Stecken. Hatten Angst, dass ich irgendetwas erzähle, was die nicht wollten. So war das.« Mit einem lauten Geräusch fiel die Heckklappe des Golf ins Schloss. Bühlers Frau schlurfte bepackt mit Tüten eines Discounters an ihnen vorbei und ließ Malthaner unfreundliche Blicke zukommen. Ihr Polo-Shirt musste mindestens Größe XL haben. Auch sie trug kurze Hosen. Wahrlich kein schöner Anblick. Sie sagte nichts, schloss die Haustüre auf und verschwand in dem Haus.

»Wie meinen Sie das mit dem Dreck am Stecken?«, interessierte sich Malthaner.

Sein Gegenüber atmete scharf ein. »Das geht Sie nichts an.« Mehr sagte Bühler nicht, machte aber auch keine Anstalten, zu gehen.

»Sie meinen, dass man den Unfall vertuschen wollte?«

Bühler taxierte ihn mit seinem einfältig wirkenden Blick und schien intensiv nachzudenken, bevor er ein gepresstes »Ja, auch das« von sich gab.

»Und was noch?«

Der Arbeiter schaute ins Leere. »Nicht Ihre Angelegenheiten«, gab er dumpf von sich.

Malthaner wusste, dass das Gespräch jetzt ganz schnell beendet sein konnte. Trotzdem stellte er die Frage, wegen der er überhaupt gekommen war. »Hassen Sie Kuno Krimmel?«

Bühlers Augen zogen sich, so schien es, noch tiefer in ihre Höhlen zurück. Seine Kaumuskeln mahlten. Die Nasenflügel bebten. Jeden Moment bekam er eine Faust ins Gesicht, befürchtete Malthaner.

Nichts dergleichen passierte.

So schnell sich Bühler in einen brodelnden Vulkan verwandelt hatte, so schnell kam er wieder runter. »Ja, natürlich hasse ich ihn. Aber das macht unseren Benjamin auch nicht wieder lebendig.« Mit seiner Pranke wischte sich Christian Bühler den Schweiß von der Stirn. »Wissen Sie«, redete er ganz von sich aus weiter, »wir waren nach dem Unfall bei so einem Psychodoktor. Der hat gesagt, wir dürfen Kuno nicht hassen. Weil das nur bedeuten würde, dass wir uns selber hassen.« Der Baggerfahrer taute auf. Es schien ihm gut zu tun, mit jemanden zu reden.

Diese neue Vertraulichkeit nutzte Malthaner aus, der seine Visitenkarte aus der Brieftasche fischte und Bühler so in die Hand drückte, dass der sich kaum wehren konnte. »Falls Ihnen später noch etwas einfällt, was Sie mir vielleicht sagen wollen.« Ein bisschen schmierig, gewiss. Aber unerlässlich aus Malthaners Sicht.

Mit einem verwirrten Blick glotzte Bühler auf die Karte, schaute dann wieder Malthaner ins Gesicht. »Wenn Sie meinen ...«, erwiderte er unsicher und steckte die Karte in eine Seitentasche seiner kurzen Hose.

Malthaner spürte Oberwasser. Es war plötzlich heraus und es war alles andere als fair: »Wenn jemand meinen Sohn überfahren würde, dann hätte ich Hassgefühle«, erwiderte Malthaner. »So starke, dass ich diesen Menschen umbringen könnte.« In Bühlers Gesicht zeigte sich keine Reaktion. Malthaner legte nach. »Also, ich könnte es verstehen, wenn Sie Krimmel umbringen wollten.« Wahrscheinlich war es wirklich so.

Bühler ging auf diese gezielte Provokation überhaupt nicht ein. Entweder schnallte er nicht, worauf die Frage hinauslief, oder er hatte sich viel besser in der Gewalt, als bisher anzunehmen war.

Stattdessen sagte er nur leise: »Meine Frau und ich, wir grübeln einfach nach. Warum musste uns das passieren? Benni war unser einziges Kind.« Er schaute an einen imaginären Punkt an der schmutzigen Fassade und schien plötzlich ganz weit weg zu sein.

»Wie, um alles in der Welt, sind Sie eigentlich auf die Idee gekommen, mit Ihrer Geschichte zum Fernsehen zu gehen?«

Als tauche er aus einer anderen Welt auf, schaute Bühler Malthaner verdutzt ins Gesicht. »Na ja«, gab er zur Antwort. »Der Psychodoktor hat gesagt, dass es gut für uns sein könnte, alles aufzuarbeiten und darüber zu reden.«

Ohne diesen Psycho-Fritzen zu kennen, empfand Malthaner ihm gegenüber einen Anflug von Abscheu. Er hatte seine Patienten dazu angestiftet, sich selbst der Öffentlichkeit zum Fraß vorzuwerfen. So, wie Malthaner die Bühlers einschätzte, hatten sie tatsächlich nicht den Hauch einer Ahnung, worauf sie sich eingelassen hatten.

Wie zur Bestätigung dieser Gedanken murmelte Bühler: »Wir hätten es besser nicht tun sollen. Hinterher sind alle über uns hergefallen. Selbst die früheren Nachbarn wollten nichts mehr mit uns zu tun haben.« Der Makel würde immer an der Familie haften bleiben, so viel war klar. Da wurden die Opfer in den Augen der Nachbarn dann zu Tätern. Auf einmal wirkte Bühler auf Malthaner nicht mehr einschüchternd, sondern wie ein gebrochener Mann, der er nach dem Tod seines Kindes wahrscheinlich war.

Es fiel Malthaner auf einmal schwer, sich diesen Christian Bühler als Mörder vorzustellen. »Sind Sie deshalb aus Albstadt weggezogen?«

»Auch, ja. Messbeck hat uns aufgefordert wegzuziehen. Er hat uns auch diese Wohnung hier verschafft. Die Firma zahlt die Miete.«

»Messbeck. Der Chef kümmert sich um so etwas?« Malthaner zeigte sich irritiert, obwohl er so etwas schon von Lebherz gehört hatte.

»Die Firma halt. Der Hans Kübler und so.«

Das überraschte Malthaner nicht wenig. »Ihre alte Firma zahlt die Miete, obwohl sie inzwischen woanders arbeiten?«

Bühler schien abzuwägen, was er dem Journalisten noch erzählen sollte und was nicht. Dann nickte er bedächtig. »Ja. Kübler wollte, dass wir wegziehen. Es sei nur zu unserem Besten, hat er gesagt. Vielleicht hat er damit Recht. Er hat mir diese Arbeit hier in Sigmaringen besorgt. Wissen Sie, er kennt ja jede Firma, die im Bau tätig ist. So ist das halt. Auf jeden Fall hat er auch versprochen, dass er uns eine Wohnung besorgen würde, und hat das dann auch gehalten. Wie das jetzt weitergeht, wo der Messbeck tot ist, wissen wir nicht.«

Ein Fenster im Erdgeschoss des Hauses öffnete sich. Bühlers Frau streckte ihren massigen Kopf heraus und brüllte ein resolutes »Chris!«

Der so Gerufene reagierte sofort. Er ließ Malthaner einfach stehen. Kein Händeschütteln, keine Grußformel zum Abschied. Er ging in das Mehrfamilienhaus hinein und zog die Haustüre geräuschvoll hinter sich ins Schloss.

Dieser Mann schien vom Schicksal in mehr als nur einer Hinsicht schwer gebeutelt zu sein.

Ob seiner Frau ein Mord zuzutrauen war?

Auf der Rückfahrt nach Albstadt rief Malthaner in der Praxis bei Brigitte an. In kurzen Sätzen skizzierte er seinen Tag. Die Leiche auf der Straßenbaustelle rief natürlich Brigittes besonderes Interesse hervor.

Obwohl ihm nach diesem Nachmittag der Appetit vergangen war, willigte er ein, den Besuch beim Italiener am Abend nachzuholen. Sie verabredeten sich um 19 Uhr in der Praxis.

Die Wärme hatte sich in den Abend gerettet. Man konnte draußen sitzen. Im T-Shirt. Endlich hatte sich die Gelegenheit ergeben, den neuen Italiener in Balingen zu besuchen, von dem alle Welt schwärmte. Dass der Laden gerade reichlich angesagt war, wurde durch die Besucherzahl bestätigt. Kein einziger Tisch war frei. Die Korbstühle wirkten gewöhnungsbedürftig, das Essen schmeckte hervorragend. Es gelang Malthaner, die Bilder des Tages einigermaßen auszublenden. Brigitte hatte auf der Fahrt alles über den Leichenfund wissen wollen. Als sie ankamen, hatte sie kategorisch erklärt, dass das Thema erledigt sei.

Sie unterhielten sich leise. »Hast du über das nachgedacht, was ich neulich nachts gesagt habe?«, stellte Brigitte eine Frage, die ihm nicht sonderlich behagte. Dabei wusste er ja genau, dass dieser Augenblick kommen würde.

Angestrengt schaute er auf den Teller vor sich. »Was

exakt meinst du?«, fragte er dumm zurück, obwohl er genau wusste, worauf Brigitte hinaus wollte. Umständlich piekste er ein Salatblatt mit der Gabel auf.

»Siehst du«, sagte sie und legte etwas Schärfe in ihre Stimme. »Du bist schon wieder unehrlich. Unehrlich zu mir und zu dir selbst. Du weißt ganz genau, wovon ich rede, Jörg. Von nicht mehr und nicht weniger als unserer gemeinsamen Zukunft.« Ihrem Blick konnte er nicht entfliehen. Malthaner räusperte sich. »Ach so, das.« Nicht gerade ausnehmend sensibel, diese Worte.

»Ja, das!« Brigitte dachte gar nicht daran, um des lieben Friedens willen zurückzuweichen. Er schob die Gabel mit dem Salat in den Mund und bemerkte dabei ein leichtes Zittern seiner rechten Hand. Wieder einmal liefen die Dinge aus dem Ruder. Brigitte ließ ihn ihre Verärgerung spüren. »Du meinst, ob ich mir vorstellen kann, dich irgendwann zu heiraten und so?« Die Worte quälten sich mehr heraus, als dass er sie aussprach, so sein Eindruck.

»Nicht irgendwann und nicht und so. Sondern sehr konkret in absehbarer Zukunft und aus deinem eigenen Antrieb.« Ihre blauen Augen, diese wunderschönen blauen Augen, nagelten ihn fest.

Mit einer Antwort ließ sich Malthaner Zeit. Schließlich soll man nicht gleichzeitig kauen und sprechen. »Doch, schon«, sagte er schließlich in seiner Hilflosigkeit. Es klang eher wie: *Es geht doch auch so ganz gut mit uns beiden.* Konnten sie denn nicht über etwas anderes reden? Etwas weniger Verfängliches. Von ihm aus auch über eine halb verweste Leiche.

»Ich habe dir gesagt, dass für mich eine Heirat und möglicherweise auch Kinder zum Leben gehören. Ich will nicht auf Dauer so weiter leben wie jetzt. Das weißt du. Bisher ist das alles ja ganz schön und einfach. Es geht uns gut, wir sind gesund und wir können uns eine Menge schöner und angenehmer Dinge leisten. Wir reisen in der ganzen Welt umher. Aber für mich gehört mehr zum Leben. Ein Ehemann und Kinder beispielsweise.«

Das klang nach einer neuen Standpauke. Die überbackenen Gnocchi schienen ihm auf einmal zu heiß. Malthaner verbrannte sich die Zunge. Das würde ihm sicher gleich auch im übertragenen Sinn passieren. Jede Antwort, die er geben konnte, war eine falsche Antwort.

Ihm fehlten die Worte. Für diese Situation gab es keine passenden Worte. »Ich weiß ja«, murmelte er schließlich und studierte interessiert die Speise auf seinem Teller. Er sprach leise.

Brigitte dachte gar nicht daran, ihn zu erlösen. »Hast du nie das Gefühl, dass sich dein Leben nicht weiter entwickelt? Wir sind heute doch auf dem gleichen Stand wie zu Beginn unserer Beziehung. Aber ich will, dass in meinem Leben etwas vorwärts geht.«

Die Gnocchi schmeckten ihm schlagartig gar nicht mehr besonders. »Ich finde es ganz gut so wie es ist«, sagte er, »wir sollten doch wirklich zufrieden sein. Sieh mal, du warst doch schon einmal verheiratet und es hat sich herausgestellt, dass es nicht das Richtige für dich war.« Eigentlich hatten sie vor langem vereinbart, dass die kurze Ehe, die Brigitte als sehr junge Frau mit einem Arzt eingegangen war und die nicht lange gehalten hatte, in ihren Gesprächen nie mehr eine Rolle spielen sollte. Das war schließlich längst vorbei und hatte mit ihrem gemeinsamen Leben nichts zu tun.

Sie wurde langsam, aber sicher sauer. »Werd' jetzt nicht unfair, Jörg. Darüber wollten wir nicht mehr reden. Das ist alles längst Vergangenheit, aber ich rede von der Zukunft. Von unserer Zukunft.«

Am Salat war zu viel Essig, stellte Malthaner fest, der den Korbstuhl immer unbequemer fand. »Lass uns doch noch ein bisschen warten. Ich bin einfach noch nicht so weit.«

»So! Was glaubst du denn, wann du so weit sein wirst?«, schleuderte sie ihm die Worte entgegen. Hoffentlich schaute niemand von einem Nebentisch herüber, schickte er ein Stoßgebet zum Himmel. Brigitte schien es schnuppe zu sein, ob jemand ihren Streit verfolgte oder nicht. »Du wirst auch in zwei oder fünf Jahren noch nicht so weit sein, da wette ich heute schon. Herrgott, Jörg, du gehst ziemlich stramm auf die vierzig zu. Da haben andere Leute schon fast erwachsene Kinder.«

So ganz abgeneigt war er einer Hochzeit ja gar nicht, hatte sich Jörg Malthaner vor ein paar Tagen eingeredet. Heute gestand er sich ein, dass er das Thema lieber auf den Sankt-Nimmerleins-Tag verschieben würde. Damit kam er aber nicht mehr durch. Brigitte erwartete eine Entscheidung.

Sonst würde sie eine Entscheidung treffen.

Einem Impuls folgend griff er ihre Hand. »O.k.«, sagte er ohne rechte Überzeugungskraft. »Wenn dir so viel daran liegt, dann lass uns über einen Hochzeitstermin nachdenken.«

Malthaner, was redest du da? Da war es, das Rumpeln im Magen.

Sie entzog ihre Hand der seinen nicht. Mit gesenkter Stimme meinte sie: »So nicht, Jörg. Wenn du nicht überzeugt bist, dann hat es keinen Sinn.«

Genau genommen waren die Gnocchi gar nichts Besonderes. »Hör mal, Brigitte, ich bin ja nicht grundsätzlich dagegen zu heiraten. Gut möglich, dass es genau das ist, was mir fehlt. Aber ich weiß es eben nicht.«

»Und für Kinder gilt dasselbe?«

Er zuckte mit den Schultern.

Sie zog ihre Hand zurück. In Brigittes Augen glaubte er so etwas wie Trauer zu erkennen. »Es hat keinen Sinn, weiter darüber zu streiten«, sagte sie. »Aber du weißt, wie ich dazu stehe und dass du eine Entscheidung fällen musst. Viel Zeit gebe ich dir nicht mehr, das lass dir sagen. Damit ist das Thema für heute erledigt.«

Was konnte er sagen? »Ich weiß, ich stehe unter Bewährung«, murmelte er. Sie konnte nicht darüber lachen. Noch nicht einmal lächeln.

Nachdem sie gezahlt hatten, kam von Brigitte ein Friedensangebot. »Lass uns noch durch die Fußgängerzone bummeln.«

Sie gingen an den Schaufenstern vorbei und unterhielten sich über Belanglosigkeiten. So, als hätte das Gespräch beim Essen nie stattgefunden. Doch Jörg Malthaner wusste, dass ein Schwert über ihm schwebte. An einem extrem dünnen Faden.

Viertes Kapitel

1

»Es war nur so eine Idee«, sprach Malthaner ins Telefon. Er redete mit Hauser bei der Landeszeitung. Malthaner bot eine Story für die Landesseite an. Er wollte sich an der Realschule umsehen und eine Geschichte über die Schule zwei Tage nach der spektakulären Geiselnahme schreiben.

Hauser war einverstanden.

Malthaner erzählte ihm auch von der mumifizierten Leiche auf der Baustelle. Beide beschlossen, vorerst keine Story daraus zu machen. Sie verabredeten, dass Malthaner sich am Wochenende gegebenenfalls noch mal melden würde, falls sich abzeichnen sollte, dass die Polizei mit dem Leichenfund an die Öffentlichkeit gehen würde.

Bevor er zur Realschule fuhr, telefonierte Malthaner mit Polizeipressesprecher Theo Reiher. Über die Leiche auf der Baustelle sagte er nichts, also war das immer noch kein offizielles Thema. Reiher konnte auch in einer anderen Sache keine neuen Erkenntnisse vermelden: Die Bundesstelle für Flugunfalluntersuchungen habe noch nichts zum Ballonabsturz gesagt. Die Beamten ermittelten seines Wissens nach noch immer, erklärte Reiher. Thomas Sailer, der Mann von den Alb-Ballonern erzählte Malthaner am Telefon, dass die Mitarbeiter der Bundesstelle nicht mehr beim Verein aufgekreuzt seien. Sie seien wohl wieder nach Braunschweig gefahren. Die Überreste des abgestürzten Ballons hätten sie mitgenommen. Die anderen Ballone seien alle durchgecheckt und wieder zum Start freigegeben. Sailer wiederholte seine Einladung zum Stammtisch der Ballonfahrer, der an diesem Abend stattfinden sollte.

Das Erste, was Malthaner auffiel, als er den Schulhof betrat, waren zwei Übertragungswagen des Fernsehens. Also hatten die Kollegen dieselbe Idee wie er. Eine ganze Anzahl Kinder drängten sich um die Ü-Wagen.

Malthaner wollte Atmosphäre schnuppern, bevor er sich mit Schülern, Lehrern und möglichst dem Rektor unterhielt. Er umrundete den Schulkomplex einmal, hielt Augen und Ohren offen und sprach seine Eindrücke ins Diktiergerät. Was davon später tatsächlich in einem Artikel Platz finden würde, war eine ganz andere Frage.

Die bei der Befreiungsaktion zu Bruch gegangene Scheibe hatte man ersetzt. Äußerlich deutete nichts mehr auf das Geiseldrama hin, das vor zwei Tagen die Menschen in Atem gehalten hatte. Aus dem geöffneten Fenster der Aula drang lautes Lachen. Als hätte die Normalität längst wieder Einzug gehalten. Nach seiner Runde stapfte Malthaner die Stufen zum Schulgebäude hoch. Er betrat die Schule, die innen den Muff früherer Jahrzehnte atmete. So erschien es ihm zumindest. Das helle Sommerlicht schaffte es nicht bis in dieses Gemäuer. Alte Deckenfunzeln verbreiteten ein schummriges Licht. Eine Klassenzimmertür flog auf und mit einigem Getöse stürmten zwei Dutzend Kinder heraus. Fünft- oder Sechstklässler, vermutete er. Glückliche Kinder, so sein Eindruck. Sie stürmten hinaus in die Freiheit, hatten die Qual der Schule für diesen Tag hinter sich. Malthaner erinnerte sich, dass er als Schüler am Ende des Unterrichts für gewöhnlich auch glücklicher war als zu dessen Beginn. Sollte er Brigittes Kinderwunsch nachgeben, müsste er sich in wenigen Jahren auch Gedanken um die Schullaufbahn seiner Kinder machen; eine Überlegung, die sich so schnell wieder aus Malthaners Kopf verabschiedete, wie sie dort geboren worden war.

Er stieg die abgewetzten Betonstufen hoch. Im ersten Stockwerk schien es hektisch zuzugehen. Er hörte aufgeregte Stimmen. Eine sehr junge Lehrerin kam ihm entgegen und musterte ihn kurz, ersparte sich aber die Mühe, ihn zu grüßen. Sein freundliches Kopfnicken blieb unbeantwortet.

Offenbar wurden die Pädagogen auch immer jünger. Überall schienen die Leute jünger zu werden, je mehr Lebensjahre sich bei ihm selbst ansammelten. Am oberen Ende der Treppenstufen angekommen, wandte sich Malthaner nach rechts und wurde von gleißendem Licht geblendet. Ein Scheinwerfer. Die lieben Kollegen vom Fernsehen gingen ihrer Arbeit nach. Daher also der Eindruck von Hektik. Wo die wichtigen Fernsehleute auftauchen, bleibt selten ein Stein auf dem anderen. Ein Reporter, ein Kameramann und ein Kabelträger hatten sich breitgemacht. Ein Privatsender. Auch das noch! Der Scheinwerfer beleuchtete die Tür zum Rektorat. Davor stand der Rektor und gab dem Reporter ein Interview. Der Schulleiter fühlte sich in dieser Rolle mindestens so unwohl, wie tags zuvor bei der Pressekonferenz. Malthaner bewegte sich leise näher.

Der Kollege Mikrofonträger ging schneidig ran. Stakkatoartig schoss er seine Fragen ab. Der Rektor schwitzte, was nicht alleine von der Scheinwerferhitze kam. Das Medieninteresse störte ihn. Dafür hatte Malthaner Verständnis. Schließlich konnte der Rektor persönlich nichts dafür, dass ein früherer Schüler durchgedreht hatte. Der Schulleiter stand kerzengerade da, so als hätte er einen Stock verschluckt. Seine ganze Haltung verriet Ablehnung. Sachlich, nein: trocken, antwortete er auf die provozierenden Fragen und sah nicht glücklich aus dabei. Der Mann würde in den Abendnachrichten nicht besonders gut rüberkommen. Möglich, dass die Fernsehleute genau das beabsichtigten.

»Aus!« Nach einigen Minuten, die dem Rektor wie eine Ewigkeit vorkommen mussten, schwenkte der Kameramann weg. Das Interview war gelaufen. Mit der üblichen Aufregung packte das Team zusammen.

Malthaner nutzte die Chance und schnappte sich den Rektor. Der spielte das Spiel mit einem gequälten Gesichtsausdruck mit und beantwortete Malthaners Fragen. Fast schien es, als habe er seine Formulierungen zuvor auswendig gelernt. Formelhaft betete er seine Antworten herunter. Im Zeichen von Besinnung und Dankbarkeit stehe der Unterricht. Betroffen und nachdenklich seien alle Lehrkräfte. Über mehr Präventionsmaßnahmen an allen Schulen müsse nachgedacht werden. Schule könne nicht der Reparaturbetrieb für eine verkorkste Gesellschaft sein. Und überhaupt sei Erziehung in erster Linie Sache des Elternhauses.

Mit alledem mochte der Rektor ja sogar Recht haben. Trotzdem fand Malthaner das Gespräch nicht sehr ergiebig.

Immerhin stimmte der Rektor zu, dass Malthaner sich mit einer Schulklasse unterhalten durfte. Der Kollege von der Lokalzeitung sei auch schon da, sagte der Rektor. Es schien, als hätte man extra für die Medien eine Musterklasse ausgesucht. Sie gingen in einen Schulraum neben dem Rektorat. »Neunte Klasse«, sagte der Rektor. »Die Älteren können das Geschehen eher rational verarbeiten.«

Tatsächlich, in dem Klassenzimmer saß Volker Vogt vom Albblatt und unterhielt sich mit den Schülern. Malthaner gesellte sich dazu, nachdem er der Lehrerin die Hand geschüttelt hatte. Es war die Lehrerin, die Florian Messbeck zusammen mit den Schülern in seiner Gewalt gehalten hatte. Allem Anschein nach hatte sie die Geiselnahme unbeeindruckt überstanden. Eine zierliche, lebhafte Person, die in den Augen ihrer Schüler vermutlich seit wenigen Tagen Heldenstatus genoss.

Die Lehrerin wirkte wesentlich jünger als sie tatsächlich war. 45, hieß es gestern, soweit Malthaner sich erinnerte. Er hätte sie höchstens auf Mitte dreißig geschätzt. Sie hatte welliges braunes Haar, das ihr bis auf die Schultern fiel. Ihr Teint ließ vermuten, dass sie sich viel im Freibad oder zumindest im Sonnenstudio aufhielt. Die Pädagogin trug ein hellbraunes Kostüm. Sie hatte nichts dagegen, sich in der Pause unter vier Augen mit Malthaner zu unterhalten, wenngleich sie andeutete, dass das ihrem Schulleiter nicht gefallen dürfte. Isabell Anselm, so stellte die Lehrerin sich vor, hatte Florian Messbeck unterrichtet und zeichnete ein Bild von ihm als sehr verletzlichem Jungen. Er habe nach außen hin stets den starken Mann markiert, was auch in seiner Vorliebe für Militärkleidung zum Ausdruck gekommen sei. Isabell Anselm wusste über die familiäre Situation von Florian gut Bescheid. »Der Vater hat sich nicht gerade besonders intensiv um ihn gekümmert. Geld spielt wohl keine Rolle. Da kam er seinen Verpflichtungen nach.« Sie hielt kurz inne, so als müsse sie sich für ihre Anklage sammeln. »Aber Geld«, sprach sie weiter, »kann Liebe, Zuneigung und Verständnis nicht ersetzen.«

»Wussten Sie, dass sein Vater vor wenigen Tagen ums Leben gekommen ist?«, wollte Malthaner wissen.

»Natürlich. Es gibt in dieser Stadt wohl niemanden, der das nicht weiß. Florian hat sich nach diesem schrecklichen Ballonabsturz völlig unbeeindruckt gegeben, geradeso als sei ein ihm völlig Fremder ums Leben gekommen.« Isabell Anselm atmete tief durch. »Aber, glauben Sie mir, in seinem Inneren hat ihn das völlig aus der Bahn geworfen. Ich bin mir sicher, dass der Tod seines Vaters der Grund dafür war, dass Florian durchgedreht ist.«

»Sie bringen Verständnis für ihn auf, obwohl er Sie bedroht hat?« Malthaner war erstaunt.

»Ich habe mich nicht bedroht gefühlt. Und ich hatte auch nicht das Gefühl, dass er die gefangenen Kinder physisch bedroht hat. Angst hatte ich die ganze Zeit nur um die Psyche der Kinder. Sie werden mit diesem Albtraum noch lange zu kämpfen haben!« Mit einer Kopfbewegung warf sie ihre Haarpracht nach hinten. »So, ich muss ins Lehrerzimmer und in ein paar Minuten fängt meine nächste Unterrichtsstunde an.« Sie gab ihm ihre zarte Hand und schenkte ihm ein trauriges Lächeln.

Eine dreiviertel Stunde später saß Malthaner wieder daheim am Tisch und schrieb den Artikel für die Landeszeitung.

Im Anschluss gönnte er sich eine Mountainbiketour.

Die Hitze war nicht mehr so unerträglich wie in den zurückliegenden Tagen. Er fuhr in Richtung Straßberg, bog in der Nähe des Schotterwerks in den Wald ab und mühte sich auf einem halb verwachsenen Waldweg bergauf. Über den Rossberg setzte er seine Route nach Bitz fort. Dort schlug er den Weg in Richtung des Fluggeländes Degerfeld ein.

Unwillkürlich hob er den Blick in Richtung Himmel, als er an dem kleinen Flugplatz vorbeifuhr. Einmal im Jahr fand hier ein großes Flugplatzfest statt, bei dem immer Dutzende von Heißluftballons in die Luft stiegen. Die Alb-Balloner beteiligten sich jedes Mal mit allen ihren Ballonen.

Im Sattel seines Bikes dachte Malthaner an das Telefonat mit Thomas Sailer vom Vormittag. Warum sollte er dessen Einladung eigentlich nicht annehmen und sich am Abend mal beim Balloner-Stammtisch sehen lassen? Immerhin kannte er noch fast alle Leute aus dem Verein. Außerdem ließ sich dabei vielleicht die eine oder andere Neuigkeit zum Ballonabsturz in Erfahrung bringen.

Kräftig trat er in die Pedale. Über Truchtelfingen steuerte er wieder die Wohnung in Ebingen an. Malthaner musste sich eingestehen, dass er in letzter Zeit meist nur wenig anstrengende, gemütliche Touren machte. Ein Tribut an die fortschreitenden Lebensjahre?

Nach dem Duschen rief er bei Brigitte an. Sie müsse sowieso noch Abrechnungen machen und hatte nichts dagegen, wenn er den Abend am Stammtisch der Alb-Balloner zubringen würde.

Wie sollte sie auch? Ihr gemeinsamer Abend gestern geriet zum Fiasko. Da schien es ihr möglicherweise besser, wenn sie gleich getrennte Wege gingen. Zumindest an diesem Abend.

Nur an diesem Abend? Er verdrängte die Gedanken so gut es ging.

Freitag Nachmittag. Das bedeutete wahrscheinlich, dass Lebherz zu Hause war. Andererseits hatte er ja angedeutet, dass auf der Baustelle auch zu ungewöhnlichen Zeiten gearbeitet wurde. Das Diktiergerät lag neben dem Laptop. Er spulte das Band ein unmerkliches Stückchen zurück und suchte nach den Wortfetzen, mit denen er die Telefonnummer von Lebherz aufgesprochen hatte. Er notierte die Nummer auf ein Stück Papier und speicherte sie in sein Handy ein. Dann wählte er.

Malthaner hatte Glück. Lebherz war tatsächlich daheim. Über den Anruf schien er nicht wenig erstaunt zu sein. Neuigkeiten über die verweste Leiche konnte er auf Malthaners Nachfrage nicht nennen. Der Baustellenbetrieb sei den ganzen Tag wieder normal verlaufen. Sie unterhielten sich nur kurz. Lebherz wollte wissen, ob

Malthaner einen Artikel über den Leichenfund bringen würde.

»Im Moment noch nicht«, antwortete er, was bei Lebherz keine Reaktion hervorrief.

»Gibt es was Neues von unserer Baustelle?« Das war die Formulierung, mit der Malthaner anschließend Klaus Konz von der Kripo konfrontierte. Konz war im Dienst. Er hatte ganz sicher keine Lust, mit einem Journalisten zu reden. »Rufen Sie Reiher an«, forderte er Malthaner auf.

»Das habe ich heute schon getan. Ich will aber von Ihnen wissen, ob es etwas Neues gibt. Inoffiziell natürlich.«

Konz war nicht erfreut. »Ich bin nicht befugt, mit Ihnen darüber zu sprechen, und ich bin auch nicht in der Stimmung dazu.«

So übel wie er sich von Zeit zu Zeit gab, war Konz eigentlich gar nicht. Er musste noch etwas gekitzelt werden, redete sich Malthaner ein. »Sie haben mich gestern gebeten, nichts über den Leichenfund zu schreiben. Daran habe ich mich gehalten. Sie werden auch morgen nichts darüber lesen. Im Gegenzug bitte ich Sie nur darum, mich auf dem Laufenden zu halten.«

Das Kitzeln zeigte Erfolg. Konz knurrte etwas, das nach *Erpressung* klang. Aber er redete. Der Kriminalbeamte informierte Malthaner darüber, dass die Leiche nach Tübingen verfrachtet wurde, wo sie noch am Wochenende obduziert werden soll. »Dann wissen wir mehr«, erklärte Konz.

Am Stammtisch der Ballongruppe wurde Jörg Malthaner freundlich begrüßt. Die meisten hier kannten ihn noch von vergangenem Jahr. Er wurde völlig unkompliziert in der Runde aufgenommen. Geradeso als gehöre er schon immer dazu. Das Lokal lag etwas außerhalb und es herrschte viel Betrieb. Mehrere Vereine hielten hier ihre regelmäßigen Treffen ab und für den Wirt schien der Freitag allgemein ein sehr erfreulicher Tag zu sein.

Thomas Sailer freute sich aufrichtig, dass Malthaner gekommen war, und bot ihm einen Platz neben sich an. Wie so oft steckte eine Kippe zwischen seinen Lippen. Sollte die Getränkeauswahl auf dem Tisch repräsentativ sein, dann konnte man helles Hefeweizen durchaus als Lieblingsgetränk von Ballonfahrern bezeichnen. Es bereitete Malthaner keinerlei Mühe, sich den Trinkgewohnheiten anzuschließen.

Die Stimmung war einigermaßen gelöst. Offenbar hatten die Vereinsmitglieder den ersten Schock überwunden. Natürlich beherrschte der Absturz vom Anfang dieser Woche zunächst die Gespräche. Schnell kam die Rede aber auf die bevorstehende Fuchsjagd. Malthaner war durchaus überrascht: Der Verein hatte offenbar beschlossen, an dem lange geplanten Termin für die Veranstaltung festzuhalten. Das bedeutete, dass die Fuchsjagd übermorgen, am Sonntag, über die Bühne gehen würde. Eine entsprechende Frage beantwortete ihm Thomas Sailer. »Wir haben lange überlegt, ob wir das machen können. Aber es ist ja alles schon lange vorbereitet. Und Dieter und Stefan hätten es so gewollt, ganz bestimmt.« Unsicher senkte er den Blick, als würde er selbst nicht so recht an das glauben, was er eben gesagt hatte. »Wir haben am Mittwoch und gestern lange diskutiert, ob wir die Fuchsjagd absagen. Mehrheitlich waren wir dann aber der Meinung, dass es besser ist, zu starten. Wir werden die Veranstaltung Dieter und Stefan widmen.«

Um sie herum stieg der Geräuschpegel. Niemand an diesem Tisch schenkte Malthaner besondere Beachtung. Er war einer von einem Dutzend Leuten, die hier saßen, Bier tranken und sich unterhielten. »Ich dachte, eure Ballons müssten am Boden bleiben, bis sie untersucht sind?«, gab er Sailer ein Stichwort zum Weiterreden, obwohl der ihm am Telefon schon gesagt hatte, dass alle Ballons wieder in die Luft durften. Die Vereinsmitglieder selbst hatten sie noch einmal gründlich in Augenschein genommen.

Thomas drückte erst mal umständlich die Kippe im Ascher aus. »Das ist schon geschehen. Ging ziemlich schnell. Aber bei allem geht es ja auch um eine ganze Menge Geld, verstehst du? Wir müssen unsere schon lange geplanten Fahrten mit den zahlenden Gästen einhalten, sonst wäre der Verein ziemlich schnell pleite. Es genügt ja schon, dass uns das Wetter häufig einen Strich durch die Rechnung macht. Bereits morgen werden einige von uns wieder fahren. Daimler schickt uns morgen und am Sonntag ein paar Gäste vorbei, die schon im Mai mit uns fahren wollten. Damals mussten wir absagen, weil es geregnet hat. Bei diesem tollen Wetter müssen wir das jetzt unbedingt durchziehen. Schließlich fahren wir im Sommer viel für den Daimler. Das rechnet sich. Dass die Leute dann sogar bei einer echten Fuchsjagd dabei sein dürfen, und nicht nur bei einer normalen Fahrt, lassen wir uns extra bezahlen.« Thomas zündete sich eine neue Zigarette an.

»Ja, dann ...« Mehr fiel Jörg Malthaner dazu nicht ein. Schließlich lag es nicht in seinem Ermessen, sich moralisch zu entrüsten. Die Welt drehte sich weiter. Vielleicht schneller, als die beiden Opfer sich das gewünscht hätten. Wer konnte das schon sagen?

Sailer sah ihn von der Seite an. »Hast du Lust mitzukommen?«, fragte er. »Wir haben noch ein paar Plätze frei.«

Das kam jetzt doch überraschend, obwohl Thomas neulich am Telefon schon etwas in der Richtung angedeutet hatte.

Malthaner zögerte. »Also, ich weiß nicht so recht ...« Die Lust aufs Ballonfahren war ihm beim Anblick der Absturzstelle eigentlich gründlich vergangen. Andererseits... »Von wo startet ihr?«

»Oben in Tailfingen, wie immer.« Also genau an der Stelle, an der am Montag zwei Mitglieder des Vereins abgestürzt waren.

Fuchsjagden, so hatte Malthaner letztes Jahr erfahren, finden regelmäßig statt. Oft zusammen mit anderen Vereinen. Er hatte damals sogar eine Fuchsjagd mitverfolgt, allerdings nur vom Boden aus. Er wusste, dass es bei der Jagd darum ging, mit den Verfolgerballonen einem zuvor gestarteten Ballon so nahe wie möglich zu kommen. An einer bestimmten Stelle versucht der Fuchs, einen so genannten Marker abzuwerfen, einen kleinen Sandsack. An der Landestelle wird eine Markierung ausgelegt, der die

Verfolger möglichst nahe kommen sollten. Das Wichtigste an der Fuchsjagd ist das anschließende Fest, so war es Malthaner damals vorgekommen.

Er überlegte. Ob er Brigitte mit einer Einladung zu einer Ballonfahrt wohl beeindrucken konnte? »Wann muss ich spätestens zusagen?«, fragte er Thomas.

»Wenn du am Sonntag um sieben Uhr da bist, ist das o.k.«

»Dürfte ich meine Lebensgefährtin mitbringen?«

»Das geht schon. Aber ihr könnt möglicherweise nicht gemeinsam in einem Ballon fahren.« Sailer nahm einen Schluck, dann fuhr er fort: »Sag mal: Könntest du vielleicht einen Artikel über die Fuchsjagd in der Zeitung bringen? Weißt du, wir haben da in dieser Woche ein paar Absagen für die nächsten Wochen erhalten. Die Leute haben wegen dieses Unfalls kalte Füße bekommen. Da wäre es für uns sehr hilfreich, wenn ein positiver Bericht käme.«

Daher wehte der Wind also! Sicher hatten die anderen Thomas vorgeschickt, um diese Frage zu stellen.

»Nein, auf gar keinen Fall. Ich fahre nicht mit, um eine Gegenleistung zu erbringen«, sagte Malthaner und fühlte sich in gewisser Weise missbraucht.

Sailer wehrte ab. Er schien über sein eigenes Verhalten ehrlich entsetzt zu sein. »So war das gar nicht gemeint. Das muss ja nicht gleich sein. Wir wollen nur, dass das Ballonfahren nicht im falschen Licht erscheint, weißt du!«

Eine neue Runde Weizenbier kam, ohne dass Malthaner etwas von einer entsprechenden Bestellung mitbekommen hatte.

»Vergiss das mit dem Artikel einfach!«, hakte Thomas nach.

Gut möglich, dass er übersensibel reagiert hatte, redete sich Malthaner ein. Immer und überall vermutete er, dass er benutzt werden könnte. Was ja auch immer mal wieder versucht wurde. Vielleicht, so dachte Malthaner, hatte auch das mit berufsbedingter Paranoia zu tun.

Er wollte mehr darüber erfahren, was die Bundesstelle für Flugunfalluntersuchungen herausgefunden hatte. Sailer konnte nicht viel dazu sagen. Ein athletischer Mittvierziger, der ihnen am Tisch gegenüber saß, mischte sich in den Dialog ein. Es war der Vereinsvorsitzende, wie Malthaner wusste. Arzt von Beruf. Kein Hausarzt, sondern ein Spezialist für irgendwas. Brigitte kannte ihn ganz gut. »Die haben Routineuntersuchungen durchgeführt. Sie sind inzwischen wieder abgereist, nachdem sie drei Tage vor Ort verbracht haben und werden einen Bericht erstellen. Den Ballon haben sie mitgenommen. Über die Ergebnisse ihrer Arbeit wollten sie uns nichts sagen. Wir würden eine Kopie des Berichtes erhalten, sagten sie.« Der Mann, dessen Namen Malthaner spontan nicht einfiel, hob die Arme und ließ sie sofort wieder auf die Tischplatte fallen. Eine Bewegung, die Ratlosigkeit ausdrückte. »Wir hätten natürlich schon gerne etwas mehr von ihnen erfahren. Aber sie haben gesagt, dass sie sich selbst noch kein genaues Bild über die Unfallursache machen könnten.«

Das seltsame Metallstück, das er nach dem Absturz gefunden hatte, kam Jörg Malthaner wieder in den Sinn. Vermutlich hatte es ja gar nichts mit dem Absturz zu tun. Er beschloss, vorerst nichts zu sagen.

Der Vorsitzende prostete ihm zu. Der Mann hatte sich letztes Jahr sehr kooperativ gezeigt, und ihn bei seinen Recherchen unterstützt, wo er nur konnte. Als die Reportage damals erschienen war, hatte er Malthaner angerufen und sich überschwänglich bedankt. »Hat Thomas Sie schon zu unserer Fuchsjagd eingeladen?«, fragte er. Jetzt fiel Malthaner auch wieder der Name ein: Dr. Gisbert Scholz.

»Ja, danke.«

»Und, kommen Sie?«, fragte Scholz. »Würde uns wirklich freuen nach dem tollen Artikel vom letzten Jahr. Und bringen Sie doch Frau Dr. Schick mit.« Natürlich wusste Scholz, dass er mit Brigitte zusammen war.

Mit der Zunge wischte sich Malthaner Bierschaum ab, der sich auf seine Oberlippe verirrt hatte. »Ich weiß noch nicht genau, aber ich muss zugeben, dass die Einladung verlockend klingt.«

»Das wird bestimmt eine spannende Geschichte.« Der Vorsitzende lachte freundlich. Unvermittelt runzelte er die Stirn. »Auch wenn natürlich alle die schrecklichen Ereignisse vom Montag im Kopf haben. Wir sowieso, aber die Zuschauer auch. So schlimm es ist, ich bin sicher, wir werden mehr Zuschauer haben als bei unseren bisherigen Fuchsjagden.«

»Katastrophen ziehen die Leute an.«

»Leider, ja.« Scholz nahm einen Schluck. Auch er trank Hefeweizen. »Sie werden sich vielleicht fragen, warum wir wenige Tage nach dem Tod unseres stellvertretenden Clubvorsitzenden und eines anderen Ballonfahrerkameraden eine solche Veranstaltung durchziehen?«

An Stelle einer Antwort zuckte Malthaner mit den Schultern.

Gisbert Scholz gab die Antwort auf die von ihm selbst gestellte Frage. »Wir haben die Fuchsjagd wochenlang vorbereitet und alles in die Wege geleitet. Jetzt müssen wir sie auch realisieren.« Dann folgte der Satz, auf den Malthaner geradezu wartete und den er vor wenigen Minuten erst von Thomas Sailer gehört hatte. »Dieter und Stefan hätten es nicht anders gewollt.«

Damit schien Scholz das Interesse an Malthaner wieder abhanden gekommen zu sein, denn er wandte sich seinen Nebensitzern zu, die über das Für und Wider einer Sahara-Überquerung im Ballon diskutierten.

Froh, nicht von der Polizei kontrolliert worden zu sein, stellte Malthaner den Saab vor dem Haus ab. Die Garage war geöffnet, Brigittes Cabrio stand drin.

Sie selbst schaute fern, als er das Wohnzimmer betrat. Ein Wetterfrosch erzählte den Zuschauern gerade, dass die Temperaturen im Südwesten langsam, aber sicher zurückgehen würden. Für Mitte der kommenden Woche kündigte er ein vorübergehendes Ende der Hitzeperiode an.

»Hallo, Schatz«, sagte er.

»Hi.« Sie schenkte ihm ein Lächeln, das eine Woge von Zärtlichkeit in ihm auslöste. Alleine dieses Lächeln war eine Heirat wert, redete er sich kurz ein.

»Wie war's?«, wollte sie wissen und drückte auf der Fernbedienung den Ton weg.

»Dein Kollege Dr. Scholz lässt grüßen.« Malthaner erzählte von der bevorstehenden Fuchsjagd am Sonntag und der Einladung. An seiner Euphorie konnte Brigitte spüren, dass er sich innerlich schon entschieden hatte, in einem der Ballons mitzufahren. Aus Brigittes Miene sprach Skepsis. »Nach dem, was vor wenigen Tagen passiert ist, willst du in einen Heißluftballon steigen?«

»Warum denn nicht? Das war ein Unfall, wie er rein statistisch nur alle fünfzehn Jahre passiert, haben sie am Stammtisch erzählt.« Er versuchte sich an einem kumpelhaften Grinsen. »Dann spricht die Statistik doch auf jeden Fall für uns. Es wird sicher nicht schon wieder etwas passieren.«

»Dein Sarkasmus ist wieder einmal fehl am Platz«, wies sie ihn zurecht. »Aber ich hätte in der Tat mal wieder Lust auf eine Ballonfahrt.«

Brigitte hatte vergangenes Jahr keine Zeit, als er mit den Alb-Ballonern in die Luft gestiegen war. Ihre einzige Ballonfahrt lag viele Jahre zurück. Das war lange, bevor sie ein Paar geworden waren. »Wie früh geht es denn los?«, fragte sie nach einigem Überlegen.

»Wir müssen um sieben in Tailfingen sein.« Weder Brigitte noch er waren begeisterte Frühaufsteher – ganz im Gegenteil. »Oh weh«, kommentierte sie und spielte mit der Fernbedienung in der Hand. Mit einem Seufzen sagte sie ihre Teilnahme zu.

»Ach ja«, sagte Brigitte. »Deine Mutter hat sich gemeldet. Es geht ihr gut in ihrer Kur und sie freut sich, dass sie eine nette Bekanntschaft mit einer Dame aus Heilbronn geschlossen hat.«

»Dann ist ja gut«, hörte Malthaner sich selbst sagen.

2

Am Samstag besorgte sich Jörg Malthaner am Kiosk alle lokalen und regionalen Zeitungen. Wie er gehofft hatte, fand sich nirgends auch nur eine kleine Notiz über einen Leichenfund auf der Großbaustelle. Damit blieb seine Hoffnung auf ein harmonisches Wochenende erhalten. Gut gelaunt schlenderte er später über den Wochenmarkt. Brigitte wollte sich ein wenig um den Haushalt kümmern und anschließend für ein oder zwei Stunden in ihrer Praxis klar Schiff machen. So hatte sie sich ausgedrückt.

Wie fast an jedem Samstag traf er Petra und Roland Tück, alte Freunde, mit ihrer Tochter Marga. Sie verabredeten sich nach dem Marktgang auf einen Cappuccino im Café.

Er rief bei Thomas Sailer an und bestätigte seine und Brigittes Teilnahme an der Fuchsjagd.

Den Nachmittag nutzte Malthaner für eine große Tour mit dem Mountainbike. Am frühen Abend schaute er sich die Bundesliga im Fernsehen an, ohne dafür vorwurfsvolle Blicke von Brigitte zu kassieren. Selbst die Ergebnisse passten in das Bild eines gelungenen Wochenendes.

Brigitte schlug vor, später am Abend ins Village zu gehen. Ein Vorschlag, mit dem sie bei ihrem Lebensgefährten für gewöhnlich offene Türen einrannte.

Als am Sonntag um sechs der Wecker klingelte, verfluchte sich Malthaner dafür, zu dieser dämlichen Ballonfahrt zugesagt zu haben. Scheiß-Fuchsjagd. Von Jagdtrieb spürte er nichts.

Brigitte kam besser aus den Federn als er. Sie hatte mehr Übung darin. Schließlich musste sie jeden Morgen pünktlich ihre Praxis öffnen, während er noch im Bett liegen bleiben konnte. Etwas, das er in den vergangenen Monaten immer mal wieder in Form eines Vorwurfs zu hören bekommen hatte.

Dass es auch in einem extrem heißen Hochsommer auf der Alb morgens noch verdammt kalt sein konnte, wurde ihnen beim Verlassen des Hauses klar. Die dicke Jacke, die Brigitte angezogen hatte und sein Faserpelz waren als Bekleidung durchaus angebracht.

Am Startplatz warteten schon eine ganze Menge Leute, als sie ankamen. Aber es waren wohl bei weitem nicht so viele Schaulustige, wie Dr. Scholz noch am Freitag Abend erwartet hatte. Zwei Dutzend Autos standen herum, dazu die Jeeps der Alb-Balloner. Fünf Ballonhüllen warteten darauf, sich unter den Feuerstößen aus dem Brenner aufzurichten. »Ich habe ein mulmiges Gefühl«, gestand Brigitte, und Malthaner fühlte nicht anders. Nichts deutete darauf hin, welch Tod bringendes Unglück hier vor weniger als einer Woche stattgefunden hatte.

Gekleidet in ihre Einheits-Overalls waren mehrere Alb-Balloner ganz in ihre jeweiligen Aufgaben vertieft. Mehrere Ballonhüllen lagen auf dem saftigen Wiesengras ausgebreitet. Eine Gruppe von zwei Frauen und zwei Männern hievte einen Korb vom Anhänger eines Mercedes-Kombi. Alles machte einen professionellen Eindruck. Jeder Handgriff saß. Dr. Gisbert Scholz, der Vereinsvorsitzende, kam kurz herüber. Er zog seine dicken Handschuhe aus und schüttelte ihnen die Hände. »Schön, dass Sie gekommen sind, Frau Kollegin«, blubberte er Brigitte an. »Wenn Sie wollen, können Sie in meinem Ballon mitfahren. Ich habe die Ehre den Fuchs zu geben«, sagte er und strahlte in uneingeschränkter Vorfreude.

»Ja, dann ...«, antwortete Brigitte, die leicht überfahren wirkte. »... danke.«

»Schön. Und für Sie ...«, er drehte sich Malthaner zu, »... haben wir ein schönes Plätzchen in dem Ballon dort.« Er zeigte auf eine blaue Ballonhülle, die schlaff auf dem Boden ausgebreitet lag.

Damit streifte er sich seine Handschuhe wieder über und rief zwei Männern in den Club-Overalls ein Kommando zu. Die beiden reagierten sofort und machten sich an einem Korb zu schaffen.

Die Fahrgäste, die auf Kosten von Daimler an der Fuchsjagd teilnahmen, waren freudig erregt und plapperten aufgeregt durcheinander. Sie kamen alle aus dem Stuttgarter Raum, wie ihre Autokennzeichen verrieten. Natürlich hatten sie von dem Ballonabsturz gelesen, aber das schien sie nicht besonders zu berühren.

Ein weiterer Geländewagen, ein G-Modell von Mercedes, kam herangefahren. Am Steuer saß Thomas Sailer. Er stoppte den schweren Wagen in der Wiese und stieg aus. Auch er begrüßte Brigitte und Malthaner kurz. »Sie fahren mit Gisbert«, sagte er zu Brigitte. »Das haben wir vorher beim Briefing so besprochen.«

Brigitte schenkte ihm ein freundliches Lächeln. »Ja, das habe ich eben schon gehört.«

Thomas klopfte Malthaner leicht gegen die Brust. »Und du fährst mit mir und mit Tobi.« Den fragenden Blick von Malthaner nahm er zum Anlass, auf einen der Männer zu zeigen, einen etwa Fünfzigjährigen mit halblangem braunem Haar, einem Schnauzer und einer Brille. »Das ist Tobi, unser Pilot.«

Thomas fühlte sich ganz in seinem Element. »Komm, fass mal mit an«, forderte er Malthaner auf und zog ihn mit sich zu einem Korb, der seitlich auf dem Boden lag. Malthaner sah wieder die Bilder vom Absturztag vor sich. Den Korb des abgestürzten Ballons. Aus seiner Magengegend war ein Gurgeln zu hören. »Auf drei«, kommandierte Thomas, als sie den Korb am Rand fassten. »Eins, zwei, drei.« Der Korb stand. Sie bauten einen Brenner mit dem Gestänge auf den Passagierkorb. Thomas baute, Malthaner hielt hier und da etwas fest, wie Thomas es ihm befahl. Sailer wusste bei jedem Handgriff genau, was er tat. Routine, tausend Mal geübt. Malthaner sah sich kurz um. Brigitte unterhielt sich angeregt mit einigen anderen Fahrgästen. Von ihren Bedenken war anscheinend nichts mehr übrig geblieben. Sie machte einen gelösten Eindruck. Ringsum wurde an den Ballons gearbeitet. Bei einem richtete sich bereits die bunte Hülle auf und das laute Geräusch von Feuerstößen war zu hören.

»Das ist der Fuchs«, erklärte Thomas, der Malthaners Blick gefolgt war.

Thomas schloss den Brenner an die Gaszylinder an. Er drückte den Knopf des Zünders. Mit einem lauten Zischen entwich Gas. »Jetzt überprüfen wir die Funktionsfähigkeit des Brenners«, erläuterte Thomas und ließ eine gelbe Stichflamme in den Himmel schießen. »Gut«, sagte er und es war klar, dass er nichts anderes erwartet hatte. »Lass uns den Korb wieder kippen«, forderte er Malthaner auf. Nachdem der Korb auf der Seite lag, dankte Sailer für die Mühe.

Er lachte. »Weiter kannst du mir vorerst nicht helfen. Ab nun muss ein Profi ran.« Wie zum Trost pufftc er Malthaner einmal gegen die Schulter. Dann winkte er eine Frau heran, die ebenfalls einen Overall trug. Gemeinsam befestigten sie die Hülle am Gestänge des Korbes. Dann zogen sie die Hülle wie einen Schlauch über die Wiese und breiteten ihn zu einer Art überdimensionalem Pfannkuchen aus.

Malthaner war ganz in den Anblick versunken, als Brigitte ihn am Ärmel zupfte. »Der Fuchs ist soweit«, sagte sie und küsste ihn. In der Tat hatte sich der erste Ballon zu beeindruckender Höhe aufgerichtet und schien startbereit. Die Hülle spannte sich prall. »Bis später dann.«

Er nahm sie in den Arm. Sie bibberte. »Bis später. Angst?«

»Zumindest ein komisches Gefühl«, gab sie zu, lächelte aber.

»Mir geht es genauso.« Sie befreite sich aus seinen Armen und joggte zum Ballon, der von Scholz pilotiert wurde. Drei andere Leute machten ebenfalls Anstalten, den Korb zu entern. Als Letzte stieg Brigitte ein. Sie winkte herüber. Eine halbe Minute später hob der Ballon ab. Er gewann schnell an Höhe.

Plötzlicher Lärm ließ Malthaner ruckartig den Kopf drehen. Ein Ventilator presste knatternd Luft in die Hülle. Die Frau hantierte mit Tobi, dem Piloten, in der Ballonhülle. Sie befestigten irgendetwas mit Klettverschlüssen an der Spitze der Hülle. Dann bewegte sich Tobi zum Korb, der noch immer auf der Wiese lag.

»Mann an Topleine in Position«, kommandierte Tobi und fuchtelte in Richtung von Thomas. Der hatte eine dicke Leine in der Hand und schien sich mit aller Kraft daran fest zu halten. Nebenan hob der Fuchs ab. Das Gurgeln aus Malthaners Magen kam wieder. Er hatte sich schon wohler gefühlt als in diesem Augenblick. Dabei sollte er sich auf die bevorstehende Ballonfahrt freuen, so wie es alle anderen Passagiere ganz offenkundig taten.

»Es geht los«, brüllte Tobi und kniete sich in den liegenden Korb. Ein Feuerstoß schoss in die Ballonhülle. Und noch einer und noch einer. Die Hülle richtete sich auf. Tobi krabbelte aus dem Korb und richtete ihn gemeinsam mit Thomas auf. Malthaner sah fasziniert in die Runde: Um sie herum richteten sich alle Ballone auf. Ein beeindruckendes Schauspiel. Offensichtlich wusste jeder Passagier genau, in welchen Ballon er einzusteigen hatte. Vor jedem dieser Luftfahrzeuge sammelte sich eine kleine Gruppe. Ein Asiate und eine junge Frau gesellten sich zu Malthaner. Man schüttelte sich die Hände. Den Fuchs sah man inzwischen nur noch als kleinen Punkt am Himmel. Er hatte gut und gerne acht, neun Minuten Vorsprung.

Jetzt mischte sich der Pilot ein. »Alles einsteigen, bitte!«, forderte Tobi gut gelaunt. Malthaner wollte der Frau den Vortritt lassen, doch die schob den Asiaten zu dem

Korb hin. Er erklomm den Korb ohne Mühe. Die Frau hinterher.

»Topleine am Korb befestigt«, gab Thomas dem Piloten zu verstehen, als Malthaner einstieg. »Radio-Check o.k.«, hörte er die Stimme von Thomas.

»Tobi«, stellte sich Tobi vor. Er warf seinen Namen in die Runde, ohne jemanden Bestimmten anzusprechen. »Wir sind hier übrigens alle per Du«, wies er seine Gäste auf eine Vertraulichkeit hin, die nicht jedermanns Sache war. Besonders Asiaten hatten so ihre Probleme damit. Sollte wohl gut für das Klima an Bord sein. Die Frau übersetzte, der Asiate lächelte. »Barbara«, stellte sie sich vor. Der Asiate hörte auf den Namen Kim noch-mal-was. Malthaner hatte trotz einiger Reisen nach Asien keine Ahnung, was Vor- und was Nachname war. Kim hätte er eher als Nachnamen eingestuft, aber es war ihm auch egal. Barbara war die Dolmetscherin für Kim, einen wichtigen Geschäftspartner aus Fernost, wie sie mit Stolz erklärte. »Jörg«, sagte Malthaner, und auch Thomas stellte sich den Fahrgästen vor. Man schüttelte sich reihum die Hände. Pilot Tobi hatte sich längst wieder seinen Gerätschaften zugewendet.

Erneut schlug eine Flamme in die aufrechte Ballonhülle.

Dann ein anderes Geräusch: Ein Böllerschuss.

Überrascht drehte Malthaner den Kopf. Er sah einen Mann in einem Club-Overall auf dem Dach eines Jeeps stehen, eine Pistole in der Hand. Mit dem Schuss hatte er das Startzeichen für die Verfolgung des Fuchses gegeben.

»Herrschaften, es geht los.« Tobi stand die Vorfreude

ins Gesicht geschrieben. Ein leichtes Ruckeln, der Korb schien ganz kurz instabil zu werden.

Dann hob er ab.

Dem Himmel entgegen.

Wie Ameisen – der erste Vergleich, der Jörg Malthaner einfiel, als er die Menschen unten rasch schrumpfen sah. Der Ballon gewann rasend schnell an Höhe, umgeben von vier anderen Ballons. Der Fuchs war nur noch in weiter Entfernung zu sehen. »Wir haben jetzt eine Höhe von 200 Metern erreicht«, klärte Tobi auf.

Die Frau übersetzte, der stumme Asiate nickte und lächelte.

Auch aus der Luft sah diese Landschaft für Malthaner wunderschön aus. Heimat eben. Tobi erläuterte den Fahrgästen, wie sich die Jagd abspielte. »Gisbert wird uns austricksen wollen«, wusste Tobi grinsend zu berichten. »Er wird sich einen Landeplatz aussuchen, an dem es für die Verfolger sehr schwer wird, in seine Nähe zu kommen. Gisbert ist ein sehr erfahrener Pilot. Aber das sind wir anderen auch.« Diebische Vorfreude, es dem Fuchs und Kumpel zeigen zu wollen. Aus einem Funkgerät, das an dem Korbgestänge befestigt hing, drangen Quäklaute. Die Piloten der anderen Ballons unterhielten sich.

»Merkt ihr's?«, fragte Tobi und kratzte sich an seinem Schnauzer, »wir werden ganz sanft in Richtung Westen getrieben.« Er gab wieder einen kräftigen Feuerstoß in die Hülle, dessen Zischen die Worte der Dolmetscherin übertönte. Ihr fernöstlicher Schützling machte trotzdem den Eindruck, mit sich und der Welt im Einklang zu sein.

In diesem Moment fühlte sich auch Jörg Malthaner so. Ein seltsames Gefühl von Frieden ergriff Besitz von ihm, während er auf die Miniaturlandschaft hinabschaute. Eine einmalige Kulturlandschaft voll ökologischer Vielfalt, die aus der Höhe gar nicht mehr so herausfordernd auf ihn wirkte, wie sie ihm sonst immer vorkam. Einer Landschaft, die auch Schwabens Poeten über Jahrhunderte magisch angezogen hat. Oft fragte sich Jörg Malthaner, warum man nicht den Versuch unternahm, diese einmaligen landschaftlichen Reize touristisch besser zu vermarkten. Dann wieder war er froh, dass der Alb die Kehrseite der lärmenden Freizeitgesellschaft bis heute weitgehend erspart blieb. Trotzdem: Diese ganze Region ließ sich hier eine riesige wirtschaftliche Chance entgehen, da war sich Malthaner sicher. Dabei gab es sonst nicht viele wirtschaftliche Chancen. Früher, ja früher, da hatte die Südwestalb goldene Zeiten erlebt. Als hier noch das Herz der Textilindustrie schlug und über Jahrzehnte für Vollbeschäftigung sorgte. Doch das war schon längst vorbei. Die Arbeitslosenquote lag seit langem viel höher als im Landesdurchschnitt und daran würde sich auch nichts ändern. Neue Beschäftigungsfelder waren weit und breit nicht in Sicht. Wenn nur eine der wenigen großen Firmen kaputt gehen würde, dann sähe es ganz düster aus. Qualifizierte junge Leute kehrten ihrer Heimat schon seit 20 Jahren notgedrungen den Rücken, weil sie einfach keine Jobs finden konnten. Als Folge stand die Überalterung der Bevölkerung. Noch immer hatten viele Funktionsträger in Politik und Verwaltung den Ernst der Lage entweder nicht begriffen, oder redeten die Situation schön.

Das empfand nicht nur Jörg Malthaner so, sondern das wurde ihm auch immer wieder von anderen bestätigt. Ein Kollege aus dem Wirtschaftsressort der Landeszeitung hatte ihm vor kurzem gesagt, dass er die Gegend um Albstadt für eine sterbende Region hielt.

In diesem Ballon ließ sich trefflich sinnieren. Dankbar dafür, dass die anderen weitgehend den Mund hielten, schaute Malthaner in die Ferne. Hier oben war er alleine in Gottes Hand – und in der von Tobi.

Thomas Sailer sprach immer wieder in das Funkgerät. So weit Malthaner mitbekam, traf er mit den anderen Ballons irgendwelche Positionsabsprachen. Außerdem dirigierte er die Teams mit den Jeeps am Boden, die nach der Landung die Ballons wieder aufnehmen sollten. »Gar nicht so einfach«, erläuterte Thomas. »Die Funkwellen dieser Geräte verbreiten sich geradlinig. Solange die unseren Ballon sehen, können sie uns auch mit dem Funk erreichen. Verschwinden wir aber hinter einem Berg, dann wird es schwierig.«

Alle die bösen Assoziationen, die sich in den vergangenen Tagen im Zusammenhang mit dem Ballonfahren zwangsläufig aufgedrängt hatten, waren auf einmal verflogen. Verständlich, dachte Malthaner, dass die Ballonfahrer so besessen von ihrem Hobby waren. Sie konnten dem Alltag entfliehen. Zeit spielte hier oben keine Rolle.

Bestimmt eine halbe Stunde lang genoss Jörg Malthaner die Ausblicke, die sich ihm boten. Seine Umwelt blendete er fast vollkommen aus. Das Gequäke aus dem Funkgerät störte ihn kaum. Er nahm es nicht mehr wahr als Vogelgezwitscher. Selbst die anderen Ballons, die in respektvollem Abstand zueinander schwebten, schienen kaum existent zu sein.

Ein Aufschrei riss ihn aus den Gedanken. »Er geht runter.« Tobi, der Jäger, hatte Blut geleckt. Er blickte durch ein kleines Fernglas in Richtung Westen. Tobi wollte den Fuchs nicht so einfach entkommen lassen. Es dauerte ein paar Sekunden, bis sich Malthaner orientieren konnte. In der Tat: Der vorauseilende Ballon sank schnell. Der Ballon von Scholz, in dem seine Freundin und vielleicht künftige Frau in diesem Moment unterwegs war.

Der Fuchs befand sich über einem von oben seltsam rund wirkenden Wald.

Tobi setzte unter seinem Schnurrbart wieder ein Grinsen auf. »Der will uns austricksen. Nicht mit mir, Gisbert.« Ganz der Jäger. »Er will sich für uns unsichtbar machen«, erklärte Tobi die Taktik von Scholz. »Wetten, er will direkt am Waldrand runter? Glaubt, dass er im Schutz der Bäume von uns nicht rechtzeitig gesehen wird und wir – schwuppdiwupp – über ihn drüber fahren und er sich ins Fäustchen lachen kann! Nee, nee, Kumpel.«

Kim war beglückt und Barbara genoss die Fahrt augenscheinlich. Tobi sah sich nach den weiteren Ballons um. »Die anderen haben den Braten auch gerochen, glaube ich.«

Ein paar Minuten lang passierte nichts. Der Fuchs war verschwunden. Tobi hielt Ausschau. Seiner Miene war nicht zu entnehmen, was er dachte. Thomas verständigte sich über Funk mit den anderen Ballons. Die Piloten legten fest, in welcher Reihenfolge sie runtergehen würden. Ihr Ballon sollte der erste sein. Schneller als Malthaner das für möglich gehalten hätte, begann der Ballon plötzlich zu sinken. »Herrschaften, jetzt wird es spannend«, gab Tobi seiner eigenen Vorfreude Ausdruck. Der Wald wurde von Sekunde zu Sekunde größer. Feldwege, die vor einer Minute mit dem bloßen Auge kaum auszumachen waren, gewannen an Kontur. Nur der Fuchs war nirgends zu sehen. Tobi schien in seiner eigenen Welt zu sein. Seine Passagiere interessierten ihn überhaupt nicht mehr. Er hantierte mit dem Brenner und den Seilen, assistiert von Thomas. Hektik kam keine auf. Vielmehr schien es, als sei jeder Handgriff, jede Bewegung tausend Mal einstudiert worden.

Thomas blieb sogar noch die Zeit für Anweisungen. »Bei der Landung müsst ihr euch festhalten«, gab er seinen Passagieren auf den Weg. »Aber bitte nicht am Korbrand, sondern an den Griffen innen. Und nicht stehen bleiben, sondern in die Hocke gehen.« Er schaute die anderen an. »Alles klar?«

Barbara, Kim und Malthaner nickten.

Urplötzlich tauchte die bunte Stoffhülle des Fuchses im Blickfeld auf. Der Fuchs war zwischen Ackerfurchen auf einem Feld gelandet. Die Ballonhülle wölbte sich schwach. Sie war nicht mehr prall gefüllt, sondern schlapp wie ein Fahrradreifen, aus dem die Luft entwichen war. Ihr war die Puste ausgegangen. Der Korb stand aufrecht. Die Passagiere daneben. Sie hatten das rote Zielkreuz bereits ausgelegt. Der Fuchs musste also schon ein paar Minuten lang am Boden sein.

Wenige Meter noch für Tobis Ballon.

Thomas hatte das Sandsäckchen, den Marker, in der

Hand. »Jetzt«, brüllte Tobi. Mit Schwung warf Thomas das Sandsäckchen aus dem Ballon. Knapp neben das Zielkreuz.

»Nicht übel, gar nicht übel.« Tobi nickte zufrieden. »Festhalten! Hocke!«, rief er seinen Passagieren zu. Es rumpelte gewaltig, als der Korb auf dem Acker aufkam. Er wurde noch ein paar Meter weitergezogen, drohte umzustürzen, überlegte es sich aber noch einmal anders.

»Willkommen auf der Erde«, jubilierte Tobi, als der Korb zum Stillstand gekommen war. »Das nenne ich eine Landung, Herrschaften!« Er besoff sich an seiner eigenen Leistung.

Die ersten beiden Jeeps kämpften sich bereits auf einem Feldweg an die Landestellen heran, als der letzte Ballon auf dem Acker niederging.

Es dauerte fast eine Stunde, bis alle Ballons zusammengelegt und in die Autos verladen waren.

Im Konvoi fuhren sie zurück zum Startplatz.

Auf die Ballonfahrertaufe im Vereinslokal verzichteten Brigitte und Malthaner. Sie beide hatten dieses Vergnügen schon hinter sich.

Man verabschiedete sich freundlich. Wieder zu Hause angekommen, legten sie sich erst mal ins Bett.

Der Nachmittag von Brigitte und Jörg gehörte erst einem langen Spaziergang. Immer wieder kreisten Malthaners Gedanken um den Toten von der Baustelle. Würden andere Journalisten Wind davon bekommen? Komisch, am Morgen im Ballon waren alle diese Dinge so unendlich weit weg. Jetzt nahmen sie seinen Denkapparat geradezu in den Würgegriff. Er überlegte lange. Wog ab.

Dann fällte er eine Entscheidung und rief in der Redaktion der Landeszeitung an, als sie von ihrem Spaziergang zurückkamen. Hauser hatte Sonntagsdienst. Schon wieder. Das alte Schlachtross liebte seinen Job auf eine Art, wie man sie heute kaum noch antraf. Eigentlich hätte er im zweiwöchigen Turnus an den Wochenenden arbeiten müssen, aber er kam freiwillig viel häufiger in die Redaktion. Hauser betrachtete die Landesseite der Zeitung als seine ganz persönliche Angelegenheit. Sich diesen Mann eines Tages im Ruhestand vorzustellen war unmöglich.

»Hör zu«, sagte Malthaner. »Die Sache mit der Leiche auf der Baustelle, du weißt schon …«

Der altgediente Redakteur stellte sich erst mal unwissend. »Welche Leiche? Du hast so viele Tote in eurem kriminellen Albkaff, da verliert man schon mal den Überblick.« Klar, ohne das ging es nicht. Selbst im größten Produktionsstress für die Montagszeitung musste er eine Bemerkung wie diese loslassen.

Da die Zeit knapp wurde, verzichtete Malthaner auf eine passende Erwiderung und kam direkt zur Sache. »Hauser, halte mir den Platz für eine Spitzenmeldung frei. Maximal 40 Zeilen. Ich habe beschlossen, doch eine Kleinigkeit für die morgige Ausgabe zu schreiben. Auch wenn mich die hiesigen Behörden dafür vierteilen werden.« Ein Schnaufen antwortete ihm. Er ignorierte es. »Wer weiß, was am Wochenende durchgesickert ist. Es waren einfach zu viele Leute dort. So eine Sache spricht sich normalerweise herum, selbst wenn die Polizei die Anwesenden zum Stillhalten verdonnert hat. Ich will nachher nicht als der Blöde dastehen, der zwar als Erster von der Sache erfahren hat, aber seinen Lesern nichts davon mitgeteilt hat. Zwar glaube ich nicht, dass eine andere Zeitung schon Wind von der Sache bekommen hat, aber man kann ja nie wissen.«

Noch ein Schnaufen. »40 Zeilen«, polterte ihm entgegen. »In einer halben Stunde. Besser noch in zwanzig Minuten.«

»Gut, bekommst du.«

»Halt' dich ran!«

Er würde Ärger mit Konz bekommen. Und mit Reiher. Das sah Malthaner schon voraus. Klar und deutlich. Aber so lief das Geschäft nun einmal. Er formulierte eine knappe, sachlich gehaltene Meldung. Auf Spekulationen verzichtete er. Man habe am Freitag auf einer Großbaustelle eine halb verweste Leiche gefunden. Ein Tötungsdelikt könne nicht ausgeschlossen werden. Der Leichnam werde in Tübingen obduziert. Mehr gab er nicht preis. Seine Meldung schloss er mit ein paar knappen Erklärungen zu dem umstrittenen Straßenbau ab.

Wenn sich die Sache übers Wochenende tatsächlich nicht rumgesprochen haben sollte, dann würde er mit diesen dürren Worten morgen für ein mittleres Erdbeben sorgen.

3

Nicht ein einziges Mal hatte Brigitte über das Wochenende das leidige Hochzeits-Thema angesprochen. Somit konnte Malthaner die beiden Tage in die Kategorie *harmonisch* einordnen. Das war das Maximum dessen, was ihm das Leben zurzeit an Annehmlichkeiten zu bieten hatte.

Es war immerhin ein ruhiger Abschluss einer verdammt ereignisreichen Woche.

»Sind Sie wahnsinnig?«

Die Stimme kannte er von irgendwoher. Aber woher? Jörg Malthaner befand sich noch im Halbschlaf. Das Telefon hatte ihn aus den Träumen gerissen. Es war acht Uhr morgens und Brigitte hatte das Haus an diesem Montag bereits vor einer Stunde verlassen. Er war – wie an fast jedem Morgen – liegen geblieben. Zu solch früher Stunde konnte Brigitte von ihm sowieso keine Konversation erwarten. Das war einfach nicht Jörg Malthaners Uhrzeit.

Mehr im Unterbewusstsein hatte er mitbekommen, wie Brigitte die Haustüre hinter sich zugezogen hatte, und war wieder eingeschlafen. Bis dieses dämliche Handy klingelte. Was musste er es auch auf das Nachttischchen legen? Malthaner, der stets erreichbare Reporter. Gereizt krächzte er ein »Hallo« zurück. Sein Gehirn hatte der Stimme mittlerweile ein Gesicht und einen Namen zugeordnet. Reiher. Theo Reiher.

So langsam kehrte Malthaner ins Leben zurück. Bessere Laune bescherte ihm das keineswegs. Reiher demonstrierte auch nicht gerade besondere Stimmung.

Oder doch: Besonders schlechte. Was ihn so auf die Palme brachte, ließ sich leicht erahnen. Es konnten nur die 40 Zeilen über den Leichenfund sein. Wahrscheinlich hatte sich der Pressesprecher vom Leitenden Polizeidirektor heute schon einige unschöne Worte anhören müssen.

»Einen schönen Wochenanfang wünsche ich«, täuschte Malthaner gute Laune vor. Er erntete damit ein überzeugtes und grundehrliches »Scheiße!«.

»Was ist denn los, Reiher?«, stellte er sich weiter dumm.

Der Polizeisprecher war wirklich weit von guter Laune entfernt. »Kommen Sie mir bloß nicht so. Sie wissen verdammt genau, was los ist!«

»Ich darf wohl davon ausgehen, dass die stets bestens informierte Landeszeitung heute das einzige Blatt weit und breit ist, das über den Toten auf der Baustelle berichtet hat?«, höhnte Malthaner. Seine Stimmungslage stieg tatsächlich etwas an.

»Oh ja, da haben Sie was angerührt, das sage ich Ihnen! Wir haben es tatsächlich geschafft, den Arbeitern einen Maulkorb zu verpassen. Die haben sich sogar daran gehalten. Dann kommen Sie und machen mit Ihrer voreiligen Berichterstattung die Polizeiarbeit zunichte.«

Voreilig. Wenn es den Behörden nicht in den Kram passte, dann war die Berichterstattung immer voreilig. Oder einseitig. Oder aus dem Zusammenhang gerissen. Das kam Malthaner alles irgendwie bekannt vor. »Amen«, antwortete er.

»Mein Chef hat mich ganz schön rund gemacht, das sage ich Ihnen. Von wegen, ich hätte die Presse nicht im Griff.«

Jetzt stahl sich ein Lächeln auf Jörg Malthaners Gesicht. »Das hätte er wohl gerne, dass Sie die Presse im Griff haben. Kann ich mir gut vorstellen.«

Reiher war in Fahrt. »Das war ganz und gar nicht spaßig für mich. Sie kennen meinen Chef schließlich.« Der Polizeisprecher hatte eine Aufmunterung bitter nötig.

»Kommen Sie, Reiher, wir beide wissen, was wir von ihm zu halten haben. Nehmen Sie's locker. Was juckt es die Eiche, wenn sich eine Sau an ihr schruppt?«

»Sie haben gut reden. Ich bin derjenige, der das alles aushalten muss.« Reiher ließ tief in sein Inneres blicken.

»Der kann Ihnen doch nicht mehr an den Karren fahren. Sie sind doch schon fast im Ruhestand.«

Theo Reiher beruhigte sich tatsächlich etwas. »Fast, Mann. Sie sagen es. Fast. Aber fast ist eben noch nicht ganz. Lassen wir das. Sie haben mit Ihrem Bericht heute die halbe Direktion und die Staatsanwaltschaft aufgeschreckt. Das kann ich Ihnen flüstern. Uns bleibt nichts anderes übrig, als mit der Sache an die Öffentlichkeit zu gehen. Um 13 Uhr ist eine PK im Gebäude der Polizeidirektion. Falls Sie kommen, ziehen Sie sich warm an. Der Chef ist wirklich nicht gut auf Sie zu sprechen.«

»Das ist mir nun wieder völlig schnuppe. Falls ich Ihnen persönlich den Tag versaut habe, tut es mir echt Leid. Das wissen Sie. Ach, übrigens, wo Sie schon dran sind: Was hat die Obduktion ergeben?«

Eine Art Grunzen kam zurück, bevor Reiher knapp antwortete. »Das erfahren Sie in der PK.« Damit beendete er das Gespräch.

Pressekonferenz um 13 Uhr. Malthaner bezweifelte, dass die Polizei viel mehr Informationen hatte, als er selbst. Aber man konnte ja nie wissen.

An Schlaf war nicht mehr zu denken, also stellte er sich unter die Dusche. Anschließend fuhr er zur Baustelle raus, in der Hoffnung, dass ihm Lebherz etwas Neues sagen konnte. Etwas, das die Polizei am Nachmittag vielleicht lieber für sich behielt. Die Bauarbeiter hatten am Freitag einiges mitbekommen. Einen Versuch war es wert, redete sich Malthaner ein.

Es hatte weiter abgekühlt. Die Temperaturen präsentierten sich recht angenehm. Kein Vergleich mehr zu der Affenhitze der zurückliegenden Tage.

Die Absperrbake, das Schild *Durchfahrt verboten*, die Warnung, sich hier ja nicht herumzutreiben: Das alles kam ihm merkwürdig vertraut vor, als er den Saab nachlässig in einer Reihe mit vier anderen Autos parkte. Schon beim Näherkommen war ihm der rote alte Golf mit Sigmaringer Kennzeichen aufgefallen. Der Golf der Bühlers. Eindeutig.

Wie schon am Donnerstag rechnete er damit, dass ihn

jeden Augenblick ein paar kräftige Bauarbeiterarme packen könnten, als er das eigentliche Baustellengelände betrat und so selbstbewusst wie möglich auf die beiden Bürocontainer zusteuerte. Fast schien es, als gehörten sie tatsächlich hier hin. Als hätten sie schon immer hier gestanden. Auf diesem Fleckchen Erde, wo noch vor wenigen Monaten saftiges Gras wuchs.

Die Baumaschinen in der Ferne veranstalteten ihr übliches Lärmkonzert. In einem der improvisierten Büros mussten sich ein paar Männer heftig streiten. Das hörte Malthaner, als er näher kam. Wenige Schritte trennten ihn noch von dem Container, als plötzlich ein in ein schwarzes Poloshirt gehüllter Rücken die Eingangstüre ausfüllte. Der Rücken gehörte zu Christian Bühler. Bühler stolperte mehr aus dem Container, als dass er ging. Hinter ihm tauchte die kräftige Figur von Rolf Lebherz im Türrahmen auf. Bühler bewegte sich rückwärts und machte dabei einen tollpatschigen Eindruck. Er wedelte mit den Armen und schien Mühe zu haben, seine beiden Beine zu koordinieren und dabei das Gleichgewicht zu halten. Schnell wurde deutlich, warum. Die Auseinandersetzung zwischen den beiden beschränkte sich nicht aufs Verbale. Lebherz stieß Bühler geradezu vor sich her aus dem Bürocontainer heraus. Lebherz überragte den wesentlich dickeren Bühler um mindestens einen halben Kopf. Lebherz war außer Atem, während Bühler Verwünschungen ausstieß. In dem Augenblick, in dem Lebherz seinen Kontrahenten mit beiden Händen kräftig vor die Brust schlug, entdeckte er Malthaner. Bühler geriet aus dem Gleichgewicht und fiel auf den Rücken. Wie ein Käfer, der nicht mehr auf die Beine kam, lag er zappelnd im Staub. Dafür hatte Lebherz keinen Blick. Er stierte Malthaner an und atmete schwer.

»Was ...«, presste er keuchend hervor und zeigte mit dem Finger auf Malthaner. Unterdessen rappelte sich Bühler wieder hoch. Von den Arbeitern, die in einiger Entfernung ihrem Job nachgingen, hatte keiner die Auseinandersetzung bemerkt. Endlich stand Bühler wieder, Hass in den Augen. Er drohte Lebherz. »Das wird dir noch Leid tun, Sauhund!«, brüllte er.

Mit schnellen Schritten machte er sich davon und streifte Malthaner mit einem bösen Blick, aus dem seine Wut aber auch die Erniedrigung sprachen, die er erleiden musste.

Verwirrt schaute Malthaner ihm nach, während Rolf Lebherz versuchte, sich wieder in den Griff zu bekommen. Mit einer Geste, die Malthaner schon häufiger an ihm beobachtet hatte, streifte er sich die schweren grauen Haare zurück. »Da bin ich wohl zur Unzeit aufgetaucht«, sagte Malthaner leichthin zu Lebherz und gab sich locker.

Genau das versuchte auch der Vorarbeiter. »Nur eine kleine Auseinandersetzung unter echten Kerlen vom Bau.« Ob das als witzige Bemerkung gedacht war, um die Spannung aus der Situation zu nehmen, blieb unklar. »Was führt Sie her?«, fragte Lebherz und vermittelte den Eindruck, als habe er den Streit mit Bühler schon wieder vergessen. Ein gewiefter Taktiker. Dieser Lebherz überraschte Jörg Malthaner schon zum wiederholten Mal. Statt zu antworten, versuchte er es seinerseits mit einer Frage: »Um was ging es denn?«

Lebherz wiegelte ab. »Eine alte Geschichte persönlicher Art.«

Mehr war von ihm nicht zu erfahren. »Ich wollte nur mal fragen, ob es was Neues gibt«, gab sich Malthaner äußerlich unbeeindruckt.

Wie er es schon beim letzten Zusammentreffen getan hatte, schaute sich Lebherz gehetzt um, als wolle er kontrollieren, ob auch ja niemand ihr Gespräch belauschte. »Nicht hier«, sagte er nach einer längeren Pause. Er ergriff Malthaners Arm und langte etwas kräftiger zu, als dem recht war. Von fremden Menschen angefasst zu werden, konnte er überhaupt nicht leiden. »Kübler schleicht irgendwo rum. Kommen Sie mit!«, raunte Lebherz. Sein Verhalten empfand Malthaner als eine Spur zu melodramatisch. Sie gingen stumm ein Stück in Richtung von Malthaners Auto.

Entweder hatte Lebherz es sich unterwegs anders überlegt oder er wollte Malthaner einfach nur schnell loswerden. Als sie an der rot-weißen Abschrankung standen, sagte er: »Ich kann Ihnen nichts sagen. Hier läuft alles normal weiter. Na ja, es wird halt viel über den Toten geredet. Wir wissen immer noch nicht, wer es ist.« Er schaute zu Boden, so als stünde dort die Antwort in den Staub geschrieben. Eine Pause. Dann: »Wissen Sie es inzwischen?«

Malthaner verneinte.

»Ich habe ja solche Angst, dass es Kuno sein könnte. Natürlich habe ich in den letzten Tagen immer wieder bei ihm angerufen. Aber er geht nicht ran, so wie schon seit vielen Wochen.« Plötzlich war Rolf Lebherz, der

Vorarbeiter, wieder ganz der geknickte Freund von Kuno Krimmel, der wie vom Erdboden verschluckt blieb. Jemand, der die Konsequenz seines Verschwindens ahnte, aber noch nicht wahrhaben wollte. »Wir können nur beten, dass er es nicht ist. Aber ich befürchte es fast.«

Ein Auftritt. Ja, so kam Jörg Malthaner das Verhalten von Lebherz vor. Er hatte den Eindruck, als würde Lebherz eine Rolle spielen. Seine Emotionen schienen zu sprunghaft. Ganz anders als bei ihren bisherigen Begegnungen. »Wer weiß«, gab ihm Malthaner nur zur Antwort.

Lebherz streckte ihm seine gewaltige Hand hin und wartete darauf, dass er einschlug. »Tja dann, wir sehen uns.« Er wollte ihn unbedingt von seiner Baustelle weg haben. Es war offensichtlich. »Ich muss mich um meine Jungs kümmern«, sagte Lebherz mit einem entschuldigenden Ton in der Stimme. Auf eine Antwort wartete er nicht, drehte sich um und stapfte entschlossenen Schrittes wieder den Containern zu. Jörg Malthaner wurde aus diesem Mann nicht so recht schlau.

Geistesabwesend schloss er die Fahrertür des Autos auf und startete den Wagen. Vom Baustellengelände bog er in die Kreisstraße ein.

Da sah er den Golf am Straßenrand stehen. Durch das offene Fenster winkte Bühler ihm zu und bedeutete ihm, zu stoppen. Mit einem diffusen Gefühl der Bedrohung hielt Malthaner den Saab hinter dem roten VW an. Sein Magen signalisierte mit einem Gurgeln, dass seine Angst nicht nur im Kopf stattfand, sondern auch den Körper erreicht hatte. Den Autoschlüssel hielt er in der Hosentasche fest zwischen Zeige- und Mittelfinger geklemmt. So, dass er ihn im Bedarfsfall schnell herausziehen konnte. Ein Schlüsselbart konnte eine wirkungsvolle Waffe sein, wenn man skrupellos genug war, ihn seinem Gegenüber mit aller Wucht ins Auge zu rammen. Was wollte Bühler? Seine Frustration über die verlorene körperliche Auseinandersetzung mit seinem ehemaligen Vorarbeiter abreagieren?

Ein Audi raste vorbei. Der Fahrer hupte energisch und machte damit deutlich, was er davon hielt, dass jemand sein Auto am Straßenrand abstellte und auf der Straße herumspazierte.

Bühler stieß die Fahrertür seines Autos auf und wuchtete sich heraus. Erstaunlich behände für den Bauch, den er vor sich herschob. Er sah gar nicht mehr so lächerlich aus wie vorhin, als er auf dem staubigen Boden vor dem Bürocontainer gelegen hatte. Malthaners Nervosität wuchs. Ihm war mulmig zu Mute. Die Hand in seiner Hosentasche krampfte sich um den Griff des Autoschlüssels. »Hey«, schnauzte ihn Bühler an. »Hören Sie mich an.«

Malthaner war überrascht. »Reden Sie«, sagte er. Die Worte gingen in dem Lärm unter, den ein Lastwagen der Messbeck-AG von sich gab, der beladen mit Erde an ihnen vorbeifuhr. Bühler winkte dem Fahrer mit einer knappen Geste zu. Natürlich, wenn man jahrelang bei einer Firma arbeitet, kennt man die Kollegen.

»Die wollen mich fertig machen«, brüllte Bühler unvermittelt gehen den Lärm an. »Lebherz und die anderen.«

Verfolgungswahn?, fragte sich Malthaner, halb darauf gefasst, dass ihn gleich die Pranke von Bühler packen würde. »Die wollen mich zum Schweigen bringen«, sagte Bühler. »Die haben Angst, dass ich auspacke und alles sage, was ich weiß.« Sah sich wohl alle schlechten Fernsehserien an.

Malthaner war skeptisch. »Ach ja? Was zum Beispiel?«

Aus der Gegenrichtung kam ein blauer Kombi herangerast. Die Frau am Steuer verrenkte sich fast den Hals, um die Situation erfassen zu können. Zwei Autos halb auf, halb neben der Straße, das konnte doch nur ein Unfall sein.

Bühler ging nicht auf die Frage ein. Stattdessen sagte er: »Am Wochenende hat mich die Polizei verhört. Die haben mich immer wieder nach Kuno gefragt. Das ist der Mann, der damals meinen Bennie ...« Dann schien ihm einzufallen, dass sie schon über Krimmel geredet hatten, »... aber das wissen Sie ja. Also, am Samstag und am Sonntag ist die Polizei bei mir gewesen. In Zivil. Die haben immer wieder gefragt, ob ich wissen würde, wo Kuno abgeblieben ist und so.«

Also konnte man davon ausgehen, dass die Leiche inzwischen als Kuno Krimmel identifiziert worden war, dachte Malthaner. Nicht wirklich überraschend, er vermutete schließlich selbst schon längst nichts anderes mehr.

»Und, was haben Sie denen gesagt?«

»Verdammt noch mal! Ich weiß doch nicht, wo Kuno steckt. Die haben gerade so getan, als hätte ich ihn umgebracht.«

Bühler wusste ganz sicher noch nicht, dass Krimmel

tatsächlich tot war. Dabei müsste er es sich zusammenreimen können. Oder er hatte wirklich beachtliches schauspielerisches Talent.

»Er hat Ihr Kind auf dem Gewissen, da liegt eine solche Vermutung für die Kriminalpolizei wahrscheinlich nahe.«

»Aber Kuno ist doch verschwunden. Er ist doch nicht …«

Treffer! Es dauerte, aber jetzt hatte er es. In Bühlers Gesicht spiegelte sich der Denkprozess wider, der ihm eben eine Erkenntnis bescherte. »Aber …«, stammelte er. »Jetzt wird mir das klar. Die haben so komische Andeutungen gemacht …« Bühler war wie vor den Kopf geschlagen. Wenn er auch die gesamte Konsequenz möglicherweise noch nicht erfasst hatte. »Kuno ist …« Es war mehr ein lautes Nachdenken als eine Frage.

Bühler fiel in sich zusammen. Längst hatte Malthaner die Hand aus seiner rechten Hosentasche genommen. Ohne den Schlüssel. Gewaltanwendung gegen sich erwartete er von diesem Häufchen Elend nicht mehr. Bühler löste einen Mitleidsimpuls in ihm aus. Es schien gerade so, als müsse er gestützt werden. Anstatt diese Art der Hilfe anzubieten, zuckte Malthaner mit den Schultern. Bühler erfuhr es ja doch. Also konnte er es ihm auch gleich sagen. »Man hat eine Leiche gefunden. Am Donnerstag. Drüben beim Bau.« Mit einer Bewegung der rechten Hand zeigte er in die Richtung, aus der auch aus der Entfernung noch gedämpfter Baulärm herüber drang. »Kann sein, dass es die Leiche von Kuno Krimmel ist. Ich weiß es nicht.«

Ein voll besetzter Schulbus musste hinter dem Saab

anhalten, um ein entgegenkommendes Auto passieren zu lassen. Der Busfahrer feuerte wütende Blicke auf die beiden Männer am Straßenrand ab.

Bühler erfasste endlich seine Situation. »Und jetzt glaubt die Polizei, dass ich...?« Seine Augen wanderten in Richtung der Baustelle, aber er schien nicht wirklich wahrzunehmen, was dort geschah. »Wegen Benjamin ...« Sein Blick sucht den Malthaners. »Sie haben mir vor ein paar Tagen gesagt, dass Sie nicht so sind wie die vom Fernsehen. Helfen Sie uns!«, sagte er plötzlich flehentlich.

»Wie stellen Sie sich das vor?«

»Glauben Sie mir denn wenigstens, dass ich Kuno nichts getan habe?«

»Noch wissen wir nicht, ob ihm tatsächlich etwas zugestoßen ist. Auch wenn die Vermutung nahe zu liegen scheint.«

Bühler war schwer angeschlagen. Wie ein Boxer, unmittelbar bevor er den entscheidenden Schlag einfängt, der ihn auf die Bretter schickt. Tief einatmend fragte er: »Was sollen meine Frau und ich denn jetzt machen?« Er war angezählt, aber noch nicht ausgeknockt.

Ein kleiner Peugeot raste gefährlich schnell und gefährlich nahe an ihnen vorbei. Malthaner spürte den Lufthauch. »Wenn die Polizei Sie tatsächlich verdächtigt, dann sollten Sie sich einen Anwalt nehmen«, riet der Journalist.

Bühlers tief liegende Augen wirkten stumpf. »Ich kenne keinen und ich kann mir keinen leisten.«

»Hatten Sie denn keinen Anwalt, als das mit Ihrem Kind passiert ist?«

»Das war nicht nötig. Der Chef hat alles geregelt. Bei uns und bei Kuno. Wir haben Geld bekommen. Er hat uns gesagt, dass die Versicherung gezahlt hat. In solchen Dingen kenne ich mich nicht aus. Aber ich habe viel darüber nachgedacht, ob das normal ist.«

Der Chef. Was nach Lage der Dinge Messbeck war. Der Bauunternehmer, der inzwischen Opfer eines Luftfahrtunfalls wurde.

»Haben Sie keine Rechtschutzversicherung?«

In einer kraftlosen Geste hob Bühler die Schultern, um sie genau so schlapp wieder fallen zu lassen. »Schon.«

Malthaners Neugierde siegte. »Sagen Sie mal: Worum ging es vorhin bei Ihrem Streit mit Rolf Lebherz eigentlich?«

Unbewusst massierte sich Bühler mit der Hand die Nasenwurzel. »Wissen Sie, ich habe nachgedacht. Bestimmt haben Lebherz und die anderen mir die Polizei auf den Hals gehetzt. Das habe ich Rolf auf den Kopf zugesagt. Ein Wort hat das andere gegeben und dann habe ich ihm eine verpasst. Er hat zurückgeschlagen. Der Mann ist genauso nervös wie ich selbst.« Christian Bühler überwand allmählich den Schock. Er zog Schlüsse. »Was ich vorher gesagt habe: Da haben ein paar von den großen Viechern bei der Firma Angst, dass ich auspacke. Lebherz und die anderen. Kübler. Aber den kennen Sie nicht.«

»Doch«, murmelte Malthaner, »ich hatte das Vergnügen.« Er wunderte sich. Es war Rolf Lebherz, der ihn überhaupt erst mit einigen Informationen versorgt hatte. Und Lebherz hatte genau das schon angedeutet, was jetzt auch Bühler sagte. Nämlich, dass alle Beteiligten des damaligen Unfalls zum Schweigen gebracht werden sollten. In dieses Bild passte Bühlers Theorie von Lebherz als dem bösen Buben überhaupt nicht. Auf der anderen Seite hatte Lebherz vorhin auf der Baustelle ein auffallend eigenartiges Verhalten an den Tag gelegt.

»Was meinen Sie«, fragte er Bühler, »mit Auspacken? Was könnten Sie auspacken, was denen solche Angst macht, wie Sie vermuten?«

»Wissen Sie, man bekommt so einiges mit, wenn man lange genug in einer Firma ist.« Da hatte er wohl Recht. Ein weiterer voll beladener Lkw kam von der Baustelle. Diesmal grüßte Bühler den Fahrer nicht. Er schien zu überlegen, was er Malthaner anvertrauen konnte. »Ich, also wir, meine Frau und ich, wir haben niemanden, dem wir wirklich vertrauen können. Das haben wir nach dem Unfall mit Benjamin gemerkt. Alle haben uns irgendwie geschnitten. Als wären wir selbst schuld gewesen.« Kleinstadthirne konnten einem das Leben zur Hölle machen. Das wusste Jörg Malthaner schon lange.

Ob Bühler vor seinen eigenen Erfahrungen jemals darüber nachgedacht hatte? Kaum, vermutete Malthaner. Bühler redete weiter. »Helfen Sie uns«, forderte der Bauarbeiter Malthaner erneut auf. »Sie kennen sich mit solchen Dingen eher aus als wir.« Eine völlig falsche Annahme, aber wie sollte er diesem vom Schicksal geschlagenen Mann das klar machen?

»Wenn ich kann«, sagte er trocken. Nein, wirklich: Er konnte sich Bühler unter gar keinen Umständen als Mörder vorstellen. »Sagen Sie mir: Was glauben Sie, wovor die Leute Angst haben?«

Bühlers Barrieren fielen. Er redete. »Da geht eine ganze Menge nicht mit rechten Dingen zu. Kann schon sein, dass ich manchmal schwer von Begriff bin, aber ich habe mir einiges zusammenreimen können. Wissen Sie, für so einen Straßenbau braucht man irgendwelche Genehmigungen und so. Wenn man die nicht bekommt, dann hilft man halt nach. Verstehen Sie?«

»Schon, aber was meinen Sie denn konkret?«

»Die Wiesen da drüben.« Er zeigte mit einer allumfassenden Geste auf die andere Straßenseite. »Das hat die Firma von den früheren Besitzern zusammengekauft, obwohl die gar nicht alle verkaufen wollten.« Sehr überzeugt, so als sei das sein sicheres Wissen.

»Nicht die Firma hat die Flächen gekauft, sondern das Land«, klärte Malthaner auf. »Soweit ich weiß, haben sich die früheren Besitzer über einen mächtigen Reibach freuen können.«

»Mit Geld kann man wohl alles kaufen!« Bühler empörte sich. »Außerdem war das so ein Naturschutzgebiet, in dem man eigentlich gar nicht bauen dürfte.«

»Naturschutzgebiet nicht«, klärte Malthaner auf und fühlte sich fürchterlich schulmeisterlich. »Wasserschutzgebiet.«

Vom Ansatz her lag Bühler richtig. Wenn Malthaner sich recht entsinnen konnte, hatte er davon gehört, dass man kurzerhand ein Wasserschutzgebiet einfach anders zugeschnitten hatte, um die Straße bauen zu dürfen. Wie immer man das auch angestellt haben mochte. Wenn Politik und Wirtschaft gemeinsame Interessen haben, ist so etwas überall auf der Welt eher ein untergeordnetes Problem.

Ein weißer Passat mit dem Emblem der Messbeck AG auf der Türe fuhr extrem langsam an ihnen vorbei. Durch die abgedunkelten Scheiben konnte man nicht erkennen, wer am Steuer saß.

Bühler druckste plötzlich, dann brach es doch aus ihm heraus. »Es gibt da aber noch etwas anderes. Dieser Mann, der mit Dieter Messbeck im Ballon abgestürzt ist, der war immer hier auf der Baustelle. Er hat beim Landratsamt gearbeitet. Die Kollegen haben immer gesagt, dass da etwas gemauschelt wird.«

Damit ließ sich nun nicht wirklich etwas anfangen. »Konkreteres wissen Sie nicht?«, fragte Malthaner mehr aus Höflichkeit. Landarius, das Absturzopfer, war schließlich Mitglied der Alb-Balloner. Ebenso wie Messbeck selbst. Und wenn sie auch noch beruflich mit ein- und demselben Projekt zu tun hatten – na und?

»Doch. Es gab da schon zu meiner Zeit immer mal wieder Streit zwischen den beiden. Habe ich öfter von den Kollegen gehört. Einmal habe ich selbst etwas davon mitbekommen. Mein Chef, also nicht der Chef, sondern Hans Kübler, hat dann gesagt, ich soll ganz schnell vergessen, was ich da gehört habe.«

Was fantasierte sich Bühler da zusammen? »Was haben Sie denn mitbekommen?«, fragte Malthaner, schon etwas neugieriger als vor einer Minute.

»Die zwei haben gestritten. Richtig laut. Es ging da um irgendwelche Abrechnungen. So viel habe ich verstanden. Eigentlich ging es mich ja nichts an, deshalb wollte ich mich sowieso raushalten. Das hätte der Chef nicht extra noch so betonen müssen.«

Klang nicht uninteressant. Aber was sollte er mit dieser Aussage anfangen? Bühlers Beobachtung konnte alles oder nichts bedeuten. Malthaner maß den Äußerungen nicht das ganz große Gewicht bei. Außerdem hatte er es eilig. Ungehalten schaute Malthaner auf seine Armbanduhr. Schließlich musste er noch zu einer Pressekonferenz. Die Unterhaltung mit Bühler lief in eine Sackgasse. Außerdem standen sie an dieser nicht wenig befahrenen Straße ziemlich ungemütlich herum. Er wimmelte den Baggerfahrer ab, obwohl er ihm Leid tat.

Fünftes Kapitel

1

Der Leitende Polizeidirektor würdigte Malthaner keines Blickes. Dass er die Berichterstattung in der Landeszeitung nicht verhindert hatte, rechnete er sich vermutlich als persönliche Niederlage an. Die Zusammenarbeit mit der Polizei in Albstadt und Umgebung würde für den Reporter Jörg Malthaner in Zukunft nicht einfacher werden, davon war er überzeugt.

Dem Polizeidirektor, Konz, Reiher und dem Pressestaatsanwalt saßen im Besprechungszimmer der Polizeidirektion etwa 20 Journalisten gegenüber. Umständlich erklärte der Polizeidirektor, was alle längst wussten, die heute schon ihre Nase in die Landeszeitung gesteckt hatten. Es dauerte einige Zeit, dann erteilte er Klaus Konz als dem zuständigen Sachbearbeiter das Wort. Der Hauptkommissar erläuterte nüchtern die Fakten. Dass Kuno Krimmel seit langem verschwunden sei. Dass er bei Messbeck gearbeitet habe. Und er bestätigte eine grausige Tatsache, die Malthaner längst ahnte.

Kuno Krimmel war erst erschossen und dann in der Erde vergraben worden.

»Wie vom Erdboden verschwunden«, höhnte ein unnatürlich braun gebrannter Kollege, der Malthaner unbekannt war, sehr leise. Ja, so witzig konnten Journalisten sein!

Dass die Leiche überhaupt gefunden wurde, sei nur einem Zufall zu verdanken, führte Konz aus. Auf Grund der schwierigen Bodenverhältnisse hätte die Baufirma kurzfristig beschlossen, den Trassenverlauf in diesem Gebiet ein paar Meter weiter in Richtung Osten zu verlagern. Hätte man die Straße auf der ursprünglich vorgesehenen Tangente geführt, wäre der Tote möglicherweise niemandem aufgefallen, so Konz. »Obwohl der Leichnam nicht besonders tief unter der Erdoberfläche lag«, wie er mit einem harten Blick in die Journalistenrunde feststellte. Schätzungsweise sechs bis sieben Wochen habe die Leiche schon im Boden gelegen. Das hätten die gerichtsmedizinischen Untersuchungen ergeben. Malthaner war nur halb bei der Sache. Das Gespräch mit Bühler kam ihm wieder und wieder in den Sinn. Dessen Andeutungen, dass nicht alles mit rechten Dingen zuginge. Dass es zwischen Messbeck und Landarius zu einem offenen Streit gekommen sei. Einem Streit, bei dem es sicher nicht ums Ballonfahren ging.

Wieder ergriff der Leitende Polizeidirektor das Wort. Mit vielen Sätzen sagte er verblüffend wenig.

Davon, dass Christian Bühler am Wochenende befragt worden war, ließ er nichts verlauten. Auch nicht der Staatsanwalt.

Dann wollen wir die Jungs mal auf Trab bringen, dachte sich Jörg Malthaner, und stellte eine entsprechende Frage. »Stimmt es, dass man in den vergangenen Tagen einen Verdächtigen verhört hat?« Eine bewusst undifferenzierte

Frage. Von Verhör würde die Polizei wohl kaum reden. Von einem Verdächtigen auch nicht. Aber Malthaner wollte sie ein bisschen kitzeln. Insgeheim gestand er sich die Freude daran ein, dass er mit dieser Frage die volle Aufmerksamkeit der verblüfften Journalistenkollegen erfuhr. Denn er wusste mehr als die anderen und gönnte seinem Ego deren Reaktionen.

»Wir haben mehrere Personen aus dem Umfeld des Mordopfers befragt«, antwortete Konz, nachdem sein Chef ihm mit dem Kopf das Zeichen gegeben hatte. »Nicht verhört. Von einem Verdächtigen kann in diesem Zusammenhang nicht die Rede sein.«

Bühler empfand das durchaus anders, wie er in dem Gespräch vorhin am Straßenrand deutlich gemacht hatte.

Mit seinem Vorstoß hatte Malthaner eine Fragerunde eingeläutet. Schief grinsend schaute er Theo Reiher an. Der tat wie immer so, als bemerke er es nicht. Alles lief in geordneten Bahnen ab. Die Journaille fragte, Polizei und Staatsanwalt antworteten.

Volker Vogt, der Mann vom Albblatt mischte auch noch kräftig mit. Er dürfte seit einer Woche die wohl aufregendste Zeit seiner Tätigkeit als Reporter der Lokalzeitung erleben. »Weiß man etwas über die Waffe, mit der Krimmel erschossen wurde?«

Konz legte seine Stirn in tiefe Falten. »Es handelt sich um eine kleinkalibrige Handfeuerwaffe, so viel können wir schon sagen.«

Der solariumgebräunte Witzbold von vorhin meldete sich zu Wort. »Rechnen Sie damit, den Mörder zu überführen?« Eine selten dämlich Frage.

Der Polizeidirektor atmete tief ein, bevor er die Standardantwort auf solche Fragen los ließ: »Bei Kapitalverbrechen liegt die Aufklärungsquote sehr, sehr hoch. Wir sind also guter Dinge, den Täter dingfest machen zu können.«

Nach einer Stunde waren die Medienvertreter zufrieden gestellt. Reiher beendete die Pressekonferenz. Allgemeines Stühlerücken. Die Kollegen vom Radio mussten noch ihre O-Töne aufnehmen und stürzten sich vor allem auf Konz und den Leitenden Polizeidirektor.

Malthaner nahm den Pressestaatsanwalt zur Seite. Immer wieder hatte sich in der letzten Stunde das Gespräch mit Christian Bühler in seine Gedanken gedrängt. Zwar war der Staatsanwalt eloquent genug, um jeden Stolperstein geschickt zu umgehen. Trotzdem wagte Malthaner den Schuss ins Blaue. »Ist Ihnen etwas von Unregelmäßigkeiten bei der Firma Messbeck bekannt? Ich meine im Zusammenhang mit dem Straßenbau.« In der Mimik des Pressestaatsanwalts lieferten sich Verblüffung und Erschrecken für eine Sekunde einen grotesken Kampf. Sofort hatte er sich wieder in der Gewalt. Doch der kurze Zeitraum hatte genügt, um seine Überraschung zu verraten. Er hatte es gemerkt und versuchte gar nicht, sich hinter Ausflüchten zu verstecken. »Sie sind ganz gut informiert«, antwortete er leise. Mit einer souveränen Bewegung dirigierte er den Journalisten ein paar Schritte weg von den anderen. Seine Stimme klang kühl. »Woher auch immer Sie das haben mögen, Malthaner, Sie sind auf dem richtigen Weg. Es gibt tatsächlich Ermittlungen. Zum gegenwärtigen Zeitpunkt kann ich Ihnen aber nicht mehr dazu sagen.«

Natürlich! »Wann«, fragte Malthaner, »wird Ihrer Meinung nach der richtige Zeitpunkt gekommen sein?«

Ein emotionsloses Lächeln umspielte die Mundwinkel des Staatsanwalts. Ganz bestimmt, der Kerl würde in der Juristerei seine Karriere machen. »Es ist ein laufendes Verfahren. Deshalb kann ich Ihnen dazu nicht mehr sagen.« Ein laufendes Verfahren. Damit hatte er doch schon einiges gesagt. Es war ihm sicher nicht aus Versehen über die Lippen gekommen. Dazu war er zu sehr Profi. Nicht so aalglatt wie manch anderer Jurist, dem Jörg Malthaner in seinem Berufsleben schon begegnet war. Aber jemand, der in jedem Augenblick den Eindruck vermittelte, dass er genau wusste, was er tat.

Er hatte Jörg Malthaner bestätigt, dass im Umfeld der Messbeck AG ermittelt wurde. »Noch eines«, fuhr der Staatsanwalt fort, »die Vorermittlungen haben wir längst hinter uns.«

Das war deutlich! Es klang keineswegs verschwörerisch, sondern distanziert-kühl. Emotionslos. Aber der Mann musste es loswerden! Ohne, dass seine Fassade dabei irgendwelche Risse bekommen hätte. Eben ein Profi.

Ob der Staatsanwalt die Informationen preisgab, weil er sich aus dem Kontakt zur Landeszeitung eigenes berufliches Fortkommen versprach, oder ob sein Verhalten andere Gründe hatte, war Malthaner egal. Der Flowtex-Untersuchungsausschuss kam ihm unvermittelt in den Sinn. In diesem größten baden-württembergischen Wirtschaftsskandal der Nachkriegszeit hatte seinerzeit der leitende Kriminalist in einer öffentlichen Anhörung seinen Frust darüber zum Ausdruck gebracht, dass er von ganz oben immer wieder ausgebremst worden war.

Gut möglich, dass der Fall hier ähnlich lag.

Malthaner redete sich ein, dass ihm hier jemand seine Komplizenschaft anbot. Bestärkt darin wurde er von den weiteren Worten des Juristen. »Das weiß noch niemand von Ihren Kollegen, und ich möchte es morgen auch nicht in Ihrem Blatt lesen. Bitte!« Wieder dieses Lächeln, bevor der Pressestaatsanwalt sich räusperte und Malthaner die Hand schüttelte. Als hätten sie einen Bund geschlossen.

2

Hauser wollte nur eine kleine Meldung für die nächste Ausgabe.

Die hämmerte Malthaner in zehn Minuten in den Laptop.

Bühler. Immer wieder kam ihm Christian Bühler in den Sinn. Der Baggerfahrer Bühler und das Gespräch, das sie geführt hatten. Die Andeutungen, die ganz offensichtlich mehr als nur aus der Luft gegriffen waren. Er überlegte. Dann gab sich Malthaner einen Ruck. Er hatte weitere Fragen an Christian Bühler, denn der konnte vielleicht den Schlüssel zu einer ganz großen Story liefern. Einer Geschichte, die möglicherweise noch ganz andere Dimensionen annahm, als Malthaner sich bisher vorstellen durfte. Mord und vielleicht auch noch Wirtschaftskriminalität. Konnte das sein? Hing alles zusammen? Fast wünschte er es sich. Malthaner war sich bewusst, das er um der Story willen ein abenteuerliches Gedankengebilde entwarf. Andererseits lehrte ihn seine Berufserfahrung immer wieder, dass keine Fantasie es so wild trieb wie die Realität.

Er musste noch mal mit Bühler reden. Das kurze Gespräch mit dem Staatsanwalt und dessen Andeutungen gaben den Worten von Bühler ein ganz neues Gewicht.

Malthaner fuhr nach Sigmaringen. Ergriffen von einer schwer zu fassenden Unruhe. Etwas war in Bewegung geraten, wie er tief in seinem Inneren spürte. Je näher er dem Wohnort des Ehepaars Bühler kam, desto unruhiger wurde Malthaner. Die Stimme von Van Morrison, die aus dem Autoradio kam, war nicht dazu angetan, an diesem Zustand etwas zu ändern. *Domino* nölte Van the Man und Malthaner hatte das Gefühl, dass der erste Stein schon längst gefallen war und eine Kettenreaktion in Bewegung gesetzt hatte.

Später sollte er sich über so viel hellseherische Fähigkeiten wundern. Zu diesem Zeitpunkt konnte er noch nicht ahnen, dass die Lawine bereits ihre Opfer gefordert hatte.

Morrison war bei *And I stoned me* angekommen, als Malthaner in die Straße einbog, in der das Ehepaar Bühler wohnte. Stoned. So fühlte er sich schlagartig, als er die Szenerie vor sich sah. Ein Gefühl des Unwirklichen überfiel ihn mit einer solchen Macht, dass er sich nicht wehren konnte. Autos überall. Streifenwagen, ein Notarztfahrzeug und ein in kompromisslosem Schwarz lackiertes Auto. Das für die letzte Fahrt. Der Leichenwagen hockte am Straßenrand wie ein übergroßes, Tod bringendes Insekt.

Was immer hier passiert sein mochte, es war etwas Endgültiges. Die Geräusche aus der Magengegend ließen nicht lange auf sich warten. Malthaner registrierte es nicht. Er sah die Gaffer, die sich vor dem Eingang des Hauses der Bühlers gesammelt hatten. Eine Menschentraube stand vor der verdorrten braunen Rasenfläche.

Sensationsgeile Glotzer. Leute, die sich das Maul zerrissen über die Ungeheuerlichkeit, die sich allem Anschein nach zugetragen hatte. Drei, vier Polizeibeamte unter ihnen, die sich an der allgemeinen Aufregung beteiligten.

Langsam ließ Malthaner sein Auto am Straßenrand ausrollen, wobei er darauf achtete, einen gehörigen Abstand zwischen den Saab und den Leichenwagen zu legen. Aberglaube lag ihm fern. Aber man konnte ja nie wissen.

Mit weichen Knien stieg er aus. Niemand schien sich an seiner Anwesenheit zu stören. Es wuselten einfach zu viele Leute herum. Natürlich, redete er sich ein, hatte das alles nichts mit Christian Bühler und seiner Frau zu tun. In diesem Mietshaus mit der schmutzigen Fassade lebten schließlich mehrere Parteien. Acht, soweit er sich erinnerte. Schon stand er mittendrin im Palaver. Keine drei Minuten später wusste er, was sich zugetragen hatte. Zwei Leichen. In diesem Haus. Ein Ehepaar namens Bühler. Erschossen, wie die Buschtrommeln meldeten.

In Malthaners Innerem begann sich etwas zu drehen. Für einen Moment drohte der Boden damit, unter seinen Füßen wegzubrechen.

Noch vor wenigen Stunden hatte er in Albstadt mit Bühler geredet. Einem vom Schicksal geschlagenen Mann, aber einem lebendigen Mann. Jetzt war Bühler tot. Unfassbar. Ohne zu wissen warum eigentlich, schaute Jörg Malthaner in den Himmel. Ein paar kleinere, dunkle Wolken zogen auf. Der Himmel legte die Trauerkleidung an. Im Wetterbericht wurde schon den ganzen Tag darauf eingestimmt, dass sich die Schönwetterperiode ihrem

Ende zuneigte. Das aufgeregte Palaver um Malthaner herum wogte in ungebremster Lautstärke. Er schob sich ein Stück näher an die Türe heran.

Eine nachlässig gekleidete, korpulente Frau mit auffallend großen Ohrringen gab ihrem Mitteilungsdrang nach. Sie schaute ihn aus leicht geröteten Augen an und erklärte ungefragt »Die Leute leben erst seit kurzem hier. Sie hatten wenig Kontakt zu den anderen Bewohnern.«

»Sind Sie eine Nachbarin?«, fragte Malthaner.

Die Frau, die vielleicht Ende fünfzig sein mochte und so aussah, als habe das Leben sie nicht immer fair behandelt, dirigierte ihren rot lackierten Zeigefinger in die Luft und zeigte auf ein Fenster oberhalb der Eingangstüre. »Da oben wohne ich.« Malthaner nahm einen leichten Alkoholgeruch wahr. »Jetzt muss der Herr Beutter schon wieder neue Mieter suchen. Dabei ist die Wohnung so lange leer gestanden, bis dann die Bühlers eingezogen sind.« Beutter war wohl der Vermieter. Komisch, dachte Malthaner, welche Sorgen manche Leute umtrieben. Er konnte den Mund nicht halten. »Das ist jetzt doch wohl nicht das größte Problem«, fauchte er unwirsch zurück.

Niemand schien die Gaffer zurückhalten zu wollen. Dass sie sich nicht noch direkt ins Treppenhaus drängten, war alles.

So schnell gab sich die rundliche Nachbarin nicht geschlagen. »Dann hab' ich wieder wochenlang den Lärm, wenn die neuen Mieter einziehen und in der Wohnung bohren und hämmern. Ich wohne ja jetzt schon seit elf Jahren hier, aber in der Wohnung da ziehen die Leute ein und aus, ich sage es Ihnen.« Interessiert nahm sie Malthaner mit ihren blutunterlaufenen Glubschern in Augenschein. Sie betrachtete das Drama, das sich in der Wohnung unter ihr abgespielt haben musste, aus einem ganz speziellen Blickwinkel. Eingeschüchtert von einem schrecklichen Verbrechen in diesem Haus kam sie ihm auf keinen Fall vor. »Ich glaube, dass Bühler seine Frau und dann sich selbst erschossen hat. Wissen Sie, die beiden haben regelmäßig gestritten.« Verschwörerisch beugte sie sich noch ein Stück näher und senkte die Stimme. Cognacgeruch lag in der Luft. »Mit der Frau war nicht gut Kirschen essen, das sage ich Ihnen.« Er ersparte sich eine Antwort. Die Nachbarin schien auch gar keine zu erwarten. Sie plapperte weiter. Wenn in ihrem Haus tatsächlich Schüsse gefallen waren, dann schien sie das nicht weiter zu ängstigen.

So sehr sich Malthaner von der Frau und ihrem Verhalten abgestoßen fühlte, so nutzte er sie doch auf seine Art aus. »Wann ist das alles denn passiert?«

»Ha, erst vorher.« Sie schaute auf die Armbanduhr an ihrem kräftigen Handgelenk. »Ich habe ja gar nichts mitbekommen, weil ich beim Einkaufen war. Aber die Frau Bösenhardt hat die Schüsse gehört und die Polizei angerufen.«

»Ist das auch eine Nachbarin?«

Die Frau schien sich über die dumme Frage zu wundern. »Natürlich. Sie wohnt in der Wohnung neben mir.«

»Wo ist die Frau Bösenhardt denn jetzt?«

So viel Blödheit war der auskunftsfreudigen Dame wohl suspekt. Sie vergrößerte den Abstand zu Malthaner etwas, was diesen freier atmen ließ. »Ha, die wird doch von der Polizei verhört. Was glauben Sie denn?« Die Frau kannte sich aus. Wusste bestimmt aus dem Fernsehen, wie so etwas funktionierte.

»Natürlich«, entgegnete Malthaner. Noch immer sträubte er sich gegen die Erkenntnis, dass Bühler tot sein sollte. Er schaute auf die Uhr. Ganze vier Stunden lag ihr gemeinsames Gespräch zurück. Der Magen sandte ein Gurgelgeräusch. Von irgendwoher kam Vogelgezwitscher. Unpassende Heiterkeit.

»Sagen Sie mal«, wollte die Frau wissen und strahlte erstmals so etwas wie Misstrauen aus. »Sie wohnen aber nicht hier. Sonst würde ich Sie kennen.« Mit prüfendem Blick schaute sie ungeniert an Malthaner herab und wieder hinauf. »Sie passen auch nicht hierher.«

Gott sei Dank, dachte er und gestand sich im gleichen Augenblick ein, dass das arrogant war. Die Leute, die hier lebten, taten das sicher nicht aus freien Stücken, sondern einfach, weil sie sich nichts anderes leisten konnten. Bestimmt träumten auch sie vom Eigenheim im Grünen, wie man das in der schwäbischen Provinz zu tun pflegte. »Nein«, antwortete er knapp. »Ich lebe nicht hier in der Gegend.« Mit einem entschiedenen Schritt zur Seite wandte er sich ab. Auf der Straße hatte inzwischen ein weiterer Leichenwagen eingeparkt. Ein Kleinbus japanischen Fabrikats. Er gehörte zum gleichen Beerdigungsinstitut wie die hässliche schwarze Limousine, wie die Aufschrift auf der Fahrertür verriet.

Ein etwa dreißigjähriger Typ mit einer aus der Mode gekommenen schwarzen Lederhose und einem gelben Poloshirt fiel ihm auf, der das Haus verließ. Er hatte einen Notizblock in der einen Hand und eine kleine Digitalkamera in der anderen. Lokalredakteur, vermutete Malthaner. Von der Schwäbischen Zeitung oder vom Südkurier. Auf gut Glück versuchte er es und sprach ihn an. »Hallo, Herr Kollege.« Kurz stellte er sich vor und erfuhr, dass er richtig lag. Der Mann arbeitete beim Lokalblatt. Er hatte es geschafft und war in die Wohnung gekommen. Der maßgebliche Kripomensch sei sein Schwager, sagte er mit einem angedeuteten Lächeln und hob wie zur Entschuldigung die Schultern. Im Großen und Ganzen bestätigte er die Angaben der Cognac-Tante. Ein Ehepaar, Gerlinde und Christian Bühler, sei tot aufgefunden worden. Bei den Leichen habe man einen Abschiedsbrief gefunden, in dem der Mann angekündigt habe, seine Frau und sich zu erschießen.

Wie ein Selbstmordkandidat hatte Christian Bühler vor wenigen Stunden nicht auf Malthaner gewirkt. Auch nicht wie ein Mörder. Aber wer konnte schon wirklich sagen, was in den Menschen vorging?

Der Lokalredakteur zeigte keine Spur von Futterneid. Völlig unbefangen gab er Malthaner die Namen der ermittelnden Kripobeamten preis. Auf Malthaners Nachfrage benannte er auch den Pressesprecher der Polizeidirektion in Sigmaringen, ebenso die Durchwahlnummern. Hatte er alle im Kopf. Hier waren die Albstädter Kollegen nicht mehr zuständig. Es konnte nicht schaden, die Ansprechpartner zu kennen, dachte Malthaner.

»Ich hole ein paar Stimmungen ein. Wir sehen uns sicher noch.« Der freundliche und ungewöhnlich hilfsbereite Kollege vom Lokalblatt stapfte davon.

»Wir sehen uns«, echote Malthaner.

Bühler sollte also seine Frau und dann sich selbst umgebracht haben. Das alles kam ihm mehr als nur sonderbar vor.

Was ihm nach seinem Gespräch mit dem Pressestaatsanwalt in den Kopf gekommen war, beschäftigte ihn auch jetzt. Die Frage, ob es Gesamtzusammenhänge gab, die er nicht kannte, trieb Malthaner erneut um. Bühler hatte mehr als deutlich ausgesprochen, dass er sich verfolgt fühlte. Mühsam versuchte Malthaner, sich die Worte des Bauarbeiters in den Sinn zu rufen, die er vor wenigen Stunden – so lebendig – gesagt hatte. *Die wollen mich fertig machen*. So oder so ähnlich. Nachdem ihn sein ehemaliger Vorgesetzter Lebherz auf der Baustelle in den staubigen Boden gestoßen hatte. *Die*. Wer waren *die*? Christian Bühler hatte keinen Zweifel dran gelassen, dass er damit die Führungskräfte des Bauunternehmens Messbeck meinte. *Die wollen mich fertig machen!* Bühler, der plötzlich tot war. Der glaubte etwas zu wissen, was so bedeutend war, dass man ihm dafür an den Kragen wollte. Er hatte Mauscheleien erwähnt. Nicht nur als eine theoretische Möglichkeit, sondern als Fakt. Hans Kübler hatte er namentlich genannt; Dieter Messbeck und Stefan Landarius, den Mann vom Landratsamt, hatte er erwähnt. Zwei Männer, die nicht mehr lebten.

Es gab verdammt viele Leichen in dieser ganzen Sache. Messbeck und Landarius. Kuno Krimmel, dessen Überreste man bei den Bauarbeiten gefunden hatte. So, wie es aussah, auch Christian und Gerlinde Bühler.

Aber konnte es wirklich einen Zusammenhang zwischen all diesen schrecklichen Geschehnissen geben? Malthaner wollte nicht so richtig daran glauben. Messbeck und Landarius waren bei einem tragischen Luftfahrtunfall ums Leben gekommen. Zumindest gab es bis jetzt keine Hinweise darauf, dass es sich um eine andere Ursache als einen gottverdammten dummen Unfall handelte. Andererseits: Kuno Krimmel war ein Mordopfer. Daran ließ die Polizei keinen Zweifel. Genau das ließ den Zufall nicht mehr als ganz so selbstverständlich erscheinen.

Und jetzt auch noch die beiden Bühlers. Gerichtet von der Hand des Ehemannes.

Der gemeinsame Nenner war das gewaltige, umstrittene, bekämpfte Straßenbauprojekt. Alle diese Menschen, die mit Ausnahme von Krimmel innerhalb weniger Tage brutal aus dem Leben gerissen wurden, hatten mit dem Bauprojekt zu tun.

Dann gab es da noch die wenig verklausulierte Andeutung des Pressestaatsanwalts vorhin. Der ihm, aus welchen Beweggründen auch immer, ziemlich deutlich zu verstehen gegeben hatte, dass seine Behörde die Messbeck AG im Visier hatte. *Die Vorermittlungen haben wir längst hinter uns.* Natürlich, seine Formulierungen waren so gewählt, dass ihm niemand dafür an den Karren fahren konnte. Das schien dem in juristischen Dingen völlig unbeleckten Jörg Malthaner sicher.

Er schnappte Satzfetzen auf, ohne sich wirklich dafür zu interessieren. Die herumstehenden Nachbarn entwickelten längst ihre eigenen Theorien. Ein Mittfünfziger in Shorts sagte etwas von einem Mann, der aus dem Haus gestürmt und mit einem weißen VW mit abgedunkelten

Scheiben weggefahren sei. Eine Äußerung, bei der Malthaner kurz aufmerkte, aber nicht ahnte warum. Egal.

So lange er auch darüber nachgrübelte, Christian Bühler war für ihn kein Mörder. Er vermochte sich auch nicht vorzustellen, dass Bühler sich selbst umgebracht haben sollte. Nicht, nachdem sie wenige Stunden zuvor miteinander geredet hatten.

Jemand stieß Malthaner an und riss ihn aus seinen trüben Gedanken.

Die Gaffermenge vor der Haustüre teilte sich und gab eine Gasse frei, durch die zwei dunkel gekleidete Männer einen Zinksarg trugen. Die Zuschauermenge stand Spalier für eine Leiche. Wenigstens verstummten die meisten der Gaffer bei diesem Anblick. Nicht lange, vermutlich. In wenigen Sekunden würde das Bienenstock-Gebrumme wieder anheben.

Zwei andere, ebenfalls schwarz gekleidete Männer folgten mit einem weiteren Zinksarg. Es wirkte fast wie eine kleine Prozession. Begierig sogen bestimmt 25 oder mehr Augenpaare den Anblick auf. Malthaner war mit der Menge verschmolzen. Wie alle anderen glotzte auch er auf die hässlichen Zinksärge, in denen nach dem Stand der Dinge die Leichen von Gerlinde und Christian Bühler lagen. In diesem Moment wurde Malthaner bewusst, dass er einer der letzten Menschen war, die mit Bühler gesprochen hatten.

Der kumpelhafte Kollege vom Lokalblatt tauchte neben Malthaner auf. »Es gibt bereits Gerüchte, dass der Abschiedsbrief gefälscht ist«, raunte er ihm ins Ohr.

»Ein Fake? Wer sagt so etwas?« Malthaner wurde hellhörig und riss seinen Blick von den sich entfernenden Särgen und ihren pinguinhaften Trägern fort.

Der Lokalreporter versuchte sich an einem Grinsen. »Ich sagte doch schon, mein Schwager ...«

Malthaner fiel ihm ins Wort. »Ja, es hat seine Vorteile, in der Provinz zu leben, wo jeder jeden kennt.« Es kam ihm sarkastischer über die Lippen, als beabsichtigt. Die Situation drückte eindeutig auf sein Gemüt. »Wie kommt Ihr Schwager darauf, dass der Abschiedsbrief nicht echt ist?«

»Muss wohl ziemlich stümperhaft angefertigt worden sein. So dilettantisch, dass man es gleich bemerkt. Mit bewusst eingebauten Fehlern und so.«

»Das bindet Ihnen Ihr Schwager an einem Tatort einfach so auf die Nase?«, wunderte sich Malthaner.

Wieder ein Grinsen des Kollegen. »Er hätte es mir heute Abend sowieso gesagt. Ich helfe ihm auf seinem Bau.« Er sagte es so, als sei das eine folgerichtige Erklärung, die jeden Zweifel ausschließt.

Wahrscheinlich war es so.

»Außerdem ...«, fuhr der Lokalredakteur fort und klatschte mit der kleinen Digitalkamera in die offene linke Handfläche, »... ist es kein Geheimnis mehr, dass kurz nach den Schüssen jemand aus dem Haus gestürmt und in einem weißen VW Passat mit quietschenden Reifen weggefahren ist. Das hat ein Zeuge erzählt und er erzählt es jedem, der es wissen will.«

Die Äußerung elektrisierte Malthaner. Das hatte doch erst vor ein paar Minuten einer der Gaffer von sich gegeben. Und genau dieser Satz hatte ihm etwas bedeuten wollen, aber er konnte den Gedanken nicht klar fassen. In diesem Augenblick konnte er, und wie! Ein weißer Passat. Als er vor wenigen Stunden mit Bühler geredet hatte, da war ein weißer Passat der Messbeck AG an ihnen vorbeigefahren. Langsam, geradeso als wolle dessen Fahrer sich die beiden Männer am Straßenrand genau betrachten! Lebherz, vielleicht?

»Wissen Sie, ob der Zeuge sonst noch etwas gesehen hat?«, wollte Malthaner wissen.

»Fragen Sie ihn doch selbst«, schlug der Kollege vor. »Der Bursche erzählt überall lautstark herum, was er beobachtet hat.« Er zeigte auf einen etwa 1,70 Meter großen Mann in einem gestreiften Hemd und in weißen Shorts. Gestikulierend redete er auf drei aufmerksame Zuhörer ein.

Genau. Neben diesem Mann war Malthaner vor ein paar Minuten gestanden und hatte eine entsprechende Bemerkung aufgeschnappt, ohne sie richtig einzuordnen. »Danke«, rief er dem Kollegen zu und kämpfte sich nach vorne durch.

»Sie haben einen weißen Passat beobachtet?«, fragte er den Shorts-Träger und verzichtete auf die üblichen Formen höflichen Umgangs. Malthaner platzte mitten in eine mit vielen Handbewegungen unterlegte Ausführung. Keine Spur von Verwunderung bei dem Mann. In Malthaner hatte er einen weiteren interessierten Zuhörer gefunden, dem er seine Beobachtungen mitteilen konnte. »Ja, ein weißer Passat mit auffallend dunklen Fenstern.«

»Wissen Sie, ob auf der Tür ein Firmenlogo angebracht war?«

Sein Gesprächspartner schien hoch erfreut zu sein. Mit seinem Strahlen entblößte er zwei lückenhafte Zahnreihen. »Ja, so ein blaues Zeichen.«

Der Wagen der Messbeck AG. Kein Zweifel.

»Und was stand drauf?«, fragte Malthaner, nur zur Sicherheit, nach.

»Weiß ich nicht«, erhielt er zur Antwort.

»Wie hat der Fahrer ausgesehen?«, wollte Malthaner wissen. Insgeheim war er darauf gefasst, dass der Mann ihm Rolf Lebherz beschreiben würde.

Aber es konnte unmöglich Lebherz sein, den der Mann gesehen hatte. Kein wallendes graues Haar. Er beschrieb eher einen Business-Typen. Krawattenträger. Blond. Gepflegt. Etwa Mitte oder Ende fünfzig. Wer auch immer das war, es konnte sich unmöglich um Rolf Lebherz handeln. Enttäuscht wandte sich Malthaner wieder ab.

Dann sah er ihn vor seinem geistigen Auge. Klar und eindeutig. Ohne den leisesten Zweifel.

Der Zeuge hatte das entscheidende Puzzleteil geliefert. Er hatte Kübler beschrieben. Hans Kübler. Kübler-Projektleitung, wie Malthaner den Kerl für sich genannt hatte, als sie sich auf der Baustelle begegnet waren.

Hans Kübler war in diesem Haus gewesen und mit quietschenden Reifen abgerauscht, kurz nachdem Schüsse gefallen waren.

3

Das Herumtelefonieren brachte nicht viel. Malthaner wollte alle nur denkbaren Informationen zusammenbekommen. Er sprach mit dem Pressesprecher der Polizeidirektion Sigmaringen. Die Kripo arbeitete in dem Todesfall Bühler mit den Albstädter Kollegen zusammen, weil die ja wohl auch betroffen seien, wie der Sprecher sagte.

Bestätigt wurde ihm das von Theo Reiher. Beide Polizeisprecher vermieden es zwar, Zusammenhänge zwischen den Morden an den Bühlers und dem an Kuno Krimmel herzustellen, aber die lagen offen auf der Hand.

Dann ließ er sich mit Klaus Konz, dem Kriminalbeamten verbinden. Nicht, dass er jemanden denunzieren wollte, aber es drängte Malthaner danach, Konz damit zu konfrontieren, dass ein Zeuge mit großer Wahrscheinlichkeit den Messbeck-Manager Hans Kübler hatte aus dem Haus rennen sehen. Sollte Konz damit anfangen, was er wollte. Jetzt war es Sache des Kriminalbeamten, sich mit seinen Sigmaringer Kollegen auseinander zu setzen. Die hatten vermutlich nur die Aussagen des Zeugen, würden nach einem weißen VW Passat fahnden. Indem er Konz Hans Küblers Namen nannte, hoffte Malthaner den Gang der Dinge ein wenig zu beschleunigen.

Malthaner rief bei Hauser in der Redaktion der Landeszeitung an. Er zog den Artikel, den er am Nachmittag geschrieben hatte, zurück und lieferte eine völlig neue Version. Die Information vom Tod der Bühlers musste noch rein. In seinem Text erlaubte sich Malthaner, ein wenig zu spekulieren und die Frage zu stellen, wie der Mord an Kuno Krimmel mit dem Ableben des Ehepaars Bühler zusammenhing.

Mit einem Seufzen schaltete er seinen Laptop aus.

Er ging an die große Glasfront des Wohnzimmers, und blickte auf die Stadt hinab. Immer mehr dunkle Wolken zogen auf. Der Wetterbericht sprach davon, dass es zumindest bis morgen trocken bleiben würde.

Die Entscheidung fiel ihm leicht. Er würde noch eine kleine Tour mit dem Bike machen. Brigitte gab er telefonisch Bescheid. Sie sagte das, was sie meistens sagte: Es würde später werden, weil sie noch viel zu tun habe.

Wieder ein Seufzen, als er auflegte.

Schnell zog er das Trikot an.

Malthaner entschied sich für seine Hausstrecke. Er trieb das Rad den Berg hinauf. Oben beim Wanderparkplatz tauchte er in den Wald ein. Auch diesmal funktionierte es: Im Sattel fühlte er sich wohl. Die trüben Gedanken, die um die Todesfälle der vergangenen Tage kreisten, flogen mit jedem Kilometer weiter davon. Wieder fuhr er hinüber nach Tailfingen, vorbei an der Stelle, an der vor einer Woche der Ballon abgestürzt war. Es schien ewig her zu sein. Das seltsame Metallstück fiel ihm wieder ein, das er hier gefunden hatte. Verdammt! Er sollte es unbedingt Thomas Sailer zeigen. Der würde ihm sofort erklären können, ob es etwas mit einem Ballon zu tun haben könnte. Aber vermutlich war das nicht mehr als eine fixe Idee.

Mit regelmäßigen Pedalumdrehungen trieb Jörg Malthaner sein Bike voran, hinüber zum Zellerhorn, wo er zum tausendsten Mal den atemberaubenden Blick zur Burg Hohenzollern in sich aufsog. Die Wolken, die tief und schwer über der Burganlage dräuten, sorgten für eine bedrohlich wirkende Atmosphäre. Eine perfekte Filmkulisse. Nach zehn Minuten riss er sich von dem Anblick los und fuhr wieder in den Wald hinein. Er jagte das No Pogo über kleine, kaum wahrzunehmende Pfade, über einen Trial voller Baumwurzeln, über breite, geschotterte Wanderwege. Ein paar andere Biker kamen ihm freundlich grüßend entgegen.

Die Szenerie, die sich vorhin in Sigmaringen abgespielt hatte, drängte sich schlagartig machtvoll in sein Bewusstsein. Die toten Bühlers. Kübler, mit einiger Sicherheit war es Kübler, der das Haus verlassen hatte. Kübler, der so wie die Dinge lagen, mit dem Tod des Ehepaars Bühler in Verbindung stand. Alle möglichen Dinge gingen Malthaner durch den Kopf, um immer wieder zu einem Ausgangspunkt zurückzukehren. Bühler hatte sich bedroht gefühlt und um Hilfe gebeten. Bringt so jemand ein paar Stunden später seine Frau und sich selbst um? Malthaner wollte es nicht glauben.

Der Zeuge hatte Kübler beobachtet, wie er geradezu panisch die Wohnung der Bühlers verlassen hatte. Dazu ein vermutlich gefälschter Abschiedsbrief. Die Schlussfolgerung lag nahe.

Blieb die Frage nach dem Warum.

Wie ein Roboter zog Malthaner seine Spur. In Gedanken weit weg und doch zugleich höchst konzentriert.

Als er wieder zu Hause ankam, hatte das Gesamtbild Gestalt angenommen. Er zweifelte nicht daran, dass der Mord an Krimmel mit dem Tod der Bühlers in Zusammenhang stand. Der Schlüssel lag bei der Bauunternehmung Messbeck. Malthaner war zu aufgedreht, um der Sache ihren Lauf zu lassen, und abzuwarten, was die polizeilichen Ermittlungen ergeben würden. Den Kriminalbeamten Klaus Konz konnte sich Malthaner nicht als jemanden vorstellen, der die Gongschlagmentalität aus deutschen Beamtenstuben verinnerlicht hatte. Also versuchte er es auf gut Glück, obwohl Konz normalerweise längst Feierabend hätte haben müssen. Der Leiter der Kriminalaußenstelle war noch im Dienst. Sie tauschten keine Freundlichkeiten aus. Konz bestätigte, dass er und sein Team mit den Sigmaringer Kollegen zusammen arbeiteten und dass auch er eine Verbindung zwischen den Todesfällen sah. *Inoffiziell natürlich*. »Sie erhalten morgen eine gemeinsame Pressemitteilung von uns und den Sigmaringer Kollegen«, schob er nach.

»Was wird da denn drin stehen?«, fragte Malthaner

»Können Sie es bis morgen für sich behalten?«, wollte der Kriminalbeamte wissen.

»Sie kennen mich doch.«

»Eben deshalb frage ich.« Konz klang müde und abgearbeitet. »Hören Sie, Malthaner. Sie haben mir den Namen Hans Kübler genannt. Das hätten wir selbst herausbekommen, aber Sie haben uns damit etwas Arbeit erspart. Im Gegenzug sage ich Ihnen, dass wir Kübler vorläufig festgenommen haben. Die Kollegen befragen ihn zurzeit. Es gibt keinen Zweifel daran, dass er in Sigmaringen war. Aber behalten Sie das bitte bis morgen für sich.«

»Das kann ich versprechen.«

Als Brigitte nach Hause kam, hatte er es sich mit einem Chandler-Roman und einem Bier auf dem Sofa bequem gemacht. Einem Designersofa, das man sich nur mit einem Ärztinnen-Gehalt leisten konnte.

Sie rauschte ins Wohnzimmer, warf ihm ein kurzes »Hallo« entgegen und entschwebte wieder. Nach fünf Minuten kam sie wieder in den Raum und ließ sich neben ihm auf dem Sofa nieder. »Habe nur kurz nachgeschaut, ob mein Pass noch gültig ist«, klärte sie auf. »Heute habe ich mich definitiv für den Kongress im September angemeldet.«

»Schön.« Meinte er das wirklich? Malthaner beobachtete sie mit einem Seitenblick, den sie sofort bemerkte.

»Es passt dir nicht. Habe ich Recht?«, fragte Brigitte.

»Doch, es ist schon in Ordnung. Wenn der Kongress so wichtig für dich ist, dann ist es o.k.«

Überraschenderweise hakte Brigitte nicht nach. Ihr schien an einem Themenwechsel gelegen zu sein. »Weißt du eigentlich inzwischen, was mit dem Sohn von Messbeck passiert, der vergangene Woche in der Realschule die Geiseln genommen hat?«, fragte sie unvermittelt.

»Da gibt es nichts Neues. Er wird sich in einigen Monaten vor Gericht verantworten müssen. Wenn ich mich recht an das erinnere, was der Staatsanwalt gesagt hat, dann droht ihm Haft von bis zu zehn Jahren.«

Brigitte legte die Stirn in Falten. »Das ist nicht in Ordnung. Die Tat war doch nur ein Hilfeschrei des Jungen.«

»Mag sein, dass das Gericht es auch so sieht. Allerdings befürchte ich, dass der Junge die ganze Härte des Gesetzes zu spüren bekommt. Seit Erfurt hat sich manches geändert.«

Das Läuten des Telefons unterbrach ihr Gespräch.

Thomas Sailer überbrachte eine Neuigkeit. Die Experten aus Braunschweig hatten ihre Untersuchungen zum Ballonabsturz abgeschlossen und den Alb-Ballonern ihren Bericht zukommen lassen. »Der Absturz war ganz klar ein Unfall«, fasste Sailer das Ergebnis zusammen. »Ein saublöder Unfall. Das steht nach den Ermittlungen einwandfrei fest. Also haben sich all unsere Theorien als wilde Spinnerei entpuppt. Aber das hatte ich ja erwartet.« Malthaner hörte durch die Leitung ein Klicken wie von einem Feuerzeug. Feuer, das wollte irgendwie nicht zum Gegenstand ihres Gesprächs passen, fand Malthaner, und sah wieder die angekokelte Ballonhülle vor sich. Sailer zündete sich bestimmt eine Zigarette an, bevor er weiterredete. »Einer der Gasschläuche muss wohl eine minimale Beschädigung aufgewiesen haben, die mit dem bloßen Auge nicht zu erkennen war. Sonst wäre es Dieter und Stefan natürlich aufgefallen. Das ausströmende Gas hat sich entzündet und die Flamme hat rasend schnell auf eine der Gasflaschen übergegriffen. Dann kam es zur Verpuffung.«

Damit stand fest, dass das seltsame Metallstück, das

Malthaner in der Nähe der Absturzstelle gefunden hatte, nicht mit dem Ballonunglück in Zusammenhang stand. Wie aus der Ferne hörte er Sailers Stimme. »Es ist verflucht tragisch, das sage ich dir. Sie waren schon zu weit in der Luft, um abspringen zu können. Hätten sich vier Personen im Korb befunden, dann hätte der Ballon eine weitaus langsamere Steiggeschwindigkeit gehabt. In diesem Fall hätten die Passagiere mit einiger Sicherheit noch abspringen können und wären im schlimmsten Fall mit Knochenbrüchen davongekommen. Aber so ...« Sailer schien tief zu inhalieren. Malthaner sah ihn geradezu vor sich. Aus den Tiefen seiner Denkanstalt sprang ihn unvermittelt ein Satz an, den ihm bei seinen damaligen Recherchen einer der Piloten gesagt hatte: Es gibt kühne Flieger und es gibt alte Flieger, aber es gibt keine kühnen alten Flieger. »Du glaubst also, sie hätten es überlebt, wenn sie zu dritt oder zu viert im Ballon gewesen wären?«, fragte er Thomas.

»Der Bericht aus Braunschweig gibt in diesem Punkt keine eindeutige Antwort, aber es scheint mir sehr wahrscheinlich.«

Brigitte schaute Malthaner fragend an, nachdem er das Gespräch mit Thomas beendet hatte. Er erklärte ihr, was er von ihm erfahren hatte.

»Komm her«, forderte Brigitte und nahm ihn in den Arm.

Das Faxgerät spuckte die Pressemitteilung am Morgen aus, zu einer Zeit, als Malthaner noch im Bett lag. Erst eine Stunde später hielt er es in Händen.

Seit er wieder in Albstadt lebte, hatte er sich in den Presseverteiler der Polizeidirektion aufnehmen lassen. Der tägliche Pressebericht gab zwar nur selten etwas für die Landeszeitung her, hielt ihn aber immer auf dem Laufenden.

Es bestätigte sich das, was Malthaner schon vermutet hatte. Gerlinde und Christian Bühler waren einem Mordanschlag zum Opfer gefallen. Jemand hatte sie beide erschossen. Der angebliche Abschiedsbrief, den man in der Wohnung gefunden hatte, war vermutlich in aller Eile zusammengezimmert worden. Die Polizei habe einen Tatverdächtigen festgenommen. Die Ermittlungen dauerten an. Mehr stand nicht in der offiziellen Erklärung. Auf den ersten Blick nicht allzu viel an Information. Dennoch glaubte Malthaner, dass die Polizei Kübler für den Täter hielt und noch einiges in der Hinterhand hielt. Sonst wäre sie zu diesem Zeitpunkt noch nicht an die Öffentlichkeit gegangen.

Jörg Malthaner vermutete, dass sie mit derselben Waffe erschossen wurden wie der bemitleidenswerte Kuno Krimmel. Blieb nach wie vor die Frage nach dem Warum. Welchen Grund konnte ein Manager gehabt haben, drei Menschen umzubringen? Er hoffte, dass die Polizei es herausfinden würde.

Die Sache ließ Malthaner keine Ruhe. Es gab viele Fragen und kaum befriedigende Antworten. Welche Rolle spielte beispielsweise Rolf Lebherz? Der Vorarbeiter, der sich ihm geradezu aufgedrängt hatte, um Ungereimtheiten bei seinem Arbeitgeber durchblicken zu lassen? Dass sich ein Staatsanwalt mit weiterreichenden beruflichen

Ambitionen mit der Presse verbündet, konnte Malthaner nachvollziehen. Aber Lebherz? Der sich möglicherweise sein eigenes Grab schaufelt, wenn herauskommt, dass er Insiderwissen an einen Reporter preisgegeben hat?

Getrieben von seiner Neugier, beschloss Malthaner, noch einmal die Baustelle aufzusuchen. Der neue Tag konnte keine Sonne mehr schenken. Die Temperaturen hatten sich gehalten, aber der Himmel hatte sich verdunkelt. Die Regengüsse ließen bestimmt nicht mehr lange auf sich warten.

Er empfand ein heftiges Déjà-vu-Erlebnis. Das Baugelände kam ihm schon so vertraut vor, wie er es kaum jemals für möglich gehalten hätte. Wieder – zum wievielten Mal, fragte er sich – ging er auf die beiden Container zu. Ein paar Arbeiter saßen in einem der Container und machten Vesperpause. Sie blickten ohne großes Interesse auf, als er an der Eingangstüre auftauchte. Seine Frage nach Lebherz wurde mit einem Achselzucken und schrägen Blicken bedacht. »Gerade noch hier«, brummte einer der Arbeiter in gebrochenem Deutsch. Dann wandte er sich wieder seinem Vesper zu und biss kräftig in ein Brot, das mit einer undefinierbaren, dicken Paste beschmiert war.

Ob die Männer wohl wussten, dass Kübler-Projektleitung heute nicht auf der Baustelle auftauchen würde? Dass er vielleicht nie wieder hier auftauchen würde? Sie machten nicht den Eindruck, als wären sie an dem interessiert, was um sie herum vorging. »Versuch es mal am Einstich oben«, kam unerwartet von dem Jüngsten aus der Runde ein verwertbarer Tipp. Der Mann sprach im harten Idiom der Einheimischen. Er war etwa zehn Jahre jünger als Malthaner. Sein Akzent hatte sich nicht so abgeschliffen, wie das bei den Leuten seines Alters hier auf der Alb inzwischen schon üblich war.

»Danke«, sagte Malthaner und hob die rechte Hand kurz zu einem angedeuteten Gruß. Der Einstich, das konnte nur die Stelle sein, an der Kuno Krimmels Leiche gefunden worden war. Dort, wo man einen Tunnel in das Gelände treiben wollte. Dort, wo sich noch vor wenigen Monaten eine steil ansteigende Wiese mit Wacholderbüschen befunden hatte, wie Malthaner für sich selbst ergänzte und dabei erneut dieses inzwischen fatal vertraute Gefühl von Bitterkeit spürte. Ein gewaltiger Schaufelradbagger näherte sich mit drohendem Brüllen.

Wieder konnte er ungehindert über das Gelände spazieren. Von wegen *Unbefugten ist der Zutritt verboten*. Niemand schien ihn für unbefugt zu halten, was ihm sehr entgegen kam. Die Monstermaschine fuhr lärmend an ihm vorbei. Malthaner passierte drei Lastwagen, die darauf warteten, dass ihre Ladeflächen mit Erde befüllt wurden. Lebherz diskutierte mit einer in grobe Arbeiterkleidung gehüllten Frau, die einen weißen Bauhelm auf dem Kopf trug. Wild gestikulierend redete der Vorarbeiter auf die Frau ein, die um die dreißig sein mochte. Dann erkannte er Malthaner und rang sich ein Lächeln ab. Sofort wandte er sich von der Frau ab, die missmutig davon stapfte und streckte Malthaner zögerlich seine rechte Prankenhand hin. »Was treibt Sie schon wieder zu uns?«, fragte er.

»Ich möchte mich mit Ihnen unterhalten.«

Wie schon bei ihren früheren Begegnungen schaute

sich Lebherz prüfend um. Wie ein Schulbub, den ein schlechtes Gewissen plagt. »Worüber?«, wollte er wissen und vermittelte den Anschein, als überlege er sich noch, ob er unwirsch oder freundlich reagieren sollte.

Red nicht um den heißen Brei herum, ermutigte Malthaner sich selbst. »Über Ihr Verhalten in den vergangenen Tagen. Und über Kübler.«

»Hans Kübler ist heute nicht zum Dienst erschienen«, sagte Lebherz neutral.

»Sie wissen sicher auch warum?« Malthaner fixierte ihn. Mit einer vertrauten Bewegung fuhr sich Lebherz durch seine graue Mähne. »Man munkelt so einiges.« Unsicher.

»Lassen wir doch die Spielchen, Herr Lebherz! Kübler ist verhaftet worden und ich nehme an, dass Sie das wissen. Manche Dinge sprechen sich schließlich schnell herum.«

»Ich weiß, dass er eingesperrt wurde. Die Polizei, dieser Kommissar Konz, hat mich gestern Abend über Kübler ausgefragt. Sie haben mir auch unverhohlen gesagt, dass sie Kübler verhaftet haben.«

Malthaner versuchte sich an einem kompromisslos harten Blick. »Welche Rolle spielen Sie in der Angelegenheit?«

Lebherz linkes Auge zuckte. »Wie meinen Sie das?«

»Ihr Verhalten mir gegenüber war etwas seltsam in den letzten Tagen. Erst erzählen Sie mir als wildfremdem Menschen etwas über dubiose Machenschaften auf dieser Baustelle. Dann komme ich zufällig hinzu, wie Sie sich mit Christian Bühler prügeln und danach wollen Sie mich so schnell wie möglich loswerden ...« Weiter kam er nicht.

Lebherz fiel ihm ins Wort. »Nicht hier! Treffen wir uns drüben beim Badkap.« Der Mann hatte eine Vorliebe für konspirative Zusammenkünfte.

»Wann?«, fragte Malthaner.

»Jetzt sofort. Gehen Sie schon vor, ich komme gleich nach. Ich will nicht, dass wir zusammen gesehen werden.« Dabei hatten sie auf dieser Baustelle schon mehrere Dutzend Menschen gesehen. Malthaners Geste demonstrierte Resignation. »Von mir aus.« Das Ganze kam ihm zunehmend albern vor.

Malthaner musste nicht lange am Eingang des Freizeitbades warten.

Dann kam Lebherz.

Und legte seine Beichte ab. »Es ist Zeit für die Wahrheit. Kuno ist tot, Bühler ist tot und Kübler ist im Knast. Keiner weiß, wie es mit der Firma Messbeck weitergeht.« Er brach ab. Schien darauf zu warten, dass Malthaner etwas sagte.

»Dann kommen Sie mal zur Sache, Lebherz. Warum haben Sie mich vergangene Woche überhaupt angesprochen und mir alles erzählt? Die meisten Menschen sind der Presse gegenüber eher skeptisch.«

»Lassen Sie uns ein paar Schritte gehen.« Lebherz stopfte die Hände in die ausladenden Taschen seiner blauen Arbeitshose. »Ich habe das als so eine Art Versicherung angesehen. Ich dachte, wenn mir etwas passieren sollte, dann würden Sie nachforschen. Es ist nämlich so, dass ich große Angst habe.« Er machte eine Pause und schaute zu

Boden, ehrlich verunsichert, wie es gar nicht zu seiner stattlichen Erscheinung passen wollte. Dann blickte er Malthaner wieder ins Gesicht. »Ich habe schon seit Wochen befürchtet, dass Kuno etwas Schlimmes zugestoßen ist. Dass man ihn ...«, er schluckte, »... beseitigt hat. Und das hat sich jetzt bestätigt.« Fragend sah er Jörg Malthaner an, der nichts sagte, sondern ganz in der Rolle des Zuhörers aufging. So wie es aussah, beantworteten sich in den nächsten Minuten einige seiner offenen Fragen. »Wie ich Ihnen erzählt habe, war ich gut mit Kuno befreundet. Er kam ja auch immer zu uns zum Essen. Da haben wir natürlich viel über die Firma geredet. Kuno hatte eine ganze Menge mitbekommen. Er hat mir erzählt, welche Schweinereien da laufen. Das wollte ich erst gar nicht glauben. Aber dann habe ich eins und eins zusammengezählt und wusste, der Kuno hat Recht. Ich selbst habe ja auch so einiges gehört und gesehen, wollte aber nichts davon wissen. Als dann schon vor Monaten die Polizei und andere Behörden bei uns aufgetaucht sind, da wusste ich, dass die Sache ziemlich ernst war.«

Der Staatsanwalt kam Malthaner in den Sinn. Seine Äußerungen über Ermittlungen im Umfeld der Messbeck AG. »Von welchen Schweinereien reden Sie, Lebherz?«

»Alles, was man sich nur denken kann. Der Sonderabfall, der hier auf der Baustelle anfällt, soll einfach verbrannt worden sein. Der hätte sonst für teures Geld entsorgt werden müssen. Kuno kannte ja die ganzen Lkw-Fahrer, die das Zeug in den Steinbruch gefahren haben, wo man es dann angezündet hat. Aber das war noch lange nicht das Schlimmste. Es sind, so hat Kuno mir erzählt,

Schmiergelder gezahlt worden. Dieser Landarius vom Landratsamt, der in dem Ballon abgestürzt ist, hat mit der Firma gemeinsame Sache gemacht. Es wurde viel mehr Baumaterial abgerechnet als jemals verbraucht wurde. Und dieser Landarius als Abteilungsleiter hat alles abgezeichnet. Er selbst hat Geld dafür bekommen und die Firma hat viel Geld gespart.«

Malthaner wusste nicht, ob er beeindruckt sein sollte. Für einen einfachen Bauarbeiter verfügte Kuno Krimmel offenbar über ungewöhnliches Insiderwissen aus der Firma. War da die Fantasie mit dem bedauernswerten Krimmel durchgegangen? Sein gewaltsames Ableben sprach eher dagegen, gestand sich der skeptische Journalist ein. »Woher wusste Kuno das alles?«

»Wie es halt so ist. Wenn man schon ewig in der Firma arbeitet, hört man so einiges ...« Er stockte. Wieder schaute Lebherz zu Boden. Mit dem Fuß kickte er ein paar Kieselsteinchen weg. Dass er noch etwas auf dem Herzen hatte, war so augenfällig, dass man es gar nicht übersehen konnte.

»Geben Sie sich einen Ruck«, forderte Malthaner ihn auf.

»Na ja ...« Lebherz blickte auf und verlangsamte den Schritt. »Als er das eine oder andere mitbekommen hat, da hat Kuno sich dafür interessiert und genauer hingehört. Er hat auch immer wieder die anderen Kollegen befragt. So hat er beispielsweise das mit dem verbrannten Müll rausbekommen, ohne sich dafür besonders anstrengen zu müssen. Er hat sozusagen rumgeschnüffelt, weil ...« Wieder schien er mit sich zu ringen.

»Weil?«

Abrupt blieb Lebherz stehen und senkte seine Stimme. »Also, Kuno dachte wohl, dass er einen Nutzen aus seinem Wissen ziehen könnte.«

Darauf lief es also hinaus!

Das Bild bekam Konturen. »Eine feine kleine Erpressung, wenn ich Sie nicht ganz falsch verstehe?«

4

Anstatt etwas zu sagen, nickte Lebherz nur mit dem Kopf.

Jetzt hakte Malthaner nach. Im Hinterkopf des Zeitungsmannes begann sich eine Story zusammenzusetzen, die ihm möglicherweise große Beachtung einbringen würde. »Sie glauben also, Kuno wurde umgebracht wegen eben diesem Wissen?« Von Kübler, so wie die Fakten sich präsentierten.

Wieder nickte Lebherz. »Ja. Und weil Kuno mir alles gesagt hat, fühlte ich mich auch bedroht. Wenn die das wissen ...« Er brach ab, um den Faden gleich darauf erneut aufzunehmen. »Wissen Sie, Kuno war kein schlechter Mensch. Er dachte halt nur, dass ihm nach so vielen Jahren halt auch ein Stück vom Kuchen gehören sollte. Wie er auf diese wahnsinnige Idee mit der Erpressung gekommen ist, weiß ich nicht. Er wollte es mir nie sagen und ich wollte es gar nicht wissen.«

»Wen hat er überhaupt erpresst: Dieter Messbeck?«

Lebherz wollte den Mund zu einer verächtlichen Geste verziehen, aber sein Gesicht geriet dabei zur Grimasse. »Eher die Firma ganz allgemein. Und die Firma, das waren für ihn in erster Linie die Chefs. Messbeck und Kübler. Und weil er mit Hans Kübler ab und zu direkt zu tun hatte, hielt er sich an ihn, nehme ich an. So hat er es mir jedenfalls gesagt. Es war als ...« Er legte eine Pause ein, in der er nach den richtigen Worten suchte. »... als fühle sich Kuno doch irgendwie schuldig für das, was er tat. Eines Tages hat er es mir erzählt. Er hat auch gesagt, dass er mit jemandem darüber reden muss. Es war wie ... wie eine Beichte.«

»Er hat Kübler ganz direkt mit seinem Wissen konfrontiert und für sein Schweigen Geld gefordert?«

»So in etwa war es. Sie müssen wissen, Kuno war in manchen Dingen etwas, ... na ja ..., einfacher Natur.«

»Dann hätte Kuno doch damit rechnen müssen, dass Kübler zu Messbeck geht und sie ihn einfach rauswerfen. Wo hätte Kuno denn jemals wieder einen Job gefunden, ganz abgesehen von den strafrechtlichen Folgen einer versuchten Erpressung?«

Lebherz Hände wühlten in den Hosentaschen. »Für Kuno war die Sache ganz klar. Er hat wahrscheinlich nicht einen Moment daran geglaubt, dass ihm so etwas passieren könnte. Er war sich einfach zu hundert Prozent sicher, dass er so viel in der Hand hatte, dass sie ihm zahlten, was er wollte.«

»Und was wollte er?«

»Lächerliche 20.000 Euro. Das hielt er für eine gerechte Summe, wie er mir gesagt hat. Ja, er dachte tatsächlich, sie würden ihm das Geld zahlen und ihn gleichzeitig weiterbeschäftigen.«

Was so verkehrt vielleicht gar nicht gedacht war, überlegte Malthaner. Als Schweigegeld würde die Summe der Firma nicht wehtun. Wenn sie sicher sein konnte, dass

Krimmel die Schnauze hielt, wäre es doch ein guter Deal für alle gewesen. Ob Krimmel so gedacht hatte?

Warum war er so dumm, alles einem Freund zu erzählen? War Lebherz vielleicht selbst an der Erpressung beteiligt?, fragte sich Malthaner ganz nebenbei.

Sein Gegenüber schien den Gedanken zu ahnen. Die Hände kamen aus den großen Hosentaschen und beschrieben eine abwehrende Geste. »Also, ich habe damit nichts zu tun. Nein, ich habe Kuno immer wieder geraten, die Finger von der Sache zu lassen.« Es klang ehrlich, so gut glaubte Malthaner die Menschen zu kennen. »Außerdem wollte ich das alles gar nicht so genau wissen. Schließlich habe ich hier immer gutes Geld verdient. In meinem Alter finde ich doch nichts anderes mehr.« Wieder sah er Malthaner mit einem dieser direkten Blicke an, die man schon als Hilferuf deuten konnte. »Glauben Sie, dass es hier jetzt noch weitergeht, nach allem, was passiert ist?«

»Sicher. Der Straßenbau muss schließlich vorangehen. Wie auch immer.« Malthaner spürte, dass die Worte bitter klangen.

Er wollte sich jetzt nicht in erster Linie mit den Problemen von Lebherz herumschlagen. »Wie passt der Tod der Bühlers in das ganze Bild?«

Erneut schien Rolf Lebherz um jedes Wort zu ringen. »Christian Bühler wusste auch einiges. Nicht so viel wie Kuno, glaube ich, aber immerhin. Die haben das ja nie groß verheimlicht. Dachten wohl, wir seien alle zu blöd, etwas zu merken. Das lief alles schon so richtig selbstverständlich ab. Genauso, als wäre das alles völlig normal.«

Die, damit meinte er wohl die Geschäftsleitung. »Wissen Sie«, redete Lebherz weiter, »Christian und Kuno waren zwar nie so was wie richtige Freunde, also so wie der Kuno und ich. Doch bevor das mit dem Kind von Christian passiert ist, haben sie sich ganz ordentlich verstanden. Da lässt man schon mal die eine oder andere Bemerkung fallen.«

»Und deshalb wurde Bühler weggemobbt?«

Lebherz zuckte mit dem Achseln. »Das passte denen wahrscheinlich gerade in den Kram, dass der schreckliche Unfall mit dem Jungen passiert ist. Das war doch ein guter Vorwand, Bühler loszuwerden. Es hat geheißen, man könne ihm die Arbeit an der Stelle nicht zumuten, an der sein Kind überfahren wurde. Und zwar von einem Kollegen, mit dem Bühler jeden Tag weiter zusammenarbeiten müsste.«

»Man hat ihm eine Stelle in Sigmaringen verschafft und sogar seine Miete bezahlt. Als eine Art Schweigegeld also.« Malthaner redete zu Lebherz, zugleich aber zu sich selbst.

»Das glaube ich heute auch. Aber ich bezweifle, ob Christian das überhaupt so verstanden hat. Er war ja eigentlich ganz froh, von diesem Ort wegzukommen, wo der furchtbare Unfall mit seinem Sohn passiert ist.«

»Sie glauben also, dass Kübler ihren Freund Kuno Krimmel umgebracht hat?«

»Ich weiß schon lange nicht mehr, was ich glauben soll. Aber es spricht doch alles dafür.«

Es sprach alles dafür. Mit dieser Äußerung hatte Lebherz Recht. Aber aus welchem Grund? »Wieso soll ein

Manager wegen 20.000 Euro jemanden umbringen?«, fragte Malthaner.

Die einzige Antwort bestand in einem fragenden Gesichtsausdruck. »Finden Sie es heraus«, kam Lebherz schließlich über die Lippen. »So etwas gehört doch zu Ihrem Beruf.« Der Vorarbeiter hatte es nach einem Blick auf seine eigenartig anmutende Armbanduhr eilig, auf die Baustelle zurückzukommen. Nach einem knappen Handschlag machte er sich auf den Weg.

»Einen Moment noch«, rief ihm Malthaner nach, als Lebherz schon ein paar Schritte zwischen sich und ihn gelegt hatte. Malthaner folgte einem Impuls, einem Geistesblitz vielleicht. Bevor er darüber nachdenken konnte, kamen ihm die Worte über die Lippen. Sie hatten sich verselbstständigt. Das Tempo seines Mundwerks war dem des Hirns ein Stück voraus. Es war nur so eine Idee. »Waren Sie es, der die Polizei und die Staatsanwaltschaft über die Unregelmäßigkeiten bei der Messbeck AG informiert hat?«

Lebherz blieb stehen wie angewurzelt. Als hätte ihn jemand mit Sekundenkleber auf dem Stück Asphalt fixiert, auf dem er stand. Bedächtig nickte er mit dem Kopf und schob ein »Ja, ich war das« nach. Malthaner ging auf ihn zu. »Obwohl Sie genau wussten, dass Sie sich damit möglicherweise um Ihren eigenen Arbeitsplatz bringen?«

Wieder nickte Lebherz wie in Zeitlupe. »So war das, ja. Obwohl ich Kuno angefleht habe, diesen Wahnsinn mit der Erpressung bleiben zu lassen, wollte er nicht mehr zurück. Da dachte ich, er käme zur Vernunft, wenn er wüsste, dass die Polizei und die anderen Behörden sich für alle Vorgänge bei der Firma Messbeck interessierten. Deshalb habe ich einen anonymen Brief an die Polizei geschrieben und darin entsprechende Andeutungen gemacht.« Verlegen schaute er in die Ferne.

»Kuno Krimmel hat das nichts genützt«, sagte Malthaner und machte seinerseits auf dem Absatz kehrt. Zurück ließ er einen verzweifelt wirkenden Vorarbeiter Rolf Lebherz.

Nach mehreren Telefonaten fügte sich das Bild endgültig zusammen. Sowohl Hauptkommissar Klaus Konz als auch der Pressestaatsanwalt gaben sich uneingeschränkt auskunftsfreudig. Sie hatten schnell drei Morde aufgeklärt, die die Bevölkerung auf der Alb tagelang in Atem gehalten hatten, und konnten es kaum erwarten, mit ihrer Erfolgsmeldung an die Öffentlichkeit zu gehen. Wahrscheinlich sehnten sie sich ebenso nach Ruhe wie der Journalist Jörg Malthaner.

Hans Kübler, der starke Mann bei der Messbeck AG hatte die Unentrinnbarkeit aus seiner Situation schnell erkannt und ein umfassendes Geständnis abgelegt. Kübler war ein Mann auf dem Weg nach ganz oben. Schon seit längerem führte er die Geschäfte der Messbeck AG weitgehend selbstständig. Mit Dieter Messbeck, der einen Großteil seiner Zeit auf Fuerteventura verbrachte, hatte er abgemacht, dass Kübler in naher Zukunft die Leitung des Unternehmens ganz in die Hand nehmen sollte. Für Kübler war Kuno Krimmel mit seinem Wissen um die Unregelmäßigkeiten bei der Baufirma wie ein Sprengsatz, der ständig explodieren konnte. Deshalb räumte er ihn aus dem Weg und brachte die Leiche im Straßenbau ein. Als klar wurde, dass man die Trasse um ein paar Meter verlegen musste, geriet Kübler in eine ausweglose Situation. Seit einiger Zeit wurde rund um die Uhr auf der Baustelle gearbeitet. Das hatte Lebherz in einem Gespräch mit Malthaner bestätigt. Für Kübler war das fatal. Er konnte nicht einfach den Leichnam ungesehen wieder ausbuddeln und woanders vergraben. Ihm blieb nur die Hoffnung, dass die Polizei ihn niemals mit dem Tod Krimmels in Verbindung bringen würde. Sehr dünnes Eis, wie er wusste.

Der Mord an Bühler und seiner Frau und der eilig verfasste Abschiedsbrief war schon ein Akt der Verzweiflung. Kübler sah seine Felle davonschwimmen. Er wusste, dass Bühler ihm mit seinem Wissen gefährlich werden konnte. Es war eben nicht damit getan, ihn nach Sigmaringen abzuschieben. Das wurde Hans Kübler klar, als Bühler plötzlich wieder auf der Baustelle auftauchte und später am Straßenrand mit Malthaner redete.

Die Ermittlungen in anderer Sache würden sich noch monatelang hinziehen, führte der Pressestaatsanwalt aus. Er bestätigte, dass es Hinweise darauf gab, dass die Firmenleitung mit Stefan Landarius, dem verantwortlichen Mann vom Landratsamt, gekungelt hatte. Es gelte noch herauszufinden, ob neben Landarius weitere Behördenvertreter in die Sache verwickelt waren.

»Wir werden morgen mit einer Pressekonferenz an die Öffentlichkeit gehen«, sagte der Staatsanwalt, der am Telefon einen ausgesprochen zufriedenen Eindruck vermittelte.

Ein Gefühl der Zufriedenheit; bei Jörg Malthaner wollte es sich nicht einstellen. Er wusste, dass er die Scherben seiner Beziehung aufsammeln musste.

Scherben, von denen noch nicht klar war, ob sie wieder zusammengefügt werden konnten.

Müde blickte er aus der großen Fensterfront des Wohnzimmers auf die Stadt hinab.

Regen hatte eingesetzt.

Vor dem Fenster flog ein roter Milan vorbei.

Es hatte etwas Majestätisches.

ENDE

KRIMI IM GMEINER-VERLAG

Peter Wark
Absturz

279 Seiten. 11 x 18 cm. Paperback.
ISBN 3-89977-601-1. EUR 9,90.

Der Wander- und Biketourenführer Miguel verschwindet spurlos bei einer Tour mit einigen deutschen Touristen auf der Kanareninsel La Palma. Die Suche seiner deutschen Aussteigerfreunde Ebel und Siggi bleibt erfolglos. Alles spricht dafür, dass er an einem steilen Grat mitsamt seinem Mountainbike abgestürzt ist. Nichts erhärtet den Verdacht, dass jemand bei Miguels Absturz nachgeholfen haben könnte.
Dafür kommen eigenartige Dinge aus Miguels Privatleben ans Licht: Was hatte er mit dubiosen Grundstücksgeschäften auf La Palma zu tun? Welche Rolle spielt das Unternehmen Canarias Invest? Hängt alles mit dem großen Tunnelbauprojekt auf der Insel zusammen?

Peter Wark
Versandet

260 Seiten. 11 x 18 cm. Paperback.
ISBN 3-926633-57-3. EUR 9,90.

Beim Bau einer Sandburg macht Aussteiger Martin Ebel, der seine Stuttgarter Heimat mit der idyllischen Kanareninsel La Palma tauschte, eine grausame Entdeckung: Ein leichenstarrer Arm streckt sich ihm aus dem Ufersand entgegen.
Dass es sich bei der Leiche um einen ehemaligen Bekannten aus dem Schwabenland handelt, ist nicht gerade von Vorteil für ihn. Die spanische Polizei scheint sich immer hartnäckiger darauf zu versteifen, dass der ehemalige Rechtsanwalt und jetzige Aussteiger der ideale Täter ist. Und auch die Inselmafia zeigt plötzlich Interesse am bis dahin harmlosen Individualisten.

GMEINER-VERLAG

www.gmeiner-verlag.de

Peter Wark
Machenschaften

277 Seiten. 11 x 18 cm. Paperback.
ISBN 3-926633-54-9. EUR 9,90.

»Stadtrat und Unternehmer fällt Mord zum Opfer« lautet die Überschrift, die die Ruhe des in die schwäbische Provinz abgetauchten und Bike-begeisterten Journalisten Jörg Malthaner mit einem Schlag beendet. Tief verwickelt scheint der Kompagnon des toten Software-Unternehmers – und gleichzeitig enger Freund Malthaners –, der seit der Tat spurlos verschwunden ist.
Doch je näher er der Lösung kommt, desto gefährlicher werden plötzlich seine über alles geliebten Bike-Touren über die Schwäbische Alb.

Peter Wark
Albtraum

285 Seiten. 11 x 18 cm. Paperback.
ISBN 3-926633-45-X. EUR 9,90.

Ein unbekannter Toter am Stuttgarter Flughafen – Mord. Warum wird gerade der Stuttgarter Journalist Jörg Malthaner von der Polizei an den Tatort gerufen? Der Tote entpuppt sich als Malthaners früherer Schulfreund. Bei eigenen Recherchen in seiner Heimat auf der Schwäbischen Alb, findet er heraus, dass der ehemalige Musterschüler in üble Geschichten verstrickt war und womöglich Geld in Millionenhöhe unterschlagen hat.
Noch ehe es ihm richtig klar wird, gerät Malthaner selbst in die Fänge einer kriminellen Bande.

KRIMI IM
GMEINER-VERLAG

KRIMI IM GMEINER-VERLAG

Gunter Haug
Hüttenzauber

311 Seiten. 11 x 18 cm. Paperback.
ISBN 3-89977-600-3. EUR 9,90.

Die Heilbronner Hütte in den Vorarlberger Alpen feiert ihr 75-jähriges Bestehen. Mitten drin im Getümmel: Kommissar Horst Meyer. Nein, nicht bei den Feierlichkeiten, sondern vorsichtshalber schon ein halbes Jahr zuvor, im Herbst des Jahres 2002. Der gemütlich-zünftige Ausflug in die Berge nimmt allerdings rasch eine völlig ungeplante Wende: Kollege Michael Protnik samt Partnerin Bebele spurlos verschollen, ein nackter ohnmächtiger Mann am Gipfelkreuz, eine Wasserleiche im Bergsee, ein eifersüchtiger Ehemann und eine spannungsgeladene Atmosphäre in der Hütte, die sich jederzeit in einer gewaltigen Explosion zu entladen droht.

Gunter Haug
Finale

293 Seiten. 11 x 18 cm. Paperback.
ISBN 3-926633-55-7. EUR 9,90.

Ein plötzliches Leistungstief, unsportliches Verhalten, Fernbleiben vom Training – Schlagzeilen, womit der junge italienische Nachwuchsspieler des VfB Stuttgart, Andrea Salvatore, von sich reden macht. Und plötzlich ist er spurlos verschwunden.
Kommissar und Fußball-Fan Horst Meyer stößt bei seinen Ermittlungen auf italienische Geschäftemacher und Spielervermittler. Die Spur führt nach Elba. Im dortigen Trainingslager von Juventus Turin kommt es zum Skandal.

GMEINER-VERLAG
www.gmeiner-verlag.de

Gunter Haug
Tauberschwarz

277 Seiten. 11 x 18 cm. Paperback.
ISBN 3-926633-53-0. EUR 9,90.

Ein Selbstmörder, der sich von Europas höchster Autobahn-Brücke – der Kochertalbrücke – stürzt. Für die Polizei und Kommissar Horst Meyer ist schnell klar: Tragisches Ende eines Menschen, der immer tiefer in Depressionen verfallen ist. Ein Trugschluss wie sich im darauffolgenden Jahr beim Radurlaub der Meyers im Hohenlohischen herausstellen soll. Merkwürdige Gestalten auf dem Campingplatz, ein Grabtuch Christi und eine im Taubertal agierende Sekte versetzen den Kommissar samt Familie in einen Strudel religiösen Wahns, finsterer Intrigen und krimineller Handlungen.

Gunter Haug
Höllenfahrt

233 Seiten. 11 x 18 cm. Paperback.
ISBN 3-926633-49-2. EUR 9,90.

Kommissar Horst »Hotte« Meyer glaubt im falschen Film zu sein. Ausgerechnet bei der Zugfahrt im Regional-Express von Stuttgart nach Tuttlingen widerfährt ihm Merkwürdiges: Er befindet sich in (fast) derselben bedrückenden Situation wie vor knapp zehn Jahren eine junge Frau, die zum rätselhaften Opfer einer Bluttat geworden ist. Und was dem unermüdlichen Ermittler damals schlaflose Nächte bescherte, ist plötzlich wieder da.

KRIMI IM GMEINER-VERLAG